Nouvelles du Québec

Deuxième Edition

Nouvelles du Québec

Deuxième Edition

Nouvelles choisies et annotées par

Katherine T. Brearley

Département de français, Université de Colombie Britannique

Rose-Blanche McBride

Département de français, Université de Colombie Britannique

PRENTICE-HALL OF CANADA, LTD. SCARBOROUGH, ONTARIO

Données de catalogage avant publication (Canada)

Vedette principale au titre:
Nouvelles du Québec

ISBN 0-13-625467-5

1. Short stories, Canadian (French)*
I. Brearley, Katherine T.   II. McBride,
Rose-Blanche.

PS8319.N69 1977   C843' .01   C77-001073-3
PQ3916.S5N69 1977

Prentice-Hall, Inc., Englewood Cliffs, New Jersey
Prentice-Hall International, Inc., London
Prentice-Hall of Australia, Pty., Ltd., Sydney
Prentice-Hall of India Pvt., Ltd., New Delhi
Prentice-Hall of Japan, Inc., Tokyo
Prentice-Hall of Southeast Asia (Pte.) Ltd., Singapore

ISBN 0-13-625467-5

Dessinateur: Julian Cleva

Imprimé au Canada

    3 4 5 WC 81 80 79 78

Table des Matières

Remerciements

Nos remerciements vont aux personnes qui nous ont accordé la permission de réimprimer les contes suivants:

Le Cercle du Livre de France Ltée. (Montréal) et Pierre Dagenais, pour "Le Mourant bien portant," *Contes de la Pluie et du beau temps* (1953).

Les Editions de l'Homme (Montréal) et Adrien Thério pour "L'Enchantement," *Ceux du Chemin Taché* (1963).

Les Editions Fides (Montréal) pour Germaine Guèvremont, "Chauffe, le Poêle!" *En pleine Terre* (1942).

Les Editions du Jour Inc. (Montréal) et Yves Thériault pour "Le Fichu de laine," *La Rose de pierre* (1964).

Editions Hurtubise H-M-H (Montréal) et Madeleine Ferron pour "Cœur de Sucre," *Nouvelles singulières, Collection l'Arbre,* volume 9 (1966).

Editions Hurtubise H-M-H (Montréal) pour Jean Hamelin "Le Coffre-fort" et "Le petit Homme," *Nouvelles singulières, Collection l'Arbre,* volume 4 (1964).

Librairie Beauchemin Ltée (Montréal) et Louise Darios pour "Le bon Naufrage," *Contes étranges du Canada* (1962).

Gérard Bessette pour "L'Emplâtre," *Les Ecrits du Canada français,* volume xii (1962).

Roch Carrier pour "Les Mots qu'il faudrait," *Chatelaine,* novembre 1965, et "Le Poisson rouge," *Chatelaine,* novembre 1967.

Mariane Favreau pour "La Mémoire incertaine," publié pour la première fois dans la première édition de ce livre.

Claude Jasmin pour "Le Cosmonaute romantique," *Chatelaine,* avril 1965, et "Françoise Simard et l'Homme d'action," *Les Cœurs empaillés,* Partis-pris, (Montréal), 1967.

Roger Lemelin pour "La Gloire du matin," *Fantaisie sur les Péchés capitaux* (1949).

Adrien Thério pour "Pour vivre cent Ans," *La Tête en fête* (1975).

Thérèse Thiboutot, "Mon Tour du monde en Acadie," *Le Magazine Maclean,* septembre 1961.

PREFACE A LA DEUXIEME EDITION

NOUVELLES DU QUÉBEC, deuxième édition, n'est pas une anthologie de la littérature canadienne française. C'est tout simplement un recueil de nouvelles parues au Québec qui a pour but de procurer aux étudiants des deux premières années universitaires des lectures modernes et intéressantes dont les personnages et le décor sont canadiens. Cependant, ce livre a aussi pour objectif de donner aux étudiants anglophones un aperçu de l'aspect littéraire du Québec en leur présentant quelques-uns des conteurs moins connus en compagnie d'auteurs renommés tels que Germaine Guèvremont, Roger Lemelin, ou Claude Jasmin. Nous souhaitons que ces quelques récits encouragent les étudiants à approfondir leur connaissance du français et à découvrir plus tard par eux-mêmes l'importance de la tradition littéraire du Canada-français.

Les exercices ne comportent pas tous le même degré de difficulté. Ils ont été soigneusement préparés dans le but d'offrir au professeur un choix adéquat selon l'aptitude des étudiants et la nécessité du cours. Les questions sont formulées afin que les réponses soient des exercices de grande valeur pratique et stimulent la conversation.

La "pratique orale ou composition écrite" est destinée aux étudiants déjà assez familiarisés avec la langue et qui sont capables de préparer des exposés oraux ou d'écrire des dissertations. Finalement les "thèmes" sont des passages à traduire. Ils offrent aux étudiants laborieux une occasion d'éprouver leur connaissance du français. En somme, les exercices linguistiques devraient convenir aux étudiants de première et de seconde année dans les universités ainsi qu'aux élèves des dernières années dans l'enseignement secondaire.

Nouvelles du Québec

Deuxième Edition

GERARD BESSETTE

L'Emplâtre

Gérard Bessette est né à Sabrevois, Québec, en 1920. Docteur ès lettres de l'université de Montréal, membre de la Société Royale du Canada, Bessette fait carrière dans l'enseignement comme professeur d'université. De 1947 à nos jours, il a publié de nombreux ouvrages et a obtenu plusieurs distinctions et prix littéraires. Le Coureur et autres poèmes, un recueil de poésies, lui a valu le deuxième prix en 1947 au concours littéraire de la province de Québec. Le Libraire (1961) figure sur la liste des dix meilleurs romans canadiens-français des quinze dernières années. L'Incubation (1965) a remporté le premier prix du roman au concours littéraire de la province de Québec, et le prix du Gouverneur Général en 1966. On lui doit encore deux autres romans, La Bagarre (1958) et Les Pédagogues (1961), des recueils d'essais et de nouvelles, Une Littérature en ébullition (1968), De Québec à St Boniface (1968) et Trois Romanciers québécois (1973).

Gérard Bessette collabore aussi à de nombreux journaux et revues. Actuellement il travaille à d'autres ouvrages.

La nouvelle "L'Emplâtre", publiée en 1962 traite de la terrible tragédie qu'est la vieillesse, lorsqu'un grand-père octogénaire cherche désespérément à aider son petit-fils malade et ne trouve autour de lui qu'incompréhension et solitude.

Le vieillard fit claquer la porte derrière lui. Ses lèvres frémissaient de rage. Son visage labouré de rides avait une teinte livide. Il assura sa canne dans sa main osseuse et se mit à descendre l'escalier. "Ils ne me reverront plus; c'est fini." A chaque marche, il devait tâter devant lui de sa canne, comme un insecte ébloui par le grand jour. "Ils ne me reverront plus. J'irai vivre ailleurs." Ils avaient fini de l'insulter, de se moquer de ses conseils, de son expérience d'octogénaire. "Je n'aurais jamais dû céder." Toutes leurs promesses, leurs paroles mielleuses[1]

---

[1] *leurs paroles mielleuses*—leurs paroles hypocrites.

belle mère - mother-in-law
un gendre - son in-law
la banlieue - suburbs
s'evannouir - to faint

seraient désormais inutiles. Car c'était eux qui étaient venus le supplier de s'installer chez eux. ("Vous verrez, vous serez tranquille. Nous avons une belle grande chambre qui vous attend. Personne ne vous dérangera.") "Les hypocrites! C'était à cause de ma pension, naturellement. Si seulement Léon n'avait pas ramené d'Europe cette grande Anglaise, après la guerre..." Le vieillard ne pouvait se faire à l'idée que Shirley, cette étrangère qui ne parlait même pas français, fût sa bru.

A son retour au Canada, Léon, naturellement, se trouvait sans emploi. Il n'avait jamais eu de talent pour se caser. Parce qu'on l'avait promu lieutenant durant la guerre, il s'imaginait qu'un poste lucratif allait lui tomber tout rôti dans le bec. En attendant, il "tâtait le terrain", disait-il, il se cherchait "quelque chose de bien, à la hauteur..." Son boni d'ancien combattant avait fondu sans qu'il eût rien trouvé. C'est alors que Shirley et lui avaient multiplié leurs instances pour que M. Denaud vînt s'installer chez eux. Et le vieillard avait cédé. Ils vivaient ensemble depuis près de cinq ans. Léon avait finalement dû reprendre son ancien emploi de caissier à la banque et M. Denaud, qui payait pourtant une pension généreuse, devait à chaque fin de mois débourser des sous pour tenir le ménage à flot.[2] Shirley n'avait aucune notion de la valeur de l'argent, de l'administration d'un budget. Aussitôt qu'elle mettait la main sur quelques dollars, elle les dépensait en extravagances. "Quelle bêtise j'ai commise!" Il aurait dû les quitter plus tôt, alors qu'il avait la jambe plus solide, l'œil moins flou.[3] "Tant pis; mieux vaut tard que jamais."

Le vieil homme s'avançait maintenant à petits pas prudents sur le trottoir, maniant devant lui sa canne comme une antenne d'insecte pour prévoir les inégalités du pavé. Une chute serait catastrophique: il savait qu'il ne pourrait se relever seul. Comme tout le monde le connaissait dans le quartier, on le reconduirait à la maison; ou bien, pis encore, on irait chercher Léon. La chose s'était produite quatre ou cinq fois ces derniers mois. M. Denaud éprouvait depuis peu des étourdissements, des vertiges inexplicables dont il n'avait soufflé mot à personne et qui faisaient soudain chavirer, tourbillonner les choses autour de lui en une sarabande de cauchemar.[4] "Il faudra que je me décide à consulter le médecin." Cette pensée ne fit que lui traverser l'esprit. Il avait bien d'autres choses en tête pour le moment. Ne lui fallait-il pas trouver un autre domicile, faire déménager ses effets, ses meubles? Les lèvres du vieillard à cette pensée se contractèrent en un

---

[2] *pour tenir le ménage à flot*—pour arriver à payer les frais du ménage.
[3] *il avait l'œil moins flou*—il pouvait voir plus distinctement.
[4] *une sarabande de cauchemars*—une danse tourmentée.

rictus: ses meubles partis, le logement de Léon aurait l'air drôlement désertique. M. Denaud s'imagina la figure penaude de Shirley quand elle verrait ses pièces presque vides. Que resterait-il en effet? Une cuisinière, une table, trois ou quatre chaises, un lit, c'était à peu près tout. Le divan du salon? "Oui, évidemment, il faudra que je leur laisse le divan." C'était le petit Richard qui y couchait. M. Denaud ne pouvait le leur enlever—d'autant moins que le garçonnet était malade. C'était même à cause de ça que ... Le vieillard avala péniblement sa salive. Il ne voulait pas penser à ça pour le moment: les difficultés de la marche, les irrégularités du trottoir réclamaient toute son attention.

M. Denaud avait atteint la rue Sherbrooke, qui lui parut à cet endroit large comme une rivière. Traverser la chaussée le terrifiait. Des gouttes de sueur perlèrent à son front raviné.[5] Les voitures filaient à des vitesses folles, avec des vrombissements, des pétarades étourdissantes. Il fallait franchir cet espace énorme sans autre guide que les deux lignes blanches à demi-effacées qui marquaient le passage des piétons. Le vieillard ne pouvait se fier aux feux de circulation. Ils lui apparaissaient comme des globes flous, délavés, qui se mêlaient à l'enseigne lumineuse d'un pharmacien, rouge et verte elle aussi. Lors de ses promenades quotidiennes, M. Denaud évitait toujours cette intersection dangereuse, se rendait quatre coins plus loin, là où l'îlot de sûreté[6] lui permettait de franchir la rue en deux étapes. Si un étourdissement le saisissait au milieu de la chaussée, qu'adviendrait-il? Il avait la bouche sèche, les yeux cuisants. Aujourd'hui, il ne pouvait se permettre le détour coutumier. Il lui fallait ménager ses forces. "Sans doute, je pourrai demander à un passant de m'aider." Mais ce recours lui répugnait. C'eût été un aveu de faiblesse, d'impuissance à secouer la tutelle de Léon et de Shirley! Cette pensée lui insuffla du courage. Il attendit que les voitures de la rue transversale se missent en marche et s'engagea lui-même sur la chaussée le plus rapidement possible en faisant glisser sa canne devant lui.

Quand il atteignit l'autre côté, il était en nage.[7] Des pulsations tapaient à coups sourds dans ses oreilles. Il s'adossa à la vitrine du pharmacien pour reprendre haleine, et alors seulement il se demanda où il irait. Il n'avait jusqu'ici songé qu'à s'évader, à fuir le plus vite possible. Des idées contradictoires lui tourbillonnaient dans la tête. Pourtant une décision s'imposait. "Pas ici; je ne peux rien décider ici." Il lui fallait trouver un endroit pour s'asseoir, se reposer, réfléchir.

Il repartit en direction de la rue Ontario, freinant ses pas d'une

---

[5] *son front raviné*—son front sillonné d'une multitude de petites rides.

[6] refuge pour piétons.

[7] il transpirait.

canne prudente|à cause de la déclivité du trottoir. "Où aller d'abord?"
Le Club de dames St-Edouard où il retrouvait de temps en temps de
vieux copains? "Non. Si j'y vais, je mangerai le morceau."[8] On le
questionnerait, le père Chartier surtout, et il ne pourrait s'empêcher de
"se vider le cœur,"[9] d'étaler devant tous les détails de sa dispute avec
Léon et Shirley. Le père Chartier demeurait lui aussi chez son garçon.
"Ce pauvre père Chartier!" Il devait verser chaque mois à son fils
toute sa pension de vieillesse[10] et filer doux, obsédé qu'il était par la
crainte de l'hospice. "J'en serais là moi aussi si je n'avais pas réussi à
me ramasser un peu de bien." Non, le club était hors de question.
D'ailleurs, ses copains, il ne les reverrait pas non plus. Il voulait faire
peau neuve,[11] changer de vie, radicalement. Mais où aller entre-temps?
Dans un restaurant peut-être? Non plus. Il n'avait pas faim. Une boule
lui bloquait l'estomac. D'autre part, le thé et le café lui donnaient des
palpitations; les eaux gazeuses, des brûlements. Sans doute aurait-il pu
demander une consommation quelconque et ne pas y toucher, mais
pareil gaspillage répugnait à ses habitudes parcimonieuses. Il avait tant
de fois reproché à Léon et à Shirley leur prodigalité! Il n'allait pas
maintenant tomber dans le même travers.

En délibérant ainsi, il avait atteint la rue Ontario. La sueur de
nouveau lui couvrait le corps. Il se sentait épuisé, défaillant. Il fit
encore quelques pas indécis, puis une senteur de malt et de levure
soufflée sur le trottoir par un gros ventilateur lui frappa la narine. Un
verre de bière lui ferait peut-être du bien. La tête vide, les oreilles
bruissantes, il pénétra dans la taverne, choppa[12] contre un type qui
marmonna de vagues injures, et s'affala sur une chaise devant une
petite table blanchâtre. Enfin, il pourrait se reposer, réfléchir. Une
taverne, ce n'était sans doute pas l'endroit idéal. M. Denaud n'avait
pas pénétré dans un de ces établissements depuis des années. Son père
autrefois levait le coude un peu plus que de raison et rentrait souvent
éméché, le vendredi soir, en se moquant brutalement des récrimina-
tions de sa femme... Comme tout cela était loin, sans importance
maintenant. Lui-même, M. Denaud, était un octogénaire à présent, un
veuf|sans famille, pour ainsi dire, puisque Léon ne comptait plus et
que sa fille, Adèle, qui avait épousé un Américain, habitait à Miami...

Le vieillard avala une gorgée de bière. Certains affirmaient que
c'était bon pour la santé. Au dire du père Chartier, ça activait la
circulation. Or, les étourdissements ne proviennent-ils pas d'une circu-

[8] je ferai des aveux complets.
[9] tout avouer.
[10] *la pension de vieillesse*—argent que l'Etat verse aux personnes âgées.
[11] *faire peau neuve*—changer complètement sa façon de vivre.
[12] entra en collision avec un type.

lation défectueuse? L'octogénaire se rappelait avoir lu ce renseignement dans une chronique médicale. Il s'essuya la moustache du revers de la main. Il se sentait ragaillardi. "Papa est mort à quatre-vingt-douze ans. Il n'a jamais eu de vertiges. Et il buvait bien sa demi-douzaine de bouteilles par jour." Mais il chassa ces considérations de son esprit. Ce n'était pas de sa santé qu'il s'agissait présentement. Un autre problème plus urgent le réclamait: trouver un logement, faire déménager ses effets...

Le vieil homme soupira en promenant ses yeux brouillés dans la salle. A la table voisine, deux buveurs discutaient courses de chevaux. Le premier avait gagné trois cent cinquante dollars la veille. Il jubilait.[13] L'autre n'avait pas eu de chance. Les deux chevaux sur lesquels il avait parié avaient fini les derniers. Il parlait avec un accent traînard comme celui de Léon. M. Denaud avala une nouvelle gorgée. Puis les circonstances qui avaient entraîné son départ lui jaillirent à l'esprit avec un relief intense, lui qui d'ordinaire avait la mémoire nébuleuse pour les événements récents.

Le drame, car c'en était un, remontait à la maladie de Richard, son petit-fils. Quoi d'étonnant que l'enfant fût tombé malade? A maintes reprises, le vieillard avait averti Shirley de ne pas le laisser dormir la fenêtre ouverte. Elle, naturellement, n'en faisait qu'à sa tête. Elle prétendait que c'était bon pour la santé. Les résultats ne s'étaient pas fait attendre. Le petit avait attrapé un refroidissement, s'était mis à tousser, et toujours la fenêtre restait ouverte. Le vieux avait échangé des propos violents avec sa bru. Il l'avait même prévenue qu'il s'agissait d'une inflammation de poumons. Autant valait parler à une sourde. Quand elle s'était finalement décidée à appeler le médecin, Richard faisait cent quatre degrés de fièvre.[14]

Le vieillard prit une lampée de bière et se tamponna la moustache de son mouchoir. A côté, les deux types discutaient toujours chevaux et paris-mutuels. De nouveaux consommateurs entraient dans la taverne où bourdonnait maintenant le bruit des conversations....C'est un emplâtre de moutarde qu'il aurait fallu au petit dès les premiers symptômes du mal. M. Denaud l'avait recommandé à Shirley, à Léon. Ils s'étaient moqués de lui: d'après eux, c'était là un remède de l'ancien temps, préhistorique. Aujourd'hui il n'était question que de pénicilline, d'oléomycine, d'antihistamines, etc., toutes des inventions sans valeur, destinées à arracher de l'argent aux pauvres gens. De la moisissure de champignon pour guérir une inflammation de poumons!

---

[13] *il jubilait*—il manifestait une joie très vive.
[14] *Richard faisait cent quatre degrés de fièvre*—il s'agit ici de cent quatre degrés Fahrenheit ou quarante degrés centigrades.

C'était se moquer du monde. Mais les médecins, les pharmaciens s'enrichissaient. Allez donc protester! Quand le vieillard avait voulu intervenir, le jeune docteur l'avait presque sommé de se mêler de ses affaires. Et, comme d'habitude, M. Denaud avait dû payer l'ordonnance, car, naturellement, Léon était sans le sou.

Le vieil homme souleva son verre en soupirant. Le garçon vint lui demander s'il en voulait un autre. Il fit signe que oui sans y penser. "Les jeunes docteurs d'aujourd'hui sont des têtes chaudes,[15] des incompétents." La preuve, c'est que la pénicilline n'avait rien donné. Après une baisse temporaire, la fièvre de Richard était remontée à 103.7. Pourtant il existait un remède éprouvé, efficace contre l'inflammation de poumons. En voyant son petit-fils, la figure écarlate, congestionnée, se tordre en gémissant dans son lit, M. Denaud avait décidé de prendre les choses en main.

Sans souffler mot à personne, il s'était rendu chez l'épicier du coin pour acheter une boîte de moutarde. Les emplâtres, ça le connaissait. Il en avait préparé maintes fois. C'était simple comme bonjour. Il suffisait de délayer un peu de moutarde dans de l'eau, d'étendre la pâte ainsi obtenue entre deux morceaux de coton et de l'appliquer sur la poitrine du malade . . . Fier de son astuce, M. Denaud avait vite gagné la salle de bain muni de sa boîte de moutarde et d'une mince serviette de toile. Au moment de la préparation, il s'était demandé s'il ne vaudrait pas mieux mêler un peu de farine à la moutarde pour en diminuer le piquant. Il crut se rappeler que sa mère procédait ainsi lorsqu'un des enfants était malade. Mais il n'avait pas de farine. Fallait-il tenter d'en prendre à la cuisine? Shirley s'en serait certainement aperçue et elle aurait contrecarré son projet.[16] "Après tout, c'est sans importance." Il se contenterait de n'appliquer l'emplâtre qu'une dizaine de minutes . . .

Toujours assis à la même place dans la taverne, sa canne accrochée au rebord du guéridon, M. Denaud encensa[17] plusieurs fois de la tête. Il porta de nouveau son verre à ses lèvres pour noyer sa rancœur . . . Aussi longtemps qu'il avait pu agir à sa guise, son projet s'était réalisé sans anicroche. En entrant dans la chambre de Richard, il avait collé le nez au réveille-matin pour regarder l'heure, puis il avait appliqué l'emplâtre. Mais tout de suite après, les choses s'étaient gâtées. A peine les couvertures rabattues, Shirley avait pénétré dans la chambre, une capsule et un verre d'eau à la main. C'était l'heure du médicament. "J'aurais dû la laisser faire, se dit M. Denaud, ne pas ouvrir la

---

[15] *des têtes chaudes*—des gens impétueux.
[16] *elle aurait contrecarré son projet*—elle se serait opposée à son projet.
[17] fit un mouvement de la tête de bas en haut.

bouche." Mais ç'avait été plus fort que lui. Il avait protesté avec véhémence contre ces nouveaux remèdes de charlatan. La fièvre de Richard n'avait-elle pas de nouveau monté en flèche? Alors, pourquoi s'entêter? Sa bru, avec un haussement d'épaules, lui avait sèchement signifié de se mêler de ses affaires. M. Denaud se préparait à riposter quand, après avoir reniflé deux ou trois fois, l'Anglaise avait remarqué qu'il flottait dans la chambre "une drôle de senteur". Ce disant, elle planta ses yeux dans ceux de son beau-père qui perdit contenance et s'empressa de concéder qu'après tout elle avait peut-être raison au sujet des capsules. Lui, il ne s'y connaissait pas en drogues modernes. Le vieillard s'en voulait maintenant de s'être humilié ainsi. "Pour ce que ça m'a donné...".

Il jeta un coup d'œil autour de lui dans la taverne. Elle était quasi pleine. Des groupes d'ouvriers venaient prendre la goutte avant de rentrer. Deux types s'assirent à sa table en riant à gorge déployée. L'un avait le front largement dégarni, un nez énorme semé de protubérances rougeâtres; l'autre, une espèce de nain, portait une casquette de baseball à visière de cellophane, et mâchonnait un long cigare. Avant que M. Denaud puisse s'y opposer, ils lui payèrent une tournée. Il trinqua avec eux en marmottant des remerciements qu'ils n'écoutèrent pas. "Si Léon me voyait, il n'en croirait pas ses yeux." Un moment, le vieillard souhaita que son fils fût là pour constater qu'il n'avait pas besoin de lui, qu'il pouvait se tirer d'affaire tout seul. Mais il repoussa cette pensée qui était elle-même un signe de dépendance. "Il me faut balayer tout ça." Léon avait été aussi coupable que Shirley, plus peut-être en un sens, parce que, après tout, il était son fils.

Quand Léon était arrivé inopinément du bureau deux heures plus tôt que d'ordinaire, alors que Shirley venait tout juste de quitter la chambre, l'emplâtre reposait sur la poitrine de Richard depuis exactement neuf minutes. Le vieillard avait collé le nez sur le cadran[18] au moment où la porte s'ouvrait. Il avait sursauté et réprimé une grimace de contrariété. Sans enlever son paletot, Léon s'était précipité dans la chambre. Richard semblait assoupi. Les paupières closes, la bouche entr'ouverte, la respiration un peu sifflante, il reposait sans un geste, sans un tressaillement, sa petite tête blonde aux joues fiévreuses enfoncée dans l'oreiller. Incontestablement, l'emplâtre produisait déjà son effet. Si seulement Léon n'avait pas traînassé[19] si longtemps dans la chambre! Les nerfs du vieillard étaient bandés[20] comme des cordes. A chaque instant, il consultait le réveil dont l'aiguille implacablement

---

[18] le cadran du réveil ou de la pendule.
[19] traîné.
[20] tendus.

dévorait les minutes. Léon aussi avait remarqué qu'une senteur âcre flottait dans la pièce. Le vieillard prétendit qu'il venait de se mettre des gouttes de menthol dans le nez. Léon s'était contenté de hocher la tête. Puis enfin il était parti. M. Denaud s'était précipité vers le lit au moment où Richard, brusquement tiré de son sommeil, poussait un cri de douleur. Vite, le vieillard avait enlevé l'emplâtre, puis, en désespoir de cause, il l'avait jeté dans la corbeille à papier. Les pas de Shirley et de Léon martelaient déjà le corridor. Mais la moutarde saturait l'air d'une odeur si âcre que ce fut peine perdue. Léon avait tout de suite saisi l'emplâtre dans la corbeille pendant que Shirley, penchée sur la poitrine de l'enfant, poussait un rugissement de rage:

—*He'll kill him, that's what he's going to do!* Il veut le tuer!

Apparemment de grosses ampoules jaunâtres bosselaient la peau du garçonnet. M. Denaud, lui, n'avait rien vu. On ne l'avait pas laissé approcher. D'ailleurs, aurait-il pu les distinguer avec ses pauvres yeux de myope? La violence de Shirley avait redoublé. Elle prétendait rester maîtresse chez elle. Elle ne laisserait pas tuer son enfant par un vieux détraqué. Si ça ne faisait pas son affaire, il n'avait qu'à ficher le camp.[21] Et Léon n'avait rien dit: il n'avait pas protesté! Léon, son propre fils...

—Vous avez du feu?

Le vieillard sursauta, tourna la tête vers le buveur qui l'avait interpellé. Il fouilla dans ses poches, se souvint qu'il ne fumait plus depuis ses crises d'étourdissement.

—Non, je regrette...

Le type s'était déjà tourné vers un autre consommateur. M. Denaud s'enfonça de nouveau dans sa méditation. "Elle m'a pratiquement mis à la porte", marmotta-t-il. Si, au moins, il était parti de son plein gré, sa rancœur eût été moins cuisante.

Il finit son verre et resta affaissé sur sa chaise, le regard vague, la tête penchée sur sa poitrine. Sa respiration devenait plus difficile. Le flou de sa vue s'accentuait. "Je vais avoir le vertige." La panique s'empara de lui. Que deviendrait-il, si loin de chez lui, dans cette taverne où personne ne le connaissait? C'était le manque d'air sans doute: l'atmosphère était saturée de fumée. "Il faut que j'aille respirer à l'extérieur."

Saisissant sa canne, il se leva péniblement, posa une main exsangue sur l'émail de la petite table pour raffermir son équilibre. Après un moment, il se sentit mieux et risqua quelques pas. "Je ne suis pas si faible, si impuissant que ça, je..." A ce moment, son pied vint buter contre un obstacle: jambe ou patte de chaise.[22] Il voulut s'appuyer sur

---

[21] s'en aller.
[22] *jambe ou patte de chaise*—expression familière pour désigner les pieds d'une chaise.

sa canne, mais elle glissa dans une mare de bière. Il se sentit culbuter
en avant, un objet dur lui frappa le crâne près de l'arcade sour-
cilière... Quand il revint à lui, le garçon lui posait une serviette froide
sur le front. Un liquide chaud, visqueux coulait le long de sa tempe.

—Ça va mieux, le père?

Le vieillard fit oui faiblement de la tête, puis referma les yeux.

—Faudrait le ramener chez lui. Y a-t-il quelqu'un qui le connaît?

—Non, non, murmura M. Denaud, pas chez moi.

Il sentit en même temps qu'une main fouillait dans ses poches et
enlevait son portefeuille. Allait-on le voler à présent? Il fit un geste
pour reprendre son bien. Mais on voulait simplement connaître son
adresse.

—C'est pas loin d'ici, fit une voix. Je vais appeler un taxi.

—Non, dit le vieillard, je ne veux pas.

—Vous êtes certainement pas capable de marcher, le père, fit le garçon. Allez, prenez un taxi. Ça vaudra mieux.

Il sentit deux bras puissants le soulever par les aisselles. Il esquissa
un faible mouvement pour se libérer, mais la salle, les tables, les murs
tourbillonnaient autour de lui. Une fatigue de plomb[23] lui écrasait les
épaules, lui coupait les jambes. "Me reposer dans un lit, n'importe où,
mais me reposer." Si personne ne l'avait soutenu, il se serait sûrement
écrasé, il aurait perdu connaissance encore une fois. L'air refusait
d'entrer dans ses poumons. Il respirait avec un sifflement rugueux.
Quelqu'un lui mit son chapeau sur la tête et on le porta, pour ainsi
dire, jusqu'au taxi. Deux types s'assirent de chaque côté de lui sur la
banquette. Il fut à peine conscient du parcours. En montant l'escalier,
toujours soutenu par les deux types, il émit un hoquet qui lui emplit
la bouche d'un liquide amer, mousseux, puis il entendit la voix de
Léon:

—Qu'est-ce qui lui est arrivé encore? Il a voulu sortir seul, naturellement! Je l'avais pourtant averti. Là, doucement, nous allons le mettre
au lit.

—Il était dans la taverne, dit un type, et tout d'un coup il s'est étendu
de tout son long. Il a dû se frapper la tête contre une table. Voyez, ça
saigne encore un peu.

—*What did you say?* fit la voix traînante de Shirley. La taverne? Il était à
la taverne? C'est le comble?[24] S'il faut qu'il se mette à boire maintenant, ça va être beau! *Thank you, thank you very much.* Nous essayons de
le surveiller, vous savez, mais aujourd'hui notre garçon est malade,
alors il est parti en cachette.

—Ouais, dit le type, garder les vieux, c'est pas facile. Mon père est

---

[23] *une fatigue de plomb*—une fatigue lourde, accablante.
[24] *c'est le comble*—il ne manquait plus rien que cela.

comme ça, lui aussi.

Le vieillard fit un violent effort pour se mettre sur son séant. Il n'allait pas laisser passer pareil mensonge sans protester. Ni Shirley ni Léon ne lui avaient jamais défendu de sortir. Mais il réussit tout juste à soulever la tête.

—Vous prendrez bien un café? Il y en a qui bout dans la cuisine, dit Shirley.

Les deux types refusèrent. M. Denaud entendit la porte se refermer. Il lui sembla qu'on le laissait seul pendant une éternité. "Personne ne s'occupe de moi. Ils ont voulu me chasser. C'est moi qui les fais vivre et ils ont voulu me chasser." Tout à coup il pensa à Richard. Comment avait-il pu l'oublier si longtemps?

—Léon, Léon! lança-t-il d'une voix rauque.

Léon accourut:

—Qu'est-ce qu'il y a? Ça va plus mal?

Le vieillard sentait son cœur toquer[25] dans sa poitrine. Il dut attendre quelques instants pour reprendre haleine.

—Richard, fit-il, Richard, est-ce que . . .

—Il va mieux, dit Léon. Le médecin est venu lui donner une piqûre. Ça l'a calmé.

Les traits de M. Denaud se détendirent.

—C'est l'emplâtre, prononça-t-il péniblement, c'est l'emplâtre.

—Ne parlons plus de ça, voulez-vous, fit Léon. C'est fini.

—C'est l'emplâtre, je te dis.

Léon garda le silence. Les lèvres du vieillard esquissèrent un sourire. Il respirait mieux. "Je savais bien qu'il finirait par se ranger à mon avis. Il a honte de l'avouer, mais il se rend compte qu'il a eu tort." Une joie intense envahit M. Denaud à la pensée que, grâce à lui, Richard allait mieux. Son cœur s'était si atrocement contracté quand il avait vu le petit se tordre de douleur dans son lit, avec son pauvre visage écarlate, boursoufflé par la fièvre . . . "C'est quand ils souffrent qu'on se rend compte à quel point on les aime." Le vieil homme ferma un moment les yeux en branlant la tête. "Comment ai-je pu tout à l'heure nourrir le projet de quitter le petit? Aurais-je été capable de vivre sans lui?" Non. C'était inimaginable . . . Il valait mieux malgré tout endurer les brocards[26] de Shirley. "Shirley . . . " Le vieillard était si fier d'avoir "sauvé" le petit qu'il céda à un mouvement d'indulgence pour sa bru. Bien qu'elle fût trop orgueilleuse pour l'admettre, elle devait maintenant rougir de sa conduite . . . Et, de plus, n'était-elle pas la mère de Richard? N'était-ce pas elle qui, sans le vouloir peut-être

---

[25] battre.
[26] supporter les railleries.

mais non moins réellement, avait procuré au vieillard une raison de vivre, une consolation pour ses vieux jours?

—Léon...

—Oui, papa.

—Tu diras à Shirley que je lui pardonne.

—Que vous lui pardonnez? Que voulez-vous dire?

—Tu diras à Shirley que je lui pardonne, répéta le vieillard.

Il vit Léon hocher la tête.

—Bon. Je le lui dirai. Reposez-vous maintenant.

Avec un profond soupir, M. Denaud ferma ses yeux las. "La vie va reprendre comme avant. Je n'aurai pas besoin de déménager. Je verrai le petit tous les jours..." Une bonne chaleur s'irradia dans sa poitrine à cette pensée. Avec un sourire aux lèvres, il se revit en train d'appliquer sur la poitrine de Richard l'emplâtre qui devait le guérir. "Je suis encore utile. Léon lui-même n'a pas osé le nier." Son cœur battait moins fort. Il se remplit voluptueusement les poumons de cet air bienfaisant, si bon à respirer. Puis il glissa imperceptiblement dans le sommeil.

ROCH CARRIER

—◆◆◆—

Les Mots qu'il faudrait...

Roch Carrier est né en 1937 dans un petit village du Québec à la frontière des Etats-Unis. Il a fait ses études dans la Beauce, à Québec, au Nouveau-Brunswick, à Montréal et en France. Il écrit des romans, des contes et des études, collabore à de nombreux journaux et revues tout en se consacrant au travail créateur de l'enseignement.

Sa première œuvre littéraire parue en 1956 est un recueil de poèmes Les Jeux incompris. *Il a publié ensuite un recueil de contes* Jolis Deuils *(1964) qui lui a valu un prix du Gouvernement du Québec, et plusieurs romans tels que* La Guerre—Yes sir! *(1968),* Floralie, où es-tu? *(1969),* Il est par là, le Soleil *(1970),* Le deux-millième Etage *(1973).*

La nouvelle "Les Mots qu'il faudrait" débute dans le décor joyeux d'une boîte de nuit montréalaise. Un jeune homme, Sébastien, pense à la lettre qu'il aurait dû écrire à sa maman il y a longtemps. Il abandonne ses amis, mais une fois chez lui, il n'arrive pas à trouver "les mots qu'il faudrait" pour cette lettre.

Dans le récit "Le Poisson rouge" une petite fille imaginative fait la connaissance de l'homme qui a pris auprès de sa maman la place de son père bien-aimé. La rencontre ne se fait pas sans heurts mais le dénouement n'est pas celui auquel nous nous attendions.

Bleue, Montréal est prise aux filets lumineux des rues. Du haut de trente étages, un groupe d'amis interroge sa nuit. Ils se rassemblent souvent devant cette fenêtre avec des jeunes filles qui les quittent pour revenir toujours.

Les mots, ce soir, craignent le silence. Le scotch mouille les lèvres sans conviction. Personne n'échappe à la sensation d'être un des sabliers où les secondes s'étirent. On agite son verre. On regarde les danseurs. L'index d'Hubert scande le rythme sur son porte-cigarettes.

une boîte (de nuit) -disco

13 Les Mots qu'il faudrait

Luc crayonne des formes qui seront un jour des maisons. Un gitan[1] trop astiqué, un violoniste, vient à leur table étaler une valse obséquieuse. Sébastien lui tend un billet:

—Je t'en donnerai un autre si tu te jettes par la fenêtre!

Le groupe applaudit à l'impertinence. Le plaisir va-t-il enfin enflammer la paille des mots?

—Pourquoi ne raconterais-tu pas, Sébastien, ton entreprise d'acheter le *Reine Elizabeth*?[2] L'histoire n'est pas inédite, mais elle est formidable.

—Il pouvait le payer? demande une des jeunes filles soudainement admirative.

—C'était une blague, Sébastien réussit mieux ses blagues que ses affaires sérieuses.

—Si nous dansions, propose Luc irrité de cette vieille joyeuseté.[3]

Le groupe se lève d'un mouvement spontané, mais Sébastien ne bouge pas. Avec une moue de regret, sa compagne se rassied. Un bellâtre qui la convoitait vient l'inviter à danser.

—Oui, tu peux accepter, dit Sébastien.

Enfin seul à sa table, seul en face de la ville sombrée[4] dans la nuit, il soupire d'aise. Montréal est une eau tranquille. Il y surprend tout à coup le reflet d'un visage qui se dévoile doucement. Montréal entière se résorbe[5] dans cette ombre irréelle. Un léger vertige s'empare de Sébastien. Tempes appuyées dans les mains, il se laisse submerger par la mémoire.

Sa mère lui apparaît d'abord dans un cercle de femmes causeuses.[6] Elle les domine toutes, ces autres femmes du village. Sébastien en tire une sorte d'orgueil. Elle aurait pu être lointaine, mais elle avait une façon attachante d'incliner son long corps pour offrir un sourire. C'était un sourire de son visage entier, de tout son corps, le parfum d'un grand bonheur.

Comment cette femme pouvait-elle être heureuse? Elle ne pouvait n'être pas consciente de tout ce dont la vie l'avait privée. Belle, sensible, rêveuse, comment sa solitude a-t-elle pu ne pas lui apparaître comme une cage? Qu'est maintenant devenu le visage de sa mère? Il sort un portefeuille de la poche intérieure de son veston, en tire tous les papiers, les étale et prend dans sa main une photographie tout usée. Sébastien s'efforce de peindre des années au visage de sa mère,

---

[1] bohémien.
[2] grand hôtel montréalais.
[3] plaisanterie.
[4] plongée.
[5] disparaît.
[6] *un cercle de femmes causeuses*—un groupe de femmes qui aiment parler inconsidérément.

d'en blanchir les cheveux. Dix ans, même plus, ont passé depuis la dernière visite de Sébastien.

—Garçon!

Au fond, Sébastien a toujours été comme ce soir: assis à sa table pendant que les autres dansaient. Le rythme de Montréal ne l'a jamais entraîné tandis que, comme ce soir, les autres voguaient sur une musique enchantée. Heureusement,³ Sébastien sait rire. Par le rire, il proclame: "Voilà, je suis présent!" Par le rire, il se rend indispensable.

Sa mère était le passé révolu. Il fallait qu'elle le devînt. Tout cela, Sébastien ne le pense pas en images bien dessinées, son âme secouée de salves alternées de lumière et d'ombre. Il boit nerveusement.

Depuis combien d'années n'a-t-il même pas écrit une seule lettre à sa mère? Eût-elle été ensevelie sous l'herbe négligée d'un cimetière que l'attitude de son fils n'aurait pas été différente. Mais elle vit! Pourquoi n'a-t-il plus besoin d'entendre de sa bouche une parole qui lui soit douce? Il a cent fois remis à plus tard de la visiter; pourquoi la distance lui apparaissait-elle chaque fois plus infranchissable? A chaque tentative qu'il avait faite de lui écrire, les mots et l'encre séchaient à la plume inutile; pourquoi?

Une chaleureuse main sur l'épaule de Sébastien le fait sursauter. Les amis reviennent s'attabler. Cela lui semble une agression. Sans doute la gêne l'assombrit-elle puisque Luc lui en fait la remarque. A grands gestes, Sébastien appelle sa compagne dans la gerbe des danseurs.[7] Elle vient, Son bellâtre la suit. Sébastien le prie de se joindre au groupe.

—Afin que vous prêtiez l'oreille à mon discours, je vous offre le champagne, annonce-t-il.

Les amis jubilent. Le vrai, l'unique Sébastien est retrouvé!

—Je vous invite, poursuit-il, à célébrer avec moi le souvenir d'une femme exceptionnelle.[8]

Les amis s'interrogent du regard. La compagne de Sébastien se mord les lèvres. Le dernier arrivé pâlit.

—C'est une femme à qui je dois tout. Levons nos coupes en l'honneur d'une femme exceptionnelle!

Les amis croient avoir compris: Sébastien refusait de danser pour mieux s'enivrer. Il a réussi, jugent-ils.

—Vous n'y comprenez rien? Moi non plus . . . C'est ma pauvre mère. Elle n'a pas entendu parler de moi depuis un siècle! Je vais lui écrire immédiatement. Excusez-moi.

---

[7] *la gerbe des danseurs*—métaphore désignant l'ensemble coloré des danseurs.

[8] *une femme exceptionnelle*—une femme qui n'a pas sa pareille; une femme qui n'est pas ordinaire.

15 *Les Mots qu'il faudrait*

L'asphalte est d'un noir luisant. Un brouillard s'enroule autour des édifices. Avec impatience, Sébastien s'engage sur l'autoroute tant de fois parcourue. Il regarde l'heure à sa montre. Il appuie sur l'accélérateur. Les pneus crient. Le combat s'engage contre la distance muette. Il se frotte les yeux: trop de nuits blanches![9] Il devrait se reposer.[7]En arrivant chez lui, il se préparera un grand bol de café noir, il écrira quelques mots à sa mère, ensuite il décrochera le téléphone et il dormira toute la fin de semaine. Cette lettre sera pour sa mère la plus belle surprise de sa vie.

Sera-t-elle vraiment étonnée?[8]Toute soumise à la vie, elle a peut-être accepté sans amertume de perdre son fils; elle le retrouvera peut-être sans surprise. Son âme ressemblait à sa maison; chaque sentiment était rangé dans un ordre immuable comme les robes anciennes et les draps empesés pour les visiteurs. Le souvenir de son fils, elle doit le garder dans une pièce dont elle n'ouvre jamais la porte. Sébastien doit y régner tel que lorsqu'il quitta la maison avec sa valise héritée d'un oncle émigré aux Etats-Unis et la casquette trop vaste de son aîné qui l'avait troquée[10] contre la barrette.[11]

Sa mère rapportait la vie aux choses simples qu'elle aimait. Tout, croyait-elle, arrive en son temps: si l'on a été bon jardinier—c'était son expression—les événements surviennent en leur saison. Sébastien reviendra, doit-elle songer, puisqu'elle a mis toute la patience nécessaire à l'attendre. Malgré cela, la lettre de son fils mettra un peu de désordre dans son âme rangée. Ce sera le désordre du bonheur. Cette pensée se confond avec le bruit du moteur ivre de sa force.

Un soir, son père ne rentra pas . . .
Sébastien cherche son enfance fort loin dans la nuit de sa mémoire. Son père achetait et vendait les choses les plus inattendues: de la ferme entière à la machine à coudre usagée. Son père lui a donné la passion du bond qui sépare et unit ces deux points: acheter et vendre. Sébastien sourit: son père était plus doué pour l'achat que pour la vente! Il partait des semaines complètes; son itinéraire suivait le hasard de ses transactions. Partant, il ignorait sa destination; à son retour, il ne se souvenait plus de ses étapes. D'un geste mirifique,[12] il jetait sa bourse sur la table si les affaires avaient été bonnes. Alors la mère de Sébastien posait des questions: elle redevenait la petite fille qui aime les histoires. S'il ne jetait pas sa bourse, elle se taisait. Il revenait

---

[9] nuits sans sommeil.
[10] échangée.
[11] le bonnet noir des ecclésiastiques.
[12] fam. merveilleux, surprenant.

toujours le vendredi soir. Le samedi et le dimanche, il se consacrait aux petites tâches d'entretien et aux enfants. Deux jours, avait-il coutume de dire, ce n'est pas trop pour enseigner la vie à ces petits hommes.

Donc un vendredi, le père de Sébastien n'était pas rentré. Leur mère ne permit pas aux enfants de l'attendre. Ils durent se mettre au lit à l'heure habituelle. Au matin, il n'avait pas donné signe de vie. Comment la mère de Sébastien avait-elle passé la nuit? Il se pose la question aujourd'hui. Combien de fois souleva-t-elle un rideau pour se heurter à une absence? Les enfants avaient dormi comme de petits animaux: avec bonheur. Sébastien se demande si le bonheur ne serait pas tout bonnement de l'inconscience...

Sans l'école, le samedi était une journée qui ressemblait à la vraie vie, du moins à l'idée que les enfants s'en faisaient. Ce jour-là, s'ouvrait sur la neige à perte de vue, des pistes de skis entrecroisées, des descentes en traîneaux, des cavernes secrètes, des forteresses et un soleil qui donnait le vertige. Leur mère recommanda aux enfants de ne pas s'éloigner de la maison ce matin-là.

(Sébastien tourne le bouton de la radio. Toutes les stations sont idiotes. Il est vrai qu'à cette heure...)

Le samedi soir, le soleil peignait en rouge la neige et son père n'était pas rentré. Quelques dames étaient venues accompagner sa mère. C'était les femmes qui venaient souvent la visiter, sauf une, habillée de noir et pâle. Elle était convaincue que l'absent avait été emporté par la tempête.

—Cela s'est déjà vu, expliquait la dame en noir: ils se fatiguent, ils s'enlisent,[13] ils s'abandonnent à la tempête comme au sommeil.

La mère de Sébastien avait répondu des mots que Sébastien ce soir interprète ainsi:

—Il faut faire confiance à la vie; autrement, il vaut mieux ne pas vivre.

La dame en noir n'avait pas aimé cette assurance sereine. Elle avait rétorqué:[14]

—Un homme, qui n'est jamais à la maison, rencontre bien des personnes et quelquefois de jolies femmes. Il est parfois difficile de ne pas succomber.

—Quand on n'accorde pas toute sa confiance, avait répondu sa mère, on n'aime pas.

Il était tard. Elle fit signe aux enfants qu'il était l'heure du sommeil. Au lever, dimanche, leur père était attablé. Les enfants l'assaillirent de questions. Que lui était-il arrivé? S'était-il égaré parmi les routes loin-

---

[13] ils s'enfoncent dans la neige.
[14] avait répondu.

taines? En guise de réponse,[15] il promit de ne plus jamais se faire attendre. Cette promesse valait toutes les explications. Le visage de sa mère n'était plus marqué des nuits précédentes; il rayonnait.

Voilà un souvenir que Sébastien rappellera dans sa lettre.

* * *

Sa maison se dresse tout à coup au bord de la route. Il lui semblerait n'avoir fait qu'un bond de Montréal à sa maison. Il entre, il se prépare un café noir, il cherche du papier à écrire, il farfouille[16] dans ses tiroirs, il trouve.

Au coin de la page blanche, Sébastien inscrit la date; il écrit un peu plus bas le nom de sa mère que sa main trace avec une certaine gêne; plus bas encore, il écrit lentement: "Chère maman"; cette fois, sa main éprouve une lourde émotion.

Qu'écrira-t-il ensuite? S'excusera-t-il de son silence? Quelles excuses justifieraient sa négligence? Racontera-t-il sa vie depuis son départ? Ces années n'appartiennent qu'à lui seul et ne sauraient être partagées. Les offrir en petits caractères d'encre noire serait mensonge et trahison. Seuls le silence et la mémoire ne mentent pas. Sébastien aime parfois de moquer de ces années, mais il refuse de les raconter.

Il remplit sa tasse. Il allume une autre cigarette.

D'ailleurs, s'il dévoilait cette partie de sa vie, sa mère la comprendrait-elle? Comprendrait-elle son désespoir et son entêtement? Il dépose sa plume.

Mains dans les poches, le dos courbé comme tout homme inquiet, il marche à pas impatients d'une pièce à l'autre. Soudain, il interrompt sa réflexion et se précipite vers la lettre commencée. Sa mère lui a dispensé une éducation[17] qui lui permet d'évoluer avec aisance dans tous les milieux, il lui écrira cela. Il lui exprimera sa reconnaissance. Sa plume forme quelques mots; il relit, il biffe; ces mots ne sont pas ceux qui seraient nécessaires. Il chiffonne le papier. Une autre pensée accapare toute son attention.

Dresser un bilan le dégagerait du silence qui l'étreint. D'abord, il s'est arraché à la vie que lui promettait son enfance, une vie interminable qui n'aurait pas été sans ressemblance avec les tricots interminables des femmes de villages; il a conquis une zone de vie où l'homme n'est pas privé de l'ivresse de vaincre un autre homme ni de celle des défaites amères. Sébastien est devenu par la force des choses, et ensuite

---

[15] comme réponse.
[16] fouille.
[17] *sa mère lui a dispensé une éducation*—sa mère lui a appris les usages de la société et les bonnes manières.

par choix, un chercheur d'or. L'or lui la procuré la liberté. Son carnet de chèques, par magie, renversait toutes les barricades. L'argent ne fait pas le bonheur, disait-on dans son enfance. Que ce précepte soit répandu: il console ceux qui en sont dépourvus. Sébastien a pris le parti de ne pas juger la vie: il ne l'a pas créée, il est par conséquent convaincu de n'y rien pouvoir changer. Sébastien s'y est plutôt adapté, pour son avantage. Comment expliquerait-il cela à une pieuse femme qui joignait les mains à la plus minime joie et qui s'agenouillait à la moindre peine avec la conviction, par ces gestes, de pouvoir influencer le cours des siècles?

Pendant que son esprit était tout lové[18] sur sa réflexion, la main de Sébastien a griffonné des dessins sur la lettre commencée, et des mots inachevés, et des sigles ornementés, et des visages fioriturés[19] qui ne ressemblent à personne et des maisons qui ressemblent tantôt à des châteaux, tantôt à des monstres qu'il serait bien difficile d'apprivoiser. Sébastien arrache cette feuille et la jette. Il se verse un autre café. Il allume une autre cigarette. La nuit a maintenant l'éclat terni d'un œil de femme fatiguée. Sébastien se frotte les yeux avec le revers de la main.

Au lieu que surgissent les mots convenables, ce sont des visages amis qui assaillent la petite table où il s'acharne à écrire. Hubert, le fonctionnaire, impose sa présence par son rire torrentiel; Bob raconte son dernier exploit commercial; Luc, le poète de l'architecture, invente d'excentriques maisons, et les jeunes filles sont des déesses qu'il est délicieux d'adorer sans y croire. Ces visages troublent son recueillement. Où sont-ils? Où passent-ils la nuit? Il regrette de leur avoir faussé compagnie. Sébastien les retrouverait facilement, car il a l'habitude des circuits de leurs nuits blanches. Mais, s'il abandonne la lettre, il ne pourra plus jamais l'écrire.

Il avait besoin d'écrire cette lettre à sa mère comme l'on peut ressentir une brûlante faim. Maintenant, il se demande; que raconterais-je à ma mère? Il replace le papier dans un tiroir. Il range sa plume et son encrier. Il regarde l'heure. Il n'est pas trop tard pour retourner à Montréal. Où a-t-il donc jeté son imperméable? Voilà! Un jour, il mettra de l'ordre dans cette maison de célibataire...

Cette lettre n'était pas possible. Les années ont fait de sa mère une étrangère. Il a l'impression d'avoir peu connu cette femme, il y a très

---

[18] *pendant que son esprit était tout lové* . . . —pendant qu'il était plongé dans ses réflexions. L'esprit du jeune homme est comparé métaphoriquement à une spirale encerclant ses pensées.
[19] *des visages fioriturés*—des visages décorés d'ornements bizarres, ou symboliques, de fioritures.

longtemps. Il écrira une autre fois, lorsque moins de fatigue l'accablera.

* * *

Sébastien met en branle son moteur.[20] Le bruit, dans la nuit silencieuse, comporte quelque chose d'inquiétant qui fait s'agiter son cœur. Sébastien se moque de cette réaction. Il fonce sur l'autoroute rutilante[21] de l'aube prochaine. Il adressera un cadeau à sa mère. Un jour, très bientôt, il passera la visiter.[22] Mais auparavant, il lui aura écrit. Ce sera très bientôt. La voiture-sport file vers la ville d'où semble jaillir le jour. Sébastien va retrouver ses amis. Ensemble, ils attendront la venue du matin. Ils quitteront l'âcre nuit d'une petite boîte,[23] et, de l'autre côté d'un rideau imprégné de fumée, un soleil remuant la ville entière les accueillera. Ils auront brûlé des heures. Ils n'auront rien fait d'autre que de regarder brûler des heures. Ils sont des gens sans espoir. L'espoir est une autre illusion des faibles. Sébastien s'est dépouillé de cette naïveté. Et de beaucoup d'autres ...

Il a soif.

Qu'il a soif!

Un aimant s'acharne à sceller ses paupières; il lutte par une gymnastique nerveuse des yeux. La route s'étire devant lui comme un miroir vivant. Il n'entend plus son moteur. Un bon moteur: silencieux, songe-t-il. Il avance en un vol muet et facile. Il est parfaitement heureux. Voilà ce qu'il aurait dû écrire à sa mère. Cela, elle l'aurait compris. Voilà ce qu'il écrira à sa mère qui sera heureuse de savoir réalisé son vœu le plus cher. Lui annonçant son bonheur, Sebastien chassera tant d'inquiétude. Sébastien se sent doublement heureux. Le bonheur tombe sur lui en une fine pluie dont chaque goutte est un petit soleil. Cela aussi, il l'écrira à sa mère ...

Mais il y a mieux ...

(Non, il n'écrira pas cette lettre ...)

Au bout d'une longue route, si longue, après tant d'années d'oubli et tant de fatigues accumulées, Sébastien arrive enfin devant une petite maison de bois blanche et si couverte de feuillage qu'on dirait un nid d'oiseaux. Tendrement, il pose ses lèvres sur les cheveux blancs de sa mère; elle sourit comme il ne se souvient pas de l'avoir vue. ...

Sébastien rêve ...

---

[20] démarre.
[21] qui brille d'un vif éclat.
[22] lui rendre visite.
[23] boîte de nuit.

* * *

Aurait-il succombé au sommeil? C'est l'hypothèse des officiers[24] de la circulation qui ont trouvé la voiture renversée le long de l'autoroute "droite comme une corde de violon"[25] selon l'un d'eux.

Déjà les fils électriques sont porteurs d'un message pour une mère abandonnée dans son village: VOTRE FILS ACCIDENTE VOUS RECLAME STOP ETAT NON DESESPERE.

---

[24] agents.

[25] *droite comme une corde de violon*—expression familière et hyperbolique qui laisse sous-entendre que la voiture était complètement aplatie, par l'accident.

ROCH CARRIER

Le Poisson rouge

Mon père et moi, ce soir, recevons à la maison ma mère et son mari.

Mes amies de l'école ne m'ont pas trouvée amusante quand je leur ai dit que mon père et moi recevions ma mère et son nouveau mari.

Moi je trouve que c'est une bonne idée.

Auparavant, mon père et moi allions rencontrer ma mère au restaurant. On me faisait servir un sundae[1] "Château Champlain": cela contient de la crème glacée[2] à tous les parfums et de toutes les couleurs, du sirop de caramel, de chocolat, de guimauve, de grenadine, des fraises de jardin, des cerises, des noix de Grenoble, des tranches de bananes et d'ananas, des raisins verts et des raisins bruns, et pour boire, l'on choisit un milkshake chocolaté.[3] Mon père et ma mère échangeaient des banalités peu intéressantes, évidemment, ni pour moi ni pour eux. Moi, je mangeais mon sundae. Quand ils n'avaient plus rien à se dire, ils s'adressaient à moi:

—Chérie, fais attention! Tu feras de vilaines taches à ta robe.

Je répondais:

—Je suis tellement heureuse que vous soyez là, tous deux.

Ils me croyaient.

—Elle est charmante, déclarait ma mère.

—Ma fille serait à l'aise à la table d'un ambassadeur.

—Notre fille, corrigeait ma mère.

—Et que deviens-tu, toi? demandait-il, inquiet.

—Je reconquiers peu à peu mon équilibre. Ça a été difficile, tu sais.

Mon père s'apitoyait sur le sort de sa pauvre femme qui nous avait quittés.

—Hélas! la vie n'est pas facile.

Tous leurs principes et leurs chagrins énumérés, ils n'avaient plus rien à se dire. Mon père tournait sa tasse dans sa soucoupe; cette

---

[1] mot américain—glace aux fruits.
[2] congelée.
[3] boisson au lait parfumée au chocolat.

manie impatientait ma mère lorsqu'elle demeurait avec nous; elle semblait la supporter plus facilement, maintenant. Mon père concentrait son esprit sur son jeu, ma mère fumait des cigarettes. Tout à coup, mon père revenait à la surface:

—Chérie, ne sois pas gloutonne.

—Une jolie fille comme toi n'a pas le droit de n'être pas distinguée, renchérissait ma mère.

—A quoi te sers de connaître le nom du chef sauvage Bessabez si tu n'apprends pas à manger un sundae?

Mon père appelait la serveuse:

—Je voudrais un sundae comme celui de ma fille.

—Comme celui de notre fille, insistait ma mère...

—...mais moins élevé de dix étages; celui-là me donne le vertige.

Il riait, la serveuse souriait, ma mère déclarait:

—Georges, tu n'es qu'un enfant; voilà ton problème.

Tout en mangeant sa crème glacée, mon père racontait ce qu'il avait lu dans les journaux ou ses magazines[4] de mécanique, ma mère décrivait ce qu'elle avait vu dans les vitrines. Telles étaient nos joyeuses rencontres mensuelles.

Je commençais à détester la crème glacée. Mes parents l'ont compris puisque ce soir, ma mère et son mari viennent me rendre visite chez mon père. Ils me feront pleurer d'émotion, ces trois-là!

Mon père est un homme ordinaire. Celui de Denise, une amie, par exemple, est pilote d'avion; mon père a le vertige à monter dans ses souliers! Le père d'Hélène est un chasseur: il est allé jusqu'en Afrique. Mon père chasse parfois le moustique, s'il a été piqué très fort! Mais il est drôle! Toutes mes amies savent que leurs pères ont des maîtresses; je puis assurer que mon père n'en a même pas une! Mon père est une mère de famille! C'est pourquoi je défends son honneur devant mes amies. Elles savent que mon père a dansé avec Elizabeth Taylor à Los Angeles. Je leur ai prouvé cet exploit avec une coupure de journal. Sur la photo, mon père apparaissait de dos.... Mais elles m'ont crue. La démarche dégingandée de mon père, je l'explique par un accident dans une voiture de courses. Pourquoi leur aurais-je raconté qu'il encombre toujours la chaussée et qu'on lui crie:

—Grand-père, à cette allure, vous arriverez trop tard à l'hospice!

J'aime sauver la réputation de mon père parmi mes amies. Il n'y a que moi à savoir comme il est drôle. Je tiens à le trouver drôle, car, si personne ne vous trouve drôle, ça doit vous rendre triste.

Je sais bien que mon père n'est pas Napoléon, ni César, ni John Kennedy; je sais bien qu'il se préoccupe plus de savoir si j'ai pris mon

---

[4] mot anglais—ses revues.

bain que de suivre la cote de la Bourse, mais je sais aussi que lorsqu'il dit ne pas aimer la chasse pour des raisons humanitaires et esthétiques, la vérité est plutôt qu'il s'oblige à rester à la maison avec sa petite fille, moi. Dans quelques années, parce que je serai devenue une jeune fille, mon père ne sera plus mon prisonnier: alors, il va beaucoup changer. Il va peut-être revivre le temps perdu et deviendra drôle pour tout le monde. Et moi, je m'inquiéterai peut-être.

Est-ce que mon père m'observe comme je l'étudie? En tout cas, il n'a pas la vie facile, et c'est à cause de moi. Si je n'étais paslà... (Cette pensée est absurde puisque je suis là...) J'essaie qu'il soit le moins malheureux possible. Tout compte fait, je suis heureuse qu'il ait invité à dîner ma mère et son mari. Cela me changera des sundaes "Château Champlain" et j'aurai l'honneur et le très très (c'est un superlatif) vif plaisir de rencontrer le mari de ma mère, homme très distingué, mon père m'en a prévenue, professeur de grec ancien, polyglotte. Au collège, nous avons un professeur de grec: une demoiselle à tête de poisson rouge. Un professeur de grec doit ressembler à un autre professeur de grec. Malgré ses torts, ma mère méritait plus qu'un poisson rouge!

Mon père vaut mieux qu'un poisson rouge. Ma mère aurait dû rester avec lui. Il préfère peut-être qu'elle soit partie. Le dîner se passera comme dans l'arène, mais avec politesse: d'un côté le faux grec à tête de poisson rouge, en face de lui, mon père. Le trophée à gagner: moi. Le poisson rouge grec ne m'attendrira pas. Mon père est d'avance le vainqueur. Je suppose que du point de vue de ma mère, il sera perdant...

L'on sonne.

—Je vais ouvrir, dit mon père. Tu a mis ton bracelet? J'espère que tu n'as pas oublié ton parfum.

Il me parle en détachant son tablier. Il enfile son veston, se hâte. Voici ma mère qui lui tend la main. Baise-main. Mon père se conduit comme un homme du monde. Accompagne ma mère un homme grand, blond, les cheveux taillés à la César (avant qu'il ne soit chauve). Je me laisse embrasser par ma mère. Est-ce que l'homme avec elle va m'embrasser aussi? Je n'aime pas le parfum de ma mère. Quel costume excentrique il a cet homme! Un costume rose—est-ce rose?— plutôt lilas, non: parme, en tout cas: horrible avec de larges carreaux. Horrible. Quel manque de goût! C'est un pédéraste! Il tient la main de mon père. Quel dîner nous attend! Le pédéraste en rose s'approche vers moi, me tend la main:

—C'est donc vous, la grande fille dont votre mère me parle si souvent. Je suis heureux de vous rencontrer enfin. Nous deviendrons de bons amis.

Il me regarde dans les yeux, puis ses yeux glissent vers l'endroit où poussent mes petits seins. Le cochon, il veut me séduire! À vrai dire, il est un bel homme.

—Chérie, voici Franz.

—Oui, appelez-moi tout simplement Franz, puisque nous sommes presque des amis.

—Franz, c'est un nom allemand?

—Oui.

Il est plus beau que mon père.

—Je n'aime pas les nazis.

Une batterie de voix outragées proteste: l'Allemand, ma mère évidemment, même mon père. Trop, c'est trop.

—Bachau! que je crie, Bachau! Bachau!

Ma mère est indignée, mon père est pâle, Franz sourit:

—Mademoiselle voudrait-elle dire Dachau?[5]

Ma mère a le visage écarlate; je devine que mon père voudrait être une mite et disparaître dans le tapis. Seul, l'Allemand reste de marbre, comme un vrai nazi:

—Mes parents étaient Brésiliens, poursuit le nazi, je suis né en Allemagne, à la clinique de maternité.

Le nazi n'a cessé de me regarder dans les yeux. Il est très beau.

—Franz est très doux, plaide ma mère.

—Peu importe.

Ils éclatent de rire; je ris avec eux pour ne pas sangloter de rage.

—Quelle fille merveilleuse vous avez, M. Martin!

—Que je souhaiterais avoir une telle fille, dit mon adorable maman, toute spontanée.

Mon père, pâlissant, se dirige vers la cuisine. Le nazi tourne le dos et marche vers la bibliothèque. Pour se faire pardonner, elle imagine de me dire:

—Tu me manques tellement, ma petite fille.

Quand une mère parle avec cette tendresse, il faut absolument l'embrasser.

—Chers amis, buvons un verre! proclame mon père.

Ainsi se terminent tous leurs drames.

Quand il prépare ses alcools, mon père semble construire la prochaine bombe H.

Ils boivent l'apéritif. Je bois ma grenadine.[6] Ils parlent. Je me tais. J'aurais envie d'aller me cacher dans ma chambre. Qu'est-ce qui est plus ennuyeux qu'un adulte? Un autre adulte. Ils savent qu'ils sont

---

[5] camp de déportation allemand pendant la seconde guerre mondiale.
[6] boisson au sirop de grenade.

to be boring

ennuyeux. Ils s'ennuient ensemble. Ils se réunissent pour s'ennuyer. Ils s'ennuient à oublier qu'ils s'ennuient. Toute leur ambition est de ne pas laisser paraître qu'ils s'ennuient. Pourquoi n'ai-je pas droit à un scotch? Ils me font pitié. Je m'esquive.[7] Dans la salle de bains. La porte verrouillée, je vis, enfin. Je me regarde dans la glace. Je ne suis pas laide du tout. Je m'aime. J'ai envie de lire. Lire pour penser à autre chose. Il faudrait une bibliothèque dans les salles de bains. Je sors pour entrer dans ma chambre. Les livres de ma bibliothèque personnelle sont enfantins. Ce sont les volumes de la bibliothèque de mon père que j'aime. Il y a longtemps que je n'ai pas tiré un volume de mes rayons. Ici, rien ne m'intéresse. Je lis les titres. Ce livre, peut-être? Je l'avais oublié, évidemment: *Récits merveilleux tirés et adaptés de l'Odyssée d'Homère pour les enfants.* Je trouverai quelque chose là-dedans. A la vérité, je préfère *L'Erotisme dans la peinture du XVIe siècle.* Cherchons. Voyons. Au hasard. Je lis. C'est un peu jeune, ce ton. C'est naïf. Heureusement, j'ai la paix, ici. "L'aurore aux doigts de rose," n'est-ce pas un peu exagéré? Si j'écrivais dans ce style, j'obtiendrais 80 pour cent! N'est-ce pas ridicule? Elpénor? Vous connaissez Elpénor? Quel prénom! Je lis. Elpénor! Je lis.

On frappe à ma porte. Je cache le volume sous l'oreiller. J'ouvre. C'est le nazi, mielleux, athlétique:

—Excusez-moi de vous déranger. Votre père et votre mère apprécieraient votre présence. Pour moi, je n'espère rien, puisque vous m'avez condamné. J'aurais aimé me mieux faire connaître de vous. Aussi longtemps qu'il me reste un ennemi, je ne puis vivre. Et je suis deux fois plus malheureux s'il s'agit *d'une* ennemie.

Ce nazi parle comme une araignée fait sa toile. A moi de lui tendre mon piège.

—Vous êtes professeur de grec, n'est-ce pas?

—Mes élèves le croient.

—Alors, vous devez connaître Elpénor . . .

Le nazi est étonné de mon savoir, le naïf. Il cherche. Je le tiens.

—Vous savez, mademoiselle, la civilisation grecque, son histoire, sa littérature sont de vastes domaines. Plusieurs vies seraient nécessaires pour les parcourir tous.

Je suis heureuse, je me félicite, je jubile intérieurement: c'est la mort de l'araignée.

—Elpénor, continue t-il, était un compagnon d'Ulysse, mort sur l'île de Circé. Il réapparut sur la terre à l'appel d'Ulysse.

Ce nazi ne doit pas connaître tous les détails:

—Il était mort à la guerre, insinuais-je, n'est-ce pas?

---

[7] Je me retire sans être aperçue.

—Oh! non, mademoiselle, il était mort d'un coup de vin. Vous savez que l'alcool a tué plus d'hommes que les guerres. Cependant, je souhaite aux hommes plus de vin que de guerres!

Il me mettra en colère, s'il continue de me provoquer.

—Nous faisons la paix, mademoiselle?

—La paix provisoire.

Il tend sa main. Elle est douce. Me tenant par la taille, il me ramène au salon. C'est bon, un homme qui vous tient par la taille, même un nazi. Nous apercevant, mon père et ma mère interrompent leur conversation.

—J'étais sûre qu'ils deviendraient bons copains, reprend ma mère. Franz est irrésistible.

—Il ne faut pas minimiser le charme de ma fille.

Tous sont d'accord. Il est drôle, mon père.

* * *

Pour le dîner, mon père a cuisiné un koulibiac, nous annonce-t-il, en nous servant un hors-d'œuvre de crevettes, moules et autres monstres.

Pendant qu'ils s'acharnent à dévorer leurs horribles bêtes, ma mère et son nazi s'interrogent sur la nature d'un koulibiac. Ils ne réussissent pas à nous faire avouer que c'est un plat russe traditionnel chez les paysans.

—Tu es donc devenu un habile cuisinier? demande ma mère.

—J'ai dû apprendre, dit mon père, résigné.

Je surenchéris:

—Papa est un maître surtout dans les plats difficiles. La semaine dernière, nous avons reçu les Stein. Papa avait préparé un toutitatou. M. et Mme Stein ont assuré qu'ils n'avaient jamais mangé un aussi délicieux toutitatou.

—Tu exagères, chérie, me reproche mon père.

Evidemment, rien n'est vrai de ce que j'ai dit. Mais, qui défendra l'honneur de mon père, sinon moi?

—Qu'est-ce qu'un toutitatou? s'inquiète le nazi.

—C'est un mets grec très connu, dis-je.

Le professeur de grec est humilié.

—Chérie, insinue mon père, ne trouves-tu pas que . . .

—N'est-ce pas que M. et Mme Stein ont aimé ton toutitatou?

Mon père n'a plus le courage de me contredire. Il remplit les verres. A mon vin, il ajoute de l'eau.

—Elles sont délicieuses, vos crevettes, assure Franz. Auparavant, je disais: "Les crevettes, il est criminel de les manger ailleurs qu'à Madrid, à la Puerta del Sol,[8] à cinq heures le soir, en attendant que le soleil se couche et en les arrosant de sangria."[9] Je proclamerai maintenant qu'il faut manger les crevettes chez M. Martin.

—Franz, roucoule ma mère, montrez à notre chérie la blessure que vous a faite un taureau de Séville. Ouvrez votre chemise, chéri. Montrez à notre chérie.

Ma mère, lorsqu'elle était à la maison me frappait sur les doigts si je laissais tomber des miettes. Maintenant, elle pousse son nazi à faire un *strip-tease* à table. Heureusement que je puis mentir:

—Mon père aussi aime le danger. Son nouveau sport est la course motocyclette.

—Georges à motocyclette! se moque ma mère. C'est impossible.

—Mon père n'est pas encore champion. A la course de dimanche dernier, il s'est classé troisième. Mais il y a eu deux morts, cinq blessés.

Franz ne sourit plus. Il me regarde froidement dans les yeux.

—Ce sport est inutilement dangereux. Il faut convaincre votre père d'abandonner la motocyclette. C'est trop dangereux.

—Ce sera difficile.

Aurais-je touché le cœur de ce tueur de Juifs? Je continue de mentir:

—Oui, je vous promets que je le convaincrai d'arrêter ces jeux de casse-cou.

Voici mon père qui porte fièrement le koulibiac et le dépose au centre de la table:

—Je n'ai pas le génie culinaire que me prête ma fille mais j'espère que vous l'aimerez. Si vous aimez le saumon...

Pourquoi mon père a-t-il toujours besoin de s'excuser lorsqu'il fait quelque chose? Parce que le nouveau mari de ma mère est avec nous, il semble prêt à s'excuser d'être mon père.

Les verres sont remplis. L'on mord à la croûte dorée, parfumée de fines herbes.

—Georges, me confieras-tu ta recette, chéri?

—Avec plaisir.

Pourquoi n'a-t-il pas dit: non? Il est trop sympathique, mon père.

Le nazi pose son couteau et sa fourchette:

—M. Martin, dit-il, ma femme (il a hésité, je l'ai remarqué, à dire *ma*), ma femme m'a parlé de vous souvent. Vous êtes tellement sympathique. Nous deviendrons de bons amis, si vous le voulez bien.

—La première condition de notre amitié est que vous aimiez mon koulibiac.

---

[8] place célèbre de Madrid.
[9] mot espagnol—boisson au vin.

—Mais je l'aime, monsieur!

—Je l'adore, Georges.

—Alors, buvons à notre amitié!

Les verres tintent. Je n'ai pas levé le mien.

—Tu ne nous accompagnes pas, chérie, implore ma mère.

Mon père est trop simple, je défends l'honneur qu'il devrait avoir:

—Je n'ai pas envie de boire: il y a trop d'eau dans mon vin.

—Vous qui lisez beaucoup, mademoiselle, savez-vous où l'on parle des plus gros saumons?

Je ne sais pas, mais je ne l'avouerai pas:

—C'est dans un livre grec!

Franz rit:

—Qu'elle est rusée! Elle me déteste, mais moi je l'aime bien.

Mon père a les yeux brillants et le visage tout épanoui:

—Croyez que si j'avais eu la possibilité de choisir ma fille, c'est elle que j'aurais élue!

Je rougis. Ces déclarations sentimentales m'irritent.

Cela embête mon père que je sois là, mais il assure qu'il aime être embêté par moi. Cher papa!

—Le plus gros saumon, poursuit Franz qui tient à son idée comme un vrai nazi, se trouve dans les œuvres de Rabelais,[10] Gargantua[11]—c'est un géant—a des haltères faits de deux saumons de plomb qui pèsent chacun 8,700 quintaux. N'est-ce pas amusant?

J'éclate de rire très impoliment:

—Non!

Du regard, mon père me reproche d'être impolie. Il essaie de corriger ma bévue:[12]

—Oh! dit-il, je n'ai pas vérifié si le saumon que je vous ai servi était de chair ou de plomb!

Franz rit, mon père remplit les verres en éparpillant des taches rouges sur la nappe:

—Oh! Georges, que tu es drôle!

—Tu m'as si mal connu, Marie!

—Je ne me connais même pas moi-même, dit Franz.

D'un même geste, ils portent le verre à leurs lèvres. Ensemble, ils éclatent d'un rire gras qui les empêche de boire:

—Du saumon de plomb!

—Ah! Ah!

—Du plomb rôti! Ah! Ah! Ah!

Etranglés de rire, ils se dandinent sur leurs chaises, frappent de la

---

[10] écrivain français (1494-1553).
[11] personnage d'un roman de Rabelais.
[12] impolitesse.

main sur la table, hoquetant. Ils sont dégoûtants! Pourquoi mon père ne les met-il pas à la porte? Il faudrait qu'il parte avec eux, tant il leur ressemble, maintenant. Qu'est-ce que je fais avec ces gens?

Je repousse ma chaise et je cours vers ma chambre. Je verrouille ma porte.

—Chérie, implore mon père, reviens avec nous.

—Non.

—Chérie.

—Mademoiselle (c'est Franz, le nazi), comment pourrais-je me passer de vous, moi qui aime tant les jolies filles!

—Chérie, ne chagrine pas ta petite maman qui t'aime tant.

Cette vipère qui parle est ma mère. Pauvre papa... Pauvre nazi... Je résisterai encore un peu:

—Non! Non! Jamais!

—Ouvre, chérie, nous voulons nous faire pardonner.

—Chérie, sois gentille pour nos invités.

—Je ne veux plus voir personne.

J'entends ma mère:

—Quel vilain caractère elle a, cette petite. Elle doit avoir des problèmes psychologiques.

Je pense: "quand on a une telle mère..." J'annonce:

—Je ne veux plus voir personne, je veux mourir (ce mot que je dis me fait frissonner) je me jette par la fenêtre.

Je marche vers la fenêtre en frappant mes talons. Je fais glisser la moustiquaire.[13]

—Chérie! implore ma mère.

—Un...

—Mon trésor!

Je compte très lentement:

—Deux...

—Mon enfant!

—Trois...

—Ma petite fille!

—Adieu...

J'écoute. On ne s'évanouit pas de l'autre côté de la porte. Ma mère n'a aucune sensibilité.[14]

Mon père et Franz attendent ma chute, sous la fenêtre. Je sors de ma chambre. Ma mère n'est plus là, elle est allée avec les autres. Je m'assois, je remplis mon verre de vrai vin, sans eau, je finis de manger mon koulibiac: un peu froid. Je retourne à la fenêtre de ma chambre.

---

[13] écran pour protéger contre les moustiques.
[14] fig. disposition à être émue de compassion, de pitié, de tendresse.

Ils attendent encore que je tombe. Le fruit n'est pas mûr! Naïfs! Je me penche vers eux et leur crie:
—Est-ce l'heure d'aller nous baigner?

Pour ne pas me contredire, ils répondent:
—Oui!

Ils croient m'avoir sauvée du suicide, ils sont merveilleux! Heureux que ma colère soit terminée, ils se précipitent dans la voiture de Franz. Je les ferai attendre méchamment. Je passe des vêtements de sport, et, pour perdre un peu de temps j'ouvre au chapitre des Sirènes, mes *Récits merveilleux tirés et adaptés de l'Odyssée d'Homère pour les enfants*. Je lis. "Les Sirènes charmaient tous ceux qui les approchaient". Je lis. L'on m'attend. Je lis. L'on klaxonne pour m'appeler. Je lis. L'on s'impatiente. J'annonce enfin, par la fenêtre:
—Je suis prête.

* * *

Mon père serait drôle au volant d'une voiture-sport comme celle de Franz. Ces voitures ne conviennent pas aux familles nombreuses. Nous en formons une: une enfant, un père, une mère et son mari. Nous traversons Montréal. Elle ressemble à un gâteau manqué. Au fond, mon père est un homme parfait. Mais je ne le vois pas au volant de cette voiture. Mon père est parfait comme une tortue est parfaite. On n'imagine pas une tortue au volant d'une voiture-sport. Franz, le nazi, on dirait que les voitures-sport sont fabriquées pour lui. Chacun se tait. Je suis peut-être la seule à penser.
—Mademoiselle?

Franz a ouvert la bouche.
—Je voudrais vous raconter une petite histoire . . .

Sans y penser, je réponds:
—Les histoires de la Grèce ancienne m'amusent beaucoup: des meurtres, des princes . . .
—Ma petite histoire n'est pas grecque. C'est celle d'un bernard l'hermite. Vous connaissez ce curieux petit animal? Très jeune, il s'installe dans un coquillage vide et n'en sort plus. A la moindre alerte, il rentre ses petites pattes et disparaît.
—Explication: le bernard l'hermite, c'est moi.

Franz, le nazi, me surveille dans son rétroviseur.[15] Ma mère se retourne avec un sourire doucereux. Mon père dit, en me serrant la main:

---

[15] petit miroir qui permet de voir derrière soi en conduisant.

—Franz, si vous voulez parler de ma fille, racontez une histoire de tigresse.

Tout le monde s'esclaffe.[16] Il est drôle, mon père.

—Le bernard l'hermite, continue Franz, est un animal timide, une petite bête coléreuse comme toutes les petites bêtes individualistes.

J'éclate de rire, seule et très fort.

Ma mère est piquée au vif.

—Tu exagères, chérie.

—Elle est adorable! dit Franz.

—Ne t'en avais-je pas prévenu, minaude[17] l'ancienne femme de mon père.

—Pourtant, ma fille n'est que médiocre, aujourd'hui, dit mon père en me serrant la main en signe de complicité.

—Elle est adorable, répète Franz. Une telle fille me rendrait heureux. Ne l'êtes-vous pas, M. Martin?

Dans le rétroviseur, je vois ses yeux qui cherchent le fond de mes yeux. Il est beau Franz.

Nous filons longtemps sur l'autoroute, à 90 à l'heure. Nous ne ralentissons qu'aux barrières de péage.[18] Le voyage n'est plus qu'un voyage ordinaire. Franz a de jolies oreilles bien travaillées. Il est beaucoup moins âgé que ma mère et que mon père. Le soleil rend tout ce que je vois précieux. L'on se dit: c'est ici que je voudrais vivre. Je ne pense plus aux pays lointains.

Au lac, je suis la première à bondir dans l'eau. Elle est un peu froide. Peu à peu ma chair s'habitue à cette soie froide contre elle et bientôt, l'eau m'est la plus merveilleuse robe. Je nage. Voilà la liberté. Avancer seule, de sa seule force dans l'eau qui me porte parce que je le veux, c'est vivre. Je nage. Je pourrais traverser le lac sans me fatiguer. Ma mère a étalé une couverture sur la plage. Voici mon père et Franz:

—Ohé! venez!

Et je plonge, et je nage. Mes bras font de grands mouvements et mon visage déchire l'eau qui bouillonne contre mes joues et mes oreilles. Je puis aller plus vite encore. Mes jambes font des ciseaux énergiques qui me poussent. L'eau caresse mon ventre. Qu'est-ce qu'une caresse? Aucun homme ne m'a jamais caressée. Je nage. Ouf! j'ai avalé de l'eau. Crachons. J'étouffe. Je tousse. Mes pieds font le mouvement de pagayer.[19] L'eau est noire, ici. C'est dans cette eau

---

[16] rit bruyamment.
[17] prend des manières affectées pour paraître agréable.
[18] passages où l'on doit payer un droit.
[19] faire un mouvement comme avec une pagaie ou un petit aviron.

noire que poussent les algues qui vous lèchent les cuisses avec leur langue rugueuse. Je tousse. Je tousse. Enfin je respire librement. Je suis un peu fatiguée. Retournons au bord. Mais je suis loin! Je recommence à nager. Mes bras tournent dans l'eau, mes mains aux doigts serrés rament dans l'eau. Je ne pourrai plus avancer longtemps, mes jambes sont si lourdes qu'elles me font perdre l'équilibre. J'appelle.

—Franz!

—Papa! Franz!

J'agite les deux bras, mais ces mouvements enfoncent mon corps dans l'eau. Je recommence à nager mais je ne pourrai plus avancer très longtemps. Si je ralentis mon allure, je m'enfonce, si je me hâte, j'avale de l'eau. Je suffoque. Cette eau est une épaisse mélasse. Franz m'a aperçue. Il me fait des signes. Il s'élance dans ma direction. Papa ne peut le suivre. Franz nage un crawl[20] parfait. Il va me sauver. Mes yeux brûlent. J'avale de l'eau par le nez. Franz approche. Tout mouillé, il n'est pas beau. Il a les yeux bouffis.[21]

—Venez, sirène, dit-il.

Il passe son bras sous mon menton et il me fait basculer sur le dos. Il me traîne ainsi. Je sens les muscles de son bras tendu sur moi. Ses jambes battent l'eau fortement. Sa poitrine s'appuie contre mon dos à chacun de ses mouvements. Elle est tellement dure et je sens son souffle à l'intérieur. Il me semble que je pourrais nager toute seule, maintenant. Je le lui dis, à Franz. Il me laisse. Mes muscles sont trop mous dans mes membres. Ils ne m'obéissent plus. Je vais couler. Franz me reprend, le menton dans son bras replié.

—Oh! Franz!

Je ne puis m'empêcher de pleurer.

Sur la plage, mon père m'attend. Qu'il est drôle en maillot de bain! Il aurait aimé me sauver, je le sens. Il m'embrasse.

—Pauvre chérie, dit ma mère en essuyant une larme, il faudra que tu apprennes à être prudente.

Elle retourne s'étendre sur le sable.

Je suis condamnée à être heureuse!

---

[20] mot anglais—mouvement de natation.
[21] boursouflés, gonflés.

PIERRE DAGENAIS

Le Mourant bien portant

Pierre Dagenais est né à Montréal en 1923, et a fait ses études au Collège de Sainte-Marie. Il s'est tout d'abord intéressé au théâtre plutôt qu'à la littérature. Ses talents d'auteur dramatique se sont révélés lorsqu'il a fondé la troupe "L'Equipe" où il a participé aussi en tant qu'acteur. Il est devenu par la suite scripteur, réalisateur et metteur en scène pour la radio et la télévision.

On lui doit plusieurs pièces de théâtre, un recueil de nouvelles Contes de la Pluie et du beau temps *(1953) et un roman* Le Feu Sacré *(1970).*

Le récit suivant "Le Mourant bien portant", n'est pas un conte triste comme le titre pourrait le laisser supposer. Le vieux Mathias est un de ces braves vieillards de la campagne comme il y en a encore de nos jours, travailleur, courageux et opiniâtre, parfois un peu vantard, mais conservant jusqu'à son dernier souffle le magnifique humour qui a enrichi sa vie entière.

—Qu'est-ce que vous avez, père Mathias?

Le vieillard ouvrit la bouche pour répondre mais son haleine courte[1] aspira les mots au fond de sa gorge et les rejeta hors de ses poumons dans un grincement aigu.[2]

Affolé, Gaspard—le bedeau—accourut vers le vieux paysan pour le secourir. En effet, la figure de Mathias était devenue subitement d'une pâleur cireuse; son bras gauche se raidissait et les doigts de sa main demeuraient tendus et écartés; la tête rejetée en arrière, la poitrine oppressée[3] et la bouche béante,[4] il haletait désespérément. Au moment même où le pauvre vieillard allait s'écraser sur le sol, Gaspard l'em-

---

[1] *Son haleine courte*—son manque de respiration.
[2] *un grincement aigu*—un bruit désagréable et perçant.
[3] *la poitrine oppressée*—dont la respiration est gênée.
[4] *la bouche béante*—la bouche grande ouverte.

poigna par les épaules. Il le tira jusqu'au gros fauteuil de cuir placé sous la fenêtre, derrière la grande table-bureau de monsieur le curé, et, après l'y avoir installé de son mieux, il leva vivement le châssis pour que l'air entrât à grandes bouffées dans la pièce.

—Ah! pourvu que m'sieu le curé tarde pas à rentrer! murmura-t-il.

L'idée que le père Mathias pourrait bien rendre l'âme[5] en sa seule présence suffisait à le faire tressaillir d'effroi.[6] Il jeta un regard craintif vers le malade mais il lui sembla qu'il respirait maintenant avec plus de facilité. Il se sentit, du fait, quelque peu rassuré.

Le son joyeux et cristallin d'un attelage hivernal garni de nombreuses clochettes lui annonça l'approche d'un traîneau. Il bénit le hasard de conduire, en cet instant tragique, un promeneur au presbytère et son angoisse disparut. Car, notre bedeau ne redoutait pas tellement la mort de Mathias; ce qu'il craignait surtout, c'était qu'il mourût dans ses bras. Il quitta donc précipitamment la pièce et courut jusqu'à la porte d'entrée qu'il ouvrit d'un seul geste.

Le neige tourbillonnait dans le grand vent. Il put cependant voir s'arrêter le traîneau devant le presbytère à travers la poudre épaisse et vertigineuse des flocons. Il ne lui faudrait donc même pas s'élancer sur la route et jeter les hauts cris au milieu du chemin—"Holà! Holà! Halte! brave homme!"—pour que ce passant miraculeux consente à lui prêter assistance?

Gaspard, qui venait d'être littéralement dévoré d'inquiétude[7] et qui ressentait à présent une trop vive joie de cette arrivée providentielle, ne reconnut point en la personne de ce voyageur envoyé du ciel la silhouette emmitouflée de son pasteur. Aussi, s'écria-t-il en accourant vers le visiteur:

—Vite l'ami! hâtez-vous. Un vieil homme se meurt. J'ai besoin de votre . . .

Son cri d'alarme resta inachevé. Déjà, le bon prêtre enjambait les marches du perron sous la mine ébaubie[8] du bedeau. Ahuri pour quelques secondes à peine cependant, Gaspard se rendit vite compte de sa méprise et, d'un bond, il eut tôt fait de rejoindre le curé.

—Dans votre bureau! cria-t-il.

Puis, v'lan! du revers de tout l'avant-bras, il repoussa violemment la porte derrière lui.

Les deux hommes se précipitèrent au secours du moribond.

A la grande surprise de notre sacristain—car Gaspard remplissait également cette fonction—le vieillard, droit de ses six pieds et deux

---

[5] *rendre l'âme*—mourir.
[6] *tressaillir d'effroi*—trembler de peur.
[7] *dévoré d'inquiétude*—soucieux a l'extrême.
[8] *la mine ébaubie*—l'air surpris.

pouces bien comptés, contemplait maintenant, dans une fière attitude, une superbe icone de la Vierge dont le cadre était accroché à un des murs de la pièce. De plus, il avait eu la force de refermer la fenêtre puisque le vent n'agitait plus les rideaux et que la neige ne poudroyait plus à l'intérieur du bureau.

De son côté, le brave curé, qui croyait devoir administrer rapidement une de ses ouailles infortunées, ne fut pas moins étonné que son fidèle serviteur de cette apparition.

—Voilà bien le premier mourant que je vois en si bonne santé! s'exclama-t-il d'un ton amusé.

Gaspard, qui ne voulait passer ni pour un jocrisse, ni pour un farceur, s'empressa donc de raconter en détail l'incident que nous connaissons et, comme le vieux Mathias ne le démentit point, il jugea opportun de se retirer.

Le curé estimait beaucoup le père Mathias. Il reconnaissait en son paroissien—le plus âgé du village—des qualités de cœur et d'esprit peu communes. Il le savait juste et généreux; animé d'une foi ardente et d'une volonté inflexible.[9] Hélas! il n'ignorait pas non plus avec quel orgueil et avec quelle opiniâtreté le vieillard se défendait d'admettre que les atteintes de l'âge et de la maladie puissent un jour toucher sa solide complexion de colosse et, peut-être, lui porter le coup fatal. Il atteindrait bientôt ses quatre-vingt-seize ans et, pourtant encore, le géant robuste se permettait de rêver. "Dans six ou huit ans, déclarait-il souvent d'un petit ton espiègle et narquois, quand je jugerai le moment venu d'adresser mes derniers adieux au travail quotidien, j'irai faire le tour du monde. Faire le tour du monde! Cela doit bien prendre quelques années, insistait-il en écarquillant ses petits yeux malins. Certes, je m'ennuierai beaucoup de mes petits-enfants. Mais c'est égal! A mon retour, ils seront émerveillés par les belles histoires exotiques et les aventures passionnantes que j'aurai à leur raconter. Et puis, plus tard..."

Le cœur du père Mathias battait toujours la charge[10] de ses vingt ans pour avancer sur l'avenir!

Avant que d'aborder la question, notre brave homme de curé préféra donc parler en l'air.

—Comment se portent vos enfants? s'informa-t-il; ainsi que les enfants de vos enfants: vos petits-enfants?... Et vos vaches? Bien que l'hiver ait gelé et durci la terre et que, par le fait même, l'herbe qu'elles ruminent ne soit plus aussi fraîche, aussi tendre, donnent-elles toujours leur mesure de bon lait?... Et vos poules pondent-elles d'aussi beaux œufs, en dépit de la bise?... Quoique le soleil se relâche et que

---

[9] *une volonté inflexible*—une volonté que rien ne peut changer.
[10] *battait toujours la charge*—était toujours aussi animé que dans sa jeunesse.

ses rayons perdent de leur ardeur, vos coqs les négligent-ils?...ou, au contraire, hérissent-ils encore leurs crêtes et pointent-ils leurs ergots à la seule vue de leurs croupions empanachés?

Le père Mathias rigolait.

Le moment sembla propice à l'abbé de poser la question épineuse[11]:

—Et, vous-même, père éternel, comment vous portez-vous? Que signifie cette crise dont vous fûtes victime un instant à peine et que Gaspard, mon aide dévoué, vient tout juste de relater? Souffririez-vous de quelque mal?

Le doyen du village cambra la taille.[12] Lui, souffrir de quelque mal? Lui, qui fêterait bientôt ses quatre-vingt-seize ans et qui pourrait se flatter de n'avoir succombé à aucune attaque microbienne; lui, cet hyper-homme, doué d'une force herculéenne, que jamais, aucun bacille n'avait réussi à terrasser; lui, souffrir de quelque mal?...Le sommeil seul, et peut-être aussi—du moins, le prétendait-il—l'amour réussissaient à vaincre son mépris pour le coucher!

Il se récria d'une voix tonitruante:

—Monsieur le curé, je ne souffre d'aucun mal, sacré nom de nom! J'ai abattu trois arbres aujourd'hui. Ne trouvez-vous pas naturel que j'en aie éprouvé quelque fatigue? Il n'y a cependant pas de quoi en faire un drame! Votre bedeau est un benêt. Je vous paie mon banc pour la messe de minuit et je reprends à pied, je vous prie de le croire, le chemin de la maison.

Aussitôt dit, aussitôt fait. Le bon curé n'insista point.

Les bedeaux ainsi que les ménagères de nos braves curés campagnards n'ont pas la langue dans leur poche. C'est, du moins en cette province, la règle générale.

Aussi, dès le lendemain, tout le village savait déjà que, la veille, au presbytère, le père Mathias avait encore une fois été victime d'une forte attaque cardiaque.

Gaspard, évidemment, se défendait bien de l'avoir répété.

Chose certaine, c'est que monsieur le curé, lui, n'en avait soufflé mot à personne.

Mais alors, d'où parvenait-elle donc cette nouvelle qu'on se passait maintenant de bouche en bouche?

—Est-il vrai que le vieux ait eu une autre crise?

—Absolument! Vrai comme vous, vous êtes devant moé et comme moé, j'suis devant vous.

—Mais qui vous l'a appris?

---

[11] *la question épineuse*—la question délicate, embarrassante.
[12] *cambra la taille*—se redressa en bombant la poitrine.

—Ça serait un vilain péché que de vous le dire, vu que j'ai promis de pas l'ébruiter.

—La grand'langue à Gaspard?

—Ah! J'veux point mentir. J'dis point que c'est lui et j'dis pas non plus que c'est point lui. Mais y paraît que, cette fois, le pauvre père, ben y s'en relèvera point. Y est ben malade à ce qu'on raconte!

* * *

Quelques jours plus tard, un peu avant la Noël, on apprit en effet officiellement que le père Mathias avait pris le lit. Du haut de sa chaire, le bon curé demanda à tous ses paroissiens de prier pour sa guérison.

Tous les paysans de l'endroit éprouvaient une profonde tristesse à la pensée que, peut-être, au temps béni de la naissance de Jésus dans une étable, ils devraient porter au charnier le corps de leur vénéré patriarche.

Pour la première fois de sa longue vie, le père Mathias s'était vu forcé de s'aliter. Et même si la chose peinait tout le monde, rares étaient ceux qui pouvaient s'empêcher de sourire un peu d'une tendre ironie car personne ne songeait à en attribuer la cause soit au sommeil, soit à l'amour.

Tous savaient que, depuis très longtemps, le Goliath du village souffrait d'une redoutable maladie de cœur. Certains avaient même assisté à quelques-unes des crises aiguës qui le foudroyaient brutalement sur place.

Combien de fois ses amis les plus courageux, ne craignant pas d'allumer la colère[13] de leur ancêtre respectable et d'en subir les transports violents, n'osèrent-ils pas lui recommander fortement de recourir aux bons soins du médecin de la région!

Loin de le convaincre petit à petit, chacune de ces tentatives ne faisait que courroucer davantage le vieux Mathias. Fidèle à la tradition de ses aïeux, il abhorrait tous ces disciples d'Esculape en qui il ne voulait reconnaître que de sinistres farceurs dont l'unique et principal intérêt n'était que d'exploiter leurs patients. Il les raillait; les méprisait. "J'ai quatre-vingt-quinze ans passés, clamait-il, et jamais je n'ai mis les pieds chez un de ces fieffés escrocs! Au cours de mon existence, j'en ai vu trois mourir dans ce village; moi, je suis toujours vivant. Et le jour où j'irai les rejoindre dans l'autre monde n'est pas près de se lever. Ils ont depuis longtemps déjà dû se soumettre à la ligne horizontale; moi, je conserve encore la ligne verticale."

---

[13] *allumer la colère*—provoquer, exciter la colère.

Hélas! notre magnifique vieillard reposait maintenant dans la position que l'on sait. Sa fin approchait: la dernière heure allait bientôt sonner.

Et, bien que Mathias eût toute sa vie manifesté une morgue souveraine à l'égard des médecins, comme il perdait présentement tout espoir de résister à l'agression farouche[14] de la Camarde[15] et que, pourtant encore, son âme entretenait sur la vie de douces espérances, il se décida donc à lancer son premier appel à l'une de ces canailles: le docteur du village.

Ce dernier accourut sur les lieux mais, en pareil cas, il ne put malheureusement qu'admettre son impuissance. Le cœur du géant ne battait plus qu'à petits coups très faibles et irréguliers. Par un signe de tête, il apprit la vérité à ceux qui se trouvaient présents dans la chambre, mais il jugea plus charitable de la cacher au vieillard. Voilà pourquoi, après lui avoir joué la comédie d'un examen général fort sérieux, il rendit son diagnostic en ces termes:

—Vous avez une forte constitution, père Mathias. L'excellence de votre condition physique me renverse. Vos poumons, votre estomac, vos reins, votre foie ne souffrent d'aucune atteinte pernicieuse.[16] Votre cœur, naturellement, n'a plus sa vigueur d'autrefois mais, cette crise terminée, il reprendra son petit train-train normal[17] et ne vous causera pas de trop graves ennuis.

Le cœur de Mathias battait au ralenti, soit! Son esprit, cependant, conservait encore toute sa lucidité. Le geste, adressé tantôt par le médecin aux témoins de la scène, n'avait pas échappé à son regard vif et perçant. D'un petit ton gouailleur, souriant, il répondit:

—Mon cher docteur, nous avons tous les deux raison. Et cette constatation qui me frappe en pleine agonie me fait énormément plaisir. Vous ressemblez à vos semblables: vous n'êtes qu'un fameux farceur. Et, pourtant, je ne doute pas de votre verdict. Je suis entièrement d'accord avec vous, docteur, je me porte tout à fait bien. Du reste, je n'ai jamais été malade. Fort comme mes aïeux, je ne me rappelle point avoir eu recours une seule fois à vos affreuses potions ou à vos mauvais remèdes. Vous me causez donc le plus grand des plaisirs puisque vous m'apprenez que je meurs en santé.

Et, pour rappeler le dernier bon mot de Forain sur son lit de mort: le malade mourut guéri.

---

[14] *l'agression farouche*—l'attaque sauvage.
[15] *la Camarde*—(Argot) la mort.
[16] *atteinte pernicieuse*—mal dangereux.
[17] *train-train normal*—manière de vivre habituelle.

LOUISE DARIOS

Le bon Naufrage

Louise Darios, chanteuse, comédienne, professeur, écrivain, journaliste, cinéaste, née à Paris, est aujourd'hui une des personnalités les plus connues du Québec. C'est en 1946 que Madame Darios est venue sur ce continent pour la première fois, puis après plusieurs tournées de chant en Amérique du Sud elle s'établit à Montréal en 1950. Depuis lors, elle interprète à Radio-Canada ses chansons folkloriques, joue la comédie et écrit pour la télévision et la radio de nombreux textes variés, drames, reportages, téléthéâtres.

Louise Darios collabore aussi à différents journaux et revues et a publié Contes étranges du Canada *en 1962 avec l'aide du Conseil des Arts du Canada. Sous les mêmes auspices elle a rédigé une* Histoire des Amérindiens. *Après une étude approfondie du folklore d'Europe et d'Amérique elle publie* Tous les Oiseaux du monde *(1973) ouvrage dans lequel elle raconte l'histoire des chansons qu'elle a chantées.*

La nouvelle "Le bon Naufrage" tirée des Contes étranges du Canada *est un récit vivant, d'un style sobre et sans prétentions, où le mythe rejoint l'authenticité dans le décor pittoresque de l'Ile-du-Prince-Edouard.*

L'Ile-du-Prince-Edouard, la plus petite des provinces canadiennes, ne s'est pas toujours appelée ainsi. Ses premiers habitants, les Indiens, la nommaient: "Abigweit", ce qui, en leur langage, signifie: "Celle que bercent les vagues." Découverte par Jacques Cartier, en 1534, les Français la baptisèrent: "Ile-St-Jean". Devenue anglaise, en 1758, elle prit le nom de: "Prince-Edouard", en 1789, en l'honneur du duc de Kent, futur père de la reine Victoria.

Lentement, à haute voix, c'était la troisième fois que Loïc relisait sa leçon, accompagné par les cris des mouettes, sur la basse chantante de la mer.

—Loïc!... Loïc!... Où te caches-tu? Loïc!... Le petit garçon reconnut la voix de la Maryvonne, sa mère; il comprit qu'elle était mécontente.

—Je suis là, au pied du phare!

—Quasiment[1] dans la noirceur! La Maryvonne, essoufflée, grimpait le raidillon.[2] Allons, rentrons! Les hommes tarderont guère. C'est l'heure de tremper la soupe. A-t-on idée de s'éloigner comme ça des maisons, et à la brunante,[3] encore.

Une idée de fils de pêcheur; mais Loïc répondit seulement:

—J'étais venu repasser[4] mon histoire, Mère Maryvonne.

Ils descendirent vers le village, si semblables, avec leurs cheveux blonds, leurs yeux sombres. Des galets roulaient sous leurs pas.

—L'as-tu bien apprise, au moins, ta leçon? Tu sais que la maîtresse plaisante pas, à la petite école.

—Bien sûr, mère Maryvonne. Loïc glissa sa main dans celle de la femme. Elle raconte notre île.[5] Si on m'avait demandé, à moi, je l'appellerais encore: "Celle que bercent les vagues". Tu entends, comme c'est vrai?

—Oui, c'est vrai! La Maryvonne fronçait les sourcils. Mais moi, si on m'avait pris mon avis,[6] je lui aurais gardé le nom de St-Jean. Un saint, c'est quand même bien plus qu'un prince, il me semble.

Sujet brûlant, que Loïc tenta d'éviter:

—Ici, mère Maryvonne, il y a beaucoup de gens différents: des Anglais, des Ecossais, des Irlandais, des Acadiens, comme nous autres...

—Acadiens, au Canada! Dans les vieux pays, on était des Bretons.

—Ça en fait du monde, pour une si petite île; constata Loïc. Ils arrivaient aux premières maisons. Il y a des choses, parfois, qu'il faut dire comme on les pense, avant de les oublier. Maryvonne s'arrêta, prit son fils aux épaules et le regarda profondément:

—La terre où l'on est né, mon Loïc, on la choisit point; on lui appartient, c'est tout; mais celle où l'on décide d'aller continuer à vivre, c'est ...c'est comme la femme que tu prendras un jour: tu l'aimeras, tu partiras peut-être avec elle, seulement, la mère Maryvonne, tu l'oublieras jamais.

* * *

—Au jour d'aujourd'hui, expliquait le père Yves, en soufflant sur sa soupe, notre île, c'est le jardin du Canada, qu'on l'appelle; à cause de ses fleurs, de ses fruits, de ses légumes, des prairies grasses; mais, au

---

[1] presque.
[2] petit chemin en pente.
[3] à la brune, au moment où le jour baisse.
[4] réviser.
[5] Elle raconte l'histoire de notre île.
[6] si on avait suivi mon conseil.

temps de mon grand-père, quand j'étais encore moussaillon[7] sur son chalutier, presque tout ce qu'on mangeait, en dehors des patates,[8] du gibier du ciel et des bois, il fallait le demander à la mer. La mer, bien sûr, elle nous servait à pleins filets, à pleins bateaux: la morue, la hareng, le maquereau, le homard, les huîtres, sans parler des moules et des bigorneaux collés aux rochers, des coquilles St-Jacques, toutes rondes et grasses, et des palourdes dans le sable rouge;[9] une vraie bénédiction en poissons et en coquillages!

—Nous autres, pêcheurs, dit Hervé la bouche pleine, on peut pas s'plaindre, certain! Il paraît qu'avec ceux des lacs et des rivières, on a compté jusqu'à cent soixante espèces de poissons, au pays.

Sur le sujet, toute la famille connaissait l'idée du père Yves.

—Mon garçon, le vieux breton bretonnant[10] de Paimpol[11] était d'avis que, pour qu'un poisson soit bon, il faut l'arracher du ventre des vagues sans ça, il paraît qu'il manque de sel. Et par St-Lunaire! C'est l'aïeul qui avait raison. La Maryvonne se met à rire:

—Pas de danger qu'on manque de poissons. La mer est pleine comme une brebis d'avril.

—Elle est vivante, la mer; même la nuit, elle respire. Loïc tendit son assiette, sur laquelle la Maryvonne déposa une crêpe croustillante.[12]

—Il n'y a personne, à Rustico,[13] pour réussir les crêpes comme toi, ma bru; pour les faire sauter aussi haut dans le poêlon. On parlait de la mer; c'est vrai qu'elle donne la vie et que souvent, elle la reprend. C'est vrai aussi qu'elle nous envoie des cadeaux: les bons naufrages, par exemple!

—Avec de la mélasse,[14] s'il vous plaît, mère Maryvonne, demanda Loïc et, sans transition: Un naufrage, comment ça peut-il être bon, grand-père?

Méticuleusement, le vieux bourrait sa pipe:

—"Les desseins de Dieu sont impénétrables." Le curé l'a encore répété dimanche, en chaire, et il dit toujours la vérité. Voilà un bâtiment condamné à périr, avec tout son monde. On n'y peut rien; encore heureux qu'on ne navigue point dessus. Voilà une île, loin de la grande terre où les pauvres gens, sur la côte déserte, ont besoin d'un chaudron, d'un baril de rhum blanc, d'une belle porte d'acajou à la poignée de cuivre, de bois de chauffage ou d'une caisse de clous, ou

---

[7] jeune mousse.
[8] pommes de terre.
[9] allusion à la couleur de la terre et du sable de l'Ile-du-Prince-Edouard.
[10] Ceci se dit d'un Breton qui a bien conservé la langue de son pays.
[11] port de pêche de Bretagne.
[12] crêpe très fine, spécialité bretonne.
[13] petit village de pêche dans l'Ile-du-Prince-Edouard.
[14] D'habitude au Canada on mange les crêpes arrosées de sirop d'érable.

encore, le cas s'est produit, d'un trousseau de fille à marier. Et bien, c'est l'épave échouée sur le sable ou éventrée par les récifs, qui contient tout ça, sans compter le restant. C'est-y ou c'est-y pas un bon naufrage?

—Comme de raison, père Yves. Hervé alla assurer les volets; le vent soufflait de la mer. Comme de raison, à condition que le diable s'en mêle pas. Autrefois, à l'Ile de Sein,[15] il paraît qu'un gardien de phare envoyait de drôles de signaux à la nuit, histoire d'attirer les bâtiments sur les brisants et de leur voler leurs trésors.

—Ça rend fou ou méchant, la solitude, mon mari, quand on n'est pas un saint; conclut la Maryvonne.

* * *

—Et alors, Hervé, tu lui as parlé, à la Maryvonne?

A la belle saison, tous les soirs, après souper, le père et le fils descendaient jusqu'au port.

—A quoi ça servirait, père Yves? La grand-pêche, ma femme n'en veut rien savoir et moi, j'ai qu'une idée: m'embarquer à Terre-Neuve, sur un des chalutiers qui font le Groënland.

—Es-tu sûr qu'il y a d'l'embauche? La saison est avancée.

—Faut bien soigner les malades et remplacer les morts.

Le père Yves continua la promenade en silence. Il se revoyait, à seize ans, au large de l'Islande, sur un "racleur d'océan".[16] C'était lui qui était chargé, les yeux écarquillés dans la nuit, de surveiller l'apparition de la "sombreur blanche" et de hurler à temps. Par St-Lunaire! pensait le vieux, bon sang ne peut mentir. Hervé interrompit ses pensées:

—Si vous lui en touchiez un mot, à la Maryvonne?

—Ouais!... Ses grand-mères sont nées natives de l'Ile-d'Ouessant.[17]

—Je le sais, père Yves.

—Sans doute, expliqua le vieux, mais ce que tu ne sais pas, c'est qu'en Ouessant, les femmes deviennent chefs de familles, rapport aux hommes[18] qui vivent et meurent en mer. Tiens, c'est tellement vrai, que dans les anciens temps, les filles demandaient en mariage le gars[19] qu'elles voulaient. Tout ça pour reconnaître que la Maryvonne, elle a du caractère, comme qui dirait,[20] par héritage.

---

[15] île au sud du Finistère.
[16] un chalutier.
[17] île de Bretagne.
[18] à cause des hommes.
[19] le garçon.
[20] pour ainsi dire.

—Raison de plus pour qu'elle comprenne, opina Hervé, têtu. Une Bretonne des îles a toujours vu partir son homme.

Rendus au bout de la jetée, les deux pêcheurs s'arrêtèrent un moment, avant de rebrousser chemin.

—Le surnom de l'Ile-d'Ouessant en fait foi.

—Quel surnom, père Yves?

—L'Ile-des-Veuves, mon garçon.

Pendant ce temps-là, à genoux dans sa petite chambre mansardée, Loïc récitait sagement sa prière, avant de s'endormir.

"Et je vous demande, mon Dieu, si cela est dans votre volonté, une fois, rien qu'une fois pour voir, de nous envoyer aussi un bon naufrage. Ainsi soit-il!"

* * *

Le lendemain, sur l'heure de midi, la Maryvonne allait et venait dans la salle, mettant la table et bousculant un peu sa vaisselle. "Par St-Lunaire!" Elle n'était pas contente, pas contente du tout. Le bruit des vagues entrait dans la maison, par la fenêtre grande ouverte. Le père Yves avait pourtant usé de diplomatie:

—Maryvonne, ma bru, c'est point à toi qu'il faut raconter les choses de la mer. Autour du monde, les gens de la côte sont marins, de père en fils, par tradition, par nécessité, par amour!

La Maryvonne sursauta:

—Par amour! Père Yves. Et nous autres, condamnées de mère en fille à espérer des retours, en priant tous les saints du paradis; c'est par quoi? Hein? Là-bas, à l'Ile-d'Ouessant, les femmes ont pris le deuil, une fois pour toutes, et leur seule consolation: c'est d'inviter les défunts à revenir, le jour de la Toussaint,[21] goûter les crêpes servies dans la belle faïence, sur la nappe brodée des dimanches. La Maryvonne, appuyant la miche sur son cœur traça une croix, de la pointe du couteau, et commença à couper des tranches rondes qu'elle empilait, à mesure, dans la corbeille. Ecoutez, père Yves, mon mari pêche le homard, il est point privé d'la mer. Pourquoi risquer sa vie sur les grands bancs?[22] En Bretagne, d'accord, la terre est pauvre; mais ici, elle est grasse. Au lieu de regarder au large, on pourrait peut-être tourner les yeux vers les jardins, les vergers, les moissons. Déjà, mon Loïc s'intéresse à l'élevage des renards...

—Ma femme, interrompit Hervé, accoudé du dehors, à la fenêtre de la salle (on ne l'avait pas entendu approcher) s'il te venait à l'idée de ne

---

[21] fête du premier novembre en l'honneur de tous les saints.
[22] le grand banc de Terre-Neuve.

plus jamais cuire de poissons, il me semble que j'aurais toujours faim. Il entra.

—On devrait s'éloigner de la côte, poursuivait la Maryvonne, vers l'intérieur du pays; plus loin que la lumière tournante des phares.

Le vieux se leva de la chaise berceuse:[23]

—Si je n'entendais plus les vagues sur les rochers, contre les dunes, ma bru, je ne pourrais plus dormir.

Hervé ôta son ciré:[24]

—C'est bien d'valeur,[25] mais pour respirer à pleins poumons, il faut - que ça sente bon le varech, les embruns, les coquillages.

Au loin, la bouée se mit à gémir:

—J'vais fermer les fenêtres, dit la Maryvonne, la brume descend sur la mer.

* * *

Ce matin-là, Loïc trempait une rôtie[26] dans son bol de café au lait:

—Dans les forêts bretonnes, mère Maryvonne, est-ce qu'il y a des renards?

—Bien sûr, et beaucoup même; seulement là-bas, leur pelage est roux, tandis que les renards de par ici sont argentés.

—Il faut les voir courir au clair de lune, on dirait des glaçons.

Assise à côté de son fils, la Maryvonne le regardait déjeuner, en lui beurrant ses rôties:

—Tu iras à la ferme, aujourd'hui?

—Si tu veux bien, oui. On a congé à l'école, et puis, les femelles ont mis bas trois nouvelles portées: dix-sept renardeaux qui remuent, qui jappent...

—Tu aimerais ça, les élever, hein, mon Loïc?

Dans la voix de la Maryvonne, naissait une sorte d'espoir.

—Les McGregor s'y entendent comme personne, mais je les aide. Ah! Si un jour je deviens riche...

—Si un jour tu deviens riche? La Maryvonne riait.

—Je l'achèterai, la ferme aux renards. D'abord, elle est tout près de la mer, enfin, près, assez près, pour que le père Hervé et le grand-père Yves prennent leur mal en patience, quand ils ne navigueront plus. A côté, le champ de pommes de terre fleurit jusqu'au verger, aussi violet que la soutane de Monseigneur. Je te le donnerai, mère Maryvonne et

---

[23] fauteuil ou chaise à bascule. En anglais: rocking chair.
[24] imperméable en toile cirée.
[25] C'est dommage.
[26] tranche de pain grillé.

moi, j'élèverai des renards de toutes les couleurs: noirs, bleus, blancs, de platine et d'argent.

—Te fais pas trop d'imaginations,[27] soupira la Maryvonne; riches, on le sera jamais.

—Tout à coup, dit Loïc, tout à coup, il y aurait[28] un bon naufrage!

* * *

—Par St-Lunaire! s'exclama le vieux, en entrant dans la salle, on n'y voit rien; c'est à couper au couteau, dehors; sur la jetée, si c'était point l'eau qui bavarde, on tomberait à la mer; la brume avale tout. La Maryvonne s'empressait:

—Bonsoir, père Yves, venez donc vous sécher; j'ai fait une flambée. Par des temps pareils, vous devriez pas ressortir, après le souper, Loïc, aide le grand-père à ôter ses bottes.

—Merci, moussaillon. Ouf! Le vieux s'ébrouait. Me voilà plus mouillé qu'un phoque. Quelles nouvelles, ma bru?

—Une lettre retardée[29] de St-Jean. Votre garçon navigue sur "L'Aurore", un chalutier canadien, pour la fin de la saison. Il remplace un malheureux dont le doris a écrasé les jambes contre la coque du bâtiment. La Maryvonne, sur le coin de la table, triait des lentilles. Loïc finissait ses devoirs, en face de sa mère. Le poêle ronronnait; le père Yves s'installa dans sa chaise berceuse:

—A cette heure, ils doivent être rendus.

—Comment c'est, le Groënland, grand-père? J'ai regardé dans ma géographie; on dirait un ours blanc dressé sur ses pattes de derrière ou un gros iceberg, debout sur le monde.

—Ce serait plutôt ça, moussaillon: un iceberg géant, avec beaucoup de petits morceaux qui s'effritent pour venir faire du dégât jusqu'à l'embouchure du St-Laurent.

—Cette idée de remonter vers le nord, comme s'il n'y avait pas assez de morues sur les grands bancs.

—Patience, ma bru! La pêche finit avec l'automne et puis, ce n'est pas plus dangereux pour ton homme, de remonter jusqu'au Groënland, au jour d'aujourd'hui, avec le fameux radar, que pour les gars de St-Brieuc[30] de gagner Terre-Neuve, le détroit de Belle-Ile ou le Labrador, longtemps avant que Christophe Colomb ait découvert l'Amérique "pour s'être trompé de bord."

---

[27] Ne t'imagine pas trop de choses.
[28] s'il y avait.
[29] en retard.
[30] chef-lieu des Côtes du Nord sur la Manche.

—Là-haut, grand-père, il paraît qu'on voit encore du ciel bleu et des prés verts, au bord de la glace.

—Certain, soupira le vieux, et comme ici, des fois, une brume aussi grise et blanche que le ventre des mouettes.

* * *

A bord de "L'Aurore", ce... octobre, 19...

Ma chère Maryvonne,

—"Aujourd'hui, c'est dimanche et, comme de raison, on se repose. Depuis trois jours déjà, on navigue dans la brume et je te dis que si c'était pas à cause du radar, on serait point fier.

Le capitaine, un terre-neuvas de St-Jean, est pas souvent de bonne humeur de ce temps-ci, et moi, je comprends son idée: il paraît que les cartes sont jamais bien d'accord, rapport aux gars qui font les relevés:[31] danois, norvégiens, français, canadiens, anglais, qui vous marquent des récifs à des huit milles de différence. Hier, par exemple, là où on était supposé[32] pouvoir passer, on s'est trouvé devant une muraille de glace bleue. Il a fallu tourner autour, pour se faufiler entre des pics aigus, à moitié noyés. Quant aux icebergs, comme dit Yannik, mon copain: "Laisse-les donc se ballader en liberté; après tout, c'est-y toi, le chalutier?" "Et je trouve, ma chère Maryvonne, que ça a bien du bon sens."

"J'espère que cette lettre vous trouvera tous les trois en bonne santé et que le facteur vous la portera pour la Toussaint où, de tout cœur, je serai avec vous..."

La porte du réfectoire s'ouvrit.

—Salut! Joë, j'écrivais à la Maryvonne, ma femme.

L'Anglais vint s'asseoir sur le banc, à côté d'Hervé. Placide, il sortit une pipe de sa poche.

—Dépêchez-vous de maller[33] votre lettre, garçon!

—On n'croisera guère le bateau-courrier avant mardi, Hervé prit la cafetière, sur le poêle, décrocha deux tasses et les remplit de breuvage brûlant.

—Naturellement, comme les autres, vous avez des assurances; dit Joë, derrière un écran de fumée.

—Sûr et certain! Et même qu'à St-Jean, j'en ai signé une autre, pas mal dispendieuse,[34] pour mon petit gars. On sait jamais! Si je mourais, la famille continuerait à vivre et plus tard, mon Loïc serait riche. Content de lui, Hervé se frottait les mains.

---

[31] qui font la relève.
[32] où on était censé.
[33] mettre à la poste.
[34] très chère.

—*Well! Very Well!* L'Anglais buvait son café à petites gorgées. Le radar, savez-vous, garçon, c'est un instrument comique: une fois installé par les techniciens, il est garanti pour un an; personne peut douter, personne peut toucher; le radar peut pas s'arrêter de fonctionner. Il y a quelques mois que nous sommes partis, *you know* . . .
—Et alors? Hervé ne voyait pas du tout où son copain voulait en venir. Celui-ci, à travers le hublot, regarda la purée de pois:[35]
—*Well*, garçon, voilà exactement une heure que le radar, il marche plus.

* * *

A Rustico, dans l'épais brouillard de ce dimanche matin, le son assourdi des cloches appelait les fidèles à la messe. Le père Yves et son petit-fils se hâtaient vers l'église: l'un trébuchant sur les pierres du chemin, l'autre glissant sur la première neige durcie. Il faisait très froid et la mer se taisait.
—Sacré rhumatisme, se lamentait le vieux, Dépêchons-nous d'arriver avant l'Evangile. Heureusement que la Maryvonne a entendu la messe de six heures, pour cuire en paix les crêpes de la Toussaint.
—Comme ça, grand-père, demanda Loïc, tout à son idée, les bons naufrages, il n'y en a plus?
—Les bons naufrages?
—Les cadeaux de la mer. Vous l'avez dit, pour les gens des îles! Quand je vais à la ferme aux renards, je grimpe au pied du phare: jamais une épave, les vagues n'apportent rien et le vent m'envoie du sable rouge à la figure.
Le visage du vieux s'assombrit:
—Ça, mousaillon, c'est à la grâce de Dieu. Nous voilà rendus; enlève ta tuque.[36]

* * *

Affairée, la Maryvonne mettait la table. Le vent qui venait justement de se lever, déchirait le brouillard, l'emportant vers la mer dont la rumeur s'enflait d'instant en instant. Il avait fallu accrocher solidement les volets.
—La tempête, à présent. Bonne Sainte Anne, ayez pitié! Trois assiettes, là, voyons: les crêpes au chaud, la mélasse, on débouchera une bouteille de cidre. Bon! Les oiseaux volaient assez bas, ce matin!

---

[35] le brouillard très épais.
[36] Can. bonnet de laine.

La Maryvonne, comme les gens qui vivent seuls à la longueur de journée, avait l'habitude de se parler. Trois petits coups secs frappés au carreau, la firent sursauter:

—Doux Jésus! Une mouette! Elle s'envole! Présage de mort.

Angoissée, la Maryvonne se laissa tomber sur une chaise, en regardant cette fenêtre où, en passant, Hervé s'accoudait toujours, avant d'entrer. La porte s'ouvrit, se referma et le vieux s'approcha de la table accueillante, avec sa nappe brodée des dimanches, la belle faïence, dans la chaude odeur des crêpes:

—Seulement trois couverts? Ma fille, tu sais pourtant qu'à la Toussaint, les défunts sortent du purgatoire, pour prendre place à la table familiale.

Le ton du père Yves et aussi cette façon de l'appeler "ma fille", tout à coup, au lieu de "ma bru"! La Maryvonne, étreinte d'un pressentiment, cherchait des mots pour dire que les défunts bretons étaient bien loin de l'Ile-du-Prince-Edouard, quand elle remarqua un papier bleu froissé, dans la main de son beau-père et aussi, que le menton, le nez du vieux tremblaient presque comiquement.

—En chemin, on vient de me remettre un câble.[37]

La tempête faisait rage; ruisselant, Loïc entra à son tour, et dut s'arc-bouter contre la porte, pour la refermer au vent salé d'embruns.

—Pas encore de bon naufrage, je suis allé voir pour rien, tant pis! Ça sent bon. Mère Maryvonne, s'exclama le petit garçon à table tout le monde!

La Maryvonne se leva pour aller chercher les crêpes, au chaud sur le poêle.

—A table, tout le monde! Répéta le père Yves, en se signant, et il ajouta simplement: Ma fille, mets donc un quatrième couvert.

---

[37] télégramme.

MARIANE FAVREAU

❖

La Mémoire incertaine

Mariane Favreau est le nom de plume de Jacqueline Marsolais née à Montréal en 1934. Après ses études au Lycée Pierre Corneille, à l'Institut Pédagogique et à la Faculté des Lettres de l'université de Montréal, elle a enseigné quelques années, dirigé le bureau d'information d'une encyclopédie et fait du journalisme.

Quelques-uns de ses textes ont été diffusés sur les ondes. de Radio-Canada aux émissions "Nouveautés dramatiques" (théâtre radiophonique) et "Une demi-heure avec..." Diverses revues dont Châtelaine, Lettres, Ecriture *et* Situations *ont fait paraître de ses nouvelles ou de ses poèmes. Les Editions d'Orphée ont publié son recueil de poèmes* Le Gagne-Espoir *en 1962.*

Dans le récit "La Mémoire incertaine," une vieille dame se souvient de son enfance, et revoit comme le reverrait Proust un passé que le présent a fait surgir du plus profond de sa mémoire.

Parce qu'une autoroute en constructiion oblige le chauffeur à effectuer un long détour dans un rang[1] peu fréquenté, voilà que j'ai rendez-vous avec mon enfance.

... Si je parle d'une petite fille en vacances chez son grand-père, des baignades dans le mince ruisseau glaiseux, de l'éolienne[2] qui geint doucement sous la brise, est-ce que j'invente? Cette petite citadine en vacances au Point du Jour n'était-ce pas moi?

Ai-je vécu ces soirées paisibles sur la galerie[3] camouflée de vigne sauvage où s'endormaient les hirondelles? Ai-je sauté dans un océan de foin frais coupé, dans des granges vastes comme des cathédrales? Ne

---

[1] au Québec, rang de fermes faisant face au même chemin.
[2] du moulin à vent.
[3] véranda.

m'a-t-on pas plutôt raconté des choses plus tard, beaucoup plus tard, à propos d'une autre petite fille, alors que je cherchais un joli passé à la vieille dame que je suis devenue? Ou encore, n'aurais-je pas lu tout cela dans quelque livre? Où finit l'imagination? Où commence le souvenir?

Voici la vieille maison normande, blanche à volets verts. Mais la haie de cèdres devant le parterre n'existe plus. Point de vigne sauvage. Point d'éolienne. Et la terre jusqu'au bois m'apparaît bien petite. Que sont devenus les ruchers,[4] le précieux centrifugeur,[5] le boghei[6] ... et grand-père si savant qui parlait d'Horace et de Virgile comme s'ils eussent été ses voisins?

Le Point du Jour, c'était un univers enclos sur lui-même. C'était un port d'attache, un phare où chaque dimanche de l'année nous ramenait, poussés par le reflux de la ville. Nous étions des exilés et n'appartenions à la ville que provisoirement. Notre vraie vie était ici, sur cette terre qui, depuis la naissance du pays, appartenait à la famille. Grand-père n'avait-il pas sacrifié une vocation de professeur pour y assumer[7] la relève, comme son père, puis comme son fils plus tard, selon les règles d'une loi plus forte qu'eux?

Quand après un long voyage dans une ronflante automobile, nous prenions le "chemin de ligne"[8] et laissions le fleuve derrière nous, je savais que nous touchions au terme de notre expédition. Nous empruntions ensuite une route pompeusement nommée le Chemin du roi. Maman rajustait son chapeau et nous avertissait:—Nous arrivons, les enfants, mettez vos gants!

Nous chaussions[9] nos gants bien propres, lissions nos nattes, redressions nos nœuds. Quand ils apercevaient le nuage de poussière que soulevait la voiture, les fermiers endimanchés, assis sur leur galerie, nous faisaient de grands gestes: on nous reconnaissait. Nous étions au Point du Jour.

Je ne sais si le nom s'appliquait à la maison ou à ses habitants, ou au rang tout entier. Mais le Point du Jour c'était d'abord grand-père qui nous embrassait avec sa moustache piquante. Puis l'oncle qui ne craignait pas les vaches malgré que La Vilaine l'ait encorné. Puis tante qui confectionnait des montagnes de desserts et qui, avant notre départ, remplissait l'auto de fleurs, de fruits, de légumes. Le Point du Jour, c'était aussi nombre de cousins, de tantes, d'oncles qui se ras-

---

[4] lieux où se trouvent les ruches.
[5] la baratte, appareil avec lequel on fait le beurre.
[6] mot anglais—bogie ou boggie.
[7] faire.
[8] ainsi nommé à cause de la ligne de démarcation.
[9] nous enfilions.

semblaient dans l'après-midi tranquille. C'était aussi des étrangers venus de Joliette, de Sorel pour acheter le miel doré de grand-père, et qui partageaient la conversation.

Le piano au son aigrelet, la bibliothèque aux livres défendus, les poêles à bois qui ronronnent, les placards mystérieux, la provision de biscuits qu'on entame en cachette et les chats blottis sous les meubles, c'était aussi le Point du Jour.

C'est là que j'ai fait la connaissance de Papineau, de Laurier, de Napoléon; je croyais que ce dernier était l'un de nos grands-pères plus illustre que les autres. Il est curieux de constater comment tout ce qui entrait au Point du Jour faisait aussitôt partie de la famille. Balzac, Claudel, Proust, c'était des cousins éloignés dont on nous racontait les livres, dont les portraits côtoyaient ceux de Napoléon et de l'arrière-grand-mère. Avant même que nous sachions ce qu'était la littérature, l'histoire, la politique, le Point du Jour nous en offrait une synthèse inoubliable. On y pratiquait le culte de l'intelligence et, dans la grande maison de ferme, il fallait avoir de l'esprit, de l'érudition et le goût de la conversation. Quand on disait de quelqu'un: "C'est un homme de plaisir!", il était accepté. On entendait par là qu'il avait la répartie facile, l'esprit inventif et des connaissances suffisantes.

Le Point du Jour, c'était une coterie avec ses rites, ses anecdotes, ses jeux de mots bien particuliers. On y parlait beaucoup des Vieux-Pays, de la Sorbonne, de Paris, de la Normandie, et je m'emparais de tous ces noms pour me donner une identité.

Il m'a fallu des années pour admettre que le Point du Jour n'est pas en France, que Paris n'est pas à quelques heures d'automobile, que Napoléon n'est pas mon aïeul... Que Louis XIV n'est jamais passé avec son équipage sur le Chemin du roi. Que l'Histoire de France illustrée dont je contemplais longuement les dessins enluminés, n'est pas l'histoire de mon pays.

Il a fallu m'expliquer longuement l'ancêtre Nicolas, venu en Canada[10] avec Champlain en 1608, et sa fille, et ses petits-fils qui conservèrent le nom. On sortait la généalogie de la famille et je passais des heures à me demander si je n'étais pas tarée: mes parents étaient cousins et des mariages consanguins se retrouvaient à toutes les générations. "Comme chez les rois", pensais-je pour me consoler.

* * *

Le printemps venu, je demeurais à la ferme et devenais à mon tour Point du Jour. Je dormais dans un lit de plumes profond comme

---

[10] au Canada.

l'océan où je mourais de peur. Après le petit déjeuner dans la cuisine d'été, je regardais grand-père se préparer à soigner ses abeilles. Dans une vieille cafetière d'étain, il entassait du foin séché et de l'herbe humide, puis il se coiffait d'un chapeau de paille garni d'une mousti-quaire[11] qui tombait sur ses épaules, attachait le bas de son pantalon et prenait ses gants. Il allumait le feu dans sa cafetière et quand elle dégageait une bonne fumée, il se dirigeait vers les ruchers, semblable à quelque mystérieux conspirateur s'apprêtant à remplir une mission délicate.

Un peu plus tard, il s'installait devant l'appareil de radio qui était le meuble le plus précieux de la maison. On ouvrait ses battants aussi délicatement que les portes du cabinet d'argenterie et seul grand-père avait le droit de régler les boutons. Il écoutait religieusement une émission qui commençait par une chanson: "C'est le réveil de la natu-u-re, Tout va revivre au grand soleil, O fils du sol..." Cette musique m'impressionnait tout autant que l'appareil d'où elle sortait.

Plus tard, quand les vacances à la ferme devinrent pour moi choses du passé il me suffisait d'entendre ce chant, cet hymne à la campagne, pour redevenir toute petite, pour sentir même en plein hiver l'odeur de paille fraîche et de lait chaud.

Je cherche la petite fille qui, dans les belles soirées de juin, accom-pagnait grand-père, oncle et tante à la croix du chemin pour réciter les prières du soir avec les voisins... Qui,[12] dans le soir tombant, revenait lentement par le Chemin du roi tout zébré d'éclairs rosés. Au bout des champs, se levaient les étoiles qu'on me nommait comme des cousins lointains ou comme des héros de l'histoire: le Serpent, la Grande Ourse, la Petite Ourse... Je cherchais toujours l'Ourson, en vertu d'un parallèle inconscient avec la Grande Hermine, la Petite Hermine et Hémerillon, les trois bateaux qui, pendant de longs mois, avaient suivi les étoiles.

Est-ce que j'invente tout cela? Suis-je cette petite fille qui accom-pagnait grand-père au village les "jours d'affaires" dans un boghei attelé d'un beau cheval bai? Nous allions chez l'oncle Notaire que j'ai toujours connu vieillard et sourd. C'était je crois, mon arrière grand-oncle, est-ce possible?

Un été, il y eut des élections. Plusieurs jours de suite, ce fut un perpétuel dimanche. On attelait le cheval après dîner et l'on se rendait au village, dans la cour du collège. Là on s'asseyait dans l'herbe et, tout en écoutant les discours de candidats, on déballait son goûter. On parlait beaucoup de Laurier qui avait fait ses études ici, au collège.

---

[11] petit rideau de mousseline pour protéger des moustiques, ici des abeilles.
[12] Cette petite fille qui...

On parlait aussi de progrès, d'électricité, de machinerie. Je crois que grand-père avait quelque chose à faire avec toutes ces fêtes!

* * *

La grande maison... la haie de cèdres... l'éolienne... Comme il est difficile de retrouver après tant d'années une vie qui était à jamais liée aux choses, et qu'on croyait immuable comme elles. Hélas, le petit village est devenu cité.[13] Le progrès, l'électricité, la machinerie sont peut-être allés plus loin, plus vite que ne l'espérait grand-père. Quelques troupeaux égarés çà et là achèvent paresseusement leur vieillesse devant des bâtiments fatigués qui ne seront jamais plus comme autrefois fourmillants de vie, de chaleur, de labeur. Ce pays plat qui s'étend jusqu'au bois, ce pays où l'on a remplacé les éoliennes par des antennes de télévision, où l'on a rasé les clôtures et les haies parce qu'elles gênaient les machines, ce pays sera ville sous peu. On en fera des rues, des maisons basses, des supermarchés et les petits-fils de ceux qui y avaient cultivé un art de vivre à la mesure des saisons n'y trouveront plus qu'ennui, désœuvrement, pauvreté.

Et pourtant, dans la grande maison de ferme, comme on était heureux! Je regardais grand-père, les oncles, les tantes et je voulais tout retenir de ce qu'ils disaient, de ce qu'ils faisaient, de ce qu'ils étaient car je me croyais appelée à les remplacer. Et puis, j'ai cessé d'être une petite fille et les dimanches ne ramenaient plus que mes parents dans le Chemin du roi, les vacances ne m'attiraient plus au Point du Jour. Et la famille s'est décimée, perdant en son automne ses feuilles les plus colorées. Mais tout cela a-t-il tant d'importance?

Il reste une vieille dame aux yeux fermés qui, passant en automobile, refuse de voir le vieillissement d'un coin de terre qui se nommait bonheur. Il y a trente, cinquante ans, hier, aujourd'hui, où est la différence sinon en nous? En nous qui perdons la mémoire, qui vivons dans des lieux imaginaires plus présents que les lieux où nous sommes... En nous qui, kaléidéoscope de quinze cents,[14] nous métamorphosons volontiers en ce qui ne fut jamais, en ce qui ne sera jamais.

Mais le temps d'un détour sur une petite route, le temps que passe l'automobile devant une vieille maison blanche à volets verts, nous redevenons la petite fille qui pendant trente ou cinquante ans ne nous a jamais quittée, qui a pendant toutes ces années, attendu ce voyage fortuit.[15] Parce qu'une autoroute en construction oblige le chauffeur à effectuer un long détour, voilà que j'ai rendez-vous avec mon enfance.

---

[13] devenu une ville.
[14] quinze sous.
[15] imprévu.

En prenant une route qui me rappelle l'ancien Chemin du roi, j'entends ma mère, comme autrefois, nous dire:

—Nous approchons, les petites filles, mettez vos gants!

Mais personne sur les galeries ne me salue, personne ne reconnaît dans une vieille dame à cheveux blancs la petite-fille de l'apiculteur. Je ne suis plus un personnage. Mon rôle est fini. J'ai à mon tour des petites-filles, mais elles ne portent pas mon nom. Je ne suis pas pour elles figure de légende, je ne suis pas une borne dans leur vie comme l'était le Point du Jour. Quand, vieilles à leur tour, elles reverront ma petite maison de la rue Saint-Denis, se souviendront-elles? Elles n'auront pas, comme moi, ancré leur vie à un petit coin de terre... Peut-être ont-elles quand même leurs amarres, peut-être ont-elles tendu leurs filets de mémoire dans d'autres eaux tout aussi profondes?

Quand on cherche dans les longues années derrière soi, une petite fille qui a des yeux, des cheveux, une bouche qui ressemblent aux siens, une petite fille qui explique la vieille dame que nous sommes devenue, il y en a plusieurs qui se présentent à notre mémoire incertaine. Laquelle choisir? Celle qui nous fait le plus plaisir puisque ce plaisir du souvenir inventé nous permet de poursuivre avec joie un voyage qui s'avérait[16] monotone.

Parce qu'une autoroute en construction a obligé le chauffeur à effectuer un long détour....

---

[16] s'annonçait

MADELEINE FERRON

Cœur de Sucre

*Madeleine Ferron est née à Louiseville, Québec et a fait ses études à Montréal.
Elle vit depuis plusieurs années à St Joseph de Beauce avec son mari, avocat très
connu dans le monde de la politique.*

*Bien que sa carrière littéraire ait commencé assez tard dans sa vie, Madeleine
Ferron a déjà publié plusieurs ouvrages et obtenu en 1967 le grand prix dans un
concours de nouvelles historiques pour une œuvre intitulée* Napika, *une histoire
d'amour entre une jeune indienne et un soldat acadien des troupes américaines d'in-
vasion de 1775. On lui doit* Cœur de Sucre, *un recueil de nouvelles, publié en
même temps qu'un roman,* La Fin des loups-garous *(1966) et un second roman*
Le Baron écarlate *(1971); un ouvrage sur le droit populaire en collaboration avec
son mari,* Quand le Peuple fait la loi *(1971), un texte radiophonique diffusé par
Radio-Canada,* A Fleur de peau *(1973) et encore en collaboration avec Robert
Cliche,* Les Beaucerons ces insoumis *(1974).*

*La plupart des personnages de Madeleine Ferron viennent de la Beauce, une
région qu'elle connaît très bien et à laquelle elle consacre la plus grande partie de ses
écrits.*

*La nouvelle "Cœur de Sucre" est tirée du recueil du même nom et décrit une
scène québécoise, la récolte de la précieuse sève qui sert à la fabrication du sucre et
du sirop d'érable, événement qui donne toujours lieu à de grandes réjouissances
parmi les jeunes gens du pays.*

Ils avaient entaillé les érables malgré les recommandations de leur
père. Ce dernier avait additionné son expérience aux agissements
craintifs du printemps et voulait reporter à une semaine plus tard le
temps de commencer les sucres. Ils avaient dix-neuf et vingt ans.
L'impatience et l'insouciance de cet âge ressemblent souvent à de
l'audace; les vieux, impressionnés, quelquefois s'y soumettent et enri-
chissent ainsi leurs connaissances.

—C'est trop tôt, bougonna le père par acquit de conscience,[1] vous serez obligés d'entailler à nouveau.

Les jeunes se mirent à rire. L'un maniait le vilebrequin et l'autre enfonçait les chalumeaux.

—On fait une entaille aux "petites" érables? crièrent-ils. Les forcer un peu va leur faire du bien!

—Peut-être, répondit le père, mais les "grosses" sur le button, pas plus de deux chaudières chacune.

—Bah! elles en prendraient bien quatre!

Le père protesta fortement. Une année, lui aussi, il s'était excité. Là, juste en haut de la pente, il y avait "une" érable énorme, de toute beauté. Dix chaudières, qu'il lui avait mises. "Dix, vous m'entendez?" Eh bien, il lui avait halé l'âme.[2] A l'été, "elle" sécha.

La nuit suivante, une gelée imprévue et très forte stimula la sève; le lendemain, le soleil fut très chaud et les érables commencèrent à couler. Quand le père et ses deux fils revinrent au bois après le dîner, les chaudières étaient à moitié pleines et reflétaient, éblouissantes, un soleil fractionné. Le temps était immobile et velouté. Les mamelons de neige fondaient en surface, se glaçaient aussitôt et scintillaient. Pour les regarder, il fallait plisser les yeux. Au loin croassaient les corneilles et bientôt crièrent à tue-tête[3] les gars qui recueillaient la sève. Le cheval recevait avec indifférence des ordres contradictoires, tirait patiemment le traîneau et semblait connaître la routine sur le bout de ses sabots. La tournée faite, ils revinrent à la cabane, les raquettes sur le dos, le toupet collé au front, debout à l'arrière du tonneau. Leurs visages étaient couverts d'une sueur qui trempait aussi leurs chemises et répandait une odeur de jeune fauve.

—Allumez, le tonneau est plein! crièrent-ils.

Sur le seuil de la porte, le père secoua la tête, fier et attendri que les enfants aient eu raison. Et puis, il se sentit tout joyeux de retrouver, intact comme à chaque année, le plaisir de la première attisée: la première brassée de sucre lui donnait, comme la première gerbe de blé fauchée, une joie presque sensuelle.

Et la fumée doucement blanche s'élève de la cheminée, légère, soyeuse, par moments si transparente qu'elle ne demeure visible qu'en ébranlant une bande de ciel bleu qui se brouille et ondule. Les garçons sortent de la cabane et tendent l'oreille: des voix lointaines, encore diffuses, parviennent du chemin qui monte à travers bois; elles approchent lentement et bientôt se précisent, se multiplient; au dernier tournant du sentier, elles sont l'une de l'autre distinctes et quelques-unes ont même

---

[1] *par acquit de conscience*—uniquement pour éviter le regret de n'avoir pas insisté.
[2] *hâlé l'âme*—Can. ôté, tiré, l'âme. Ce qui faisait vivre l'arbre.
[3] *à teu-tête*—de toute la force de leur voix.

retrouvé leur nom: le plus vieux des garçons, celui de vingt ans, avant de voir la troupe, a reconnu la voix d'Alice, une voix basse, plutôt fausse, qui l'agace et l'excite.

Ils sont une dizaine qui émergent du bois. Les jeunes filles rient tout à coup très fort, d'un rire que rien apparemment n'a provoqué, et les garçons brusquement se bousculent dans la neige. Ils arrivent à la cabane attachés les uns aux autres par des bras qui s'enroulent ou des mains qui se tiennent. "Tu vois, on est gentil, on est monté te voir", a dit Alice en modulant de la voix et des hanches. Celui de vingt ans s'ébroue, relève sa mèche de cheveux et leur offre d'entrer. Ils préfèrent rester dehors, répondent-ils, et ils s'en vont se percher sur les cordes de bois[4] inégales, basses du milieu, très hautes sur les côtés; avec le toit qui descend au-dessus d'eux, ils y sont, face au soleil, comme dans une niche.

*   *   *

Le père, à l'intérieur de la cabane, rejeté dans sa génération, est devenue songeur. Des souvenirs en lui ont surgi, nombreux, si denses qu'il lui a semblé un instant qu'il les retrouverait intacts, presque palpables; il a fermé les yeux ... sa mémoire froidement s'est refusée et les souvenirs qu'il s'efforce de retrouver se sont dérobés, comme toujours, en laissant tomber deux ou trois détails, nets, clairs, toujours les mêmes, qu'il ne peut rattacher à aucun événement. Il est sorti de la cabane, a dit aux garçons de surveiller les feux, qu'il descendait à la maison. Ils ont répondu en chœur avec une ferveur excessive. Attentifs et silencieux, ils surveillent le départ du père. Pendant ce temps, on entend le son musical des gouttes de sève qui tombent dans les chaudières vides, le bruit sourd de la neige qui, par blocs, s'effondre et bientôt le crissement des sabots du cheval qui s'en va, avec le bruit métallique des chevilles de fer[5] du harnais qui sautent quand la bête retient sa charge au lieu de la tirer. Avant de briser le silence, quelqu'un a chuchoté: "Ecoute". C'était le glou-glou du ruisseau dégelé, son murmure doux et joyeux comme l'éveil du bois où la vie, chaque printemps, s'affranchit: "Ça me donne la soif, dit un garçon en brandissant une bouteille de whisky. Va chercher du réduit."

Après la deuxième tournée, ils ont lancé leur tuque en l'air; leur coupe-vent, leur chandail sont devenus des coussins, des couvertures étendues sur les cordes de bois. En avant de l'appentis, à quelques pas d'eux, une grande pierre plate, encore fumante sur les bords, émerge de la neige. Un garçon frotte sa musique à bouche sur la manche de sa chemise et, la tête appuyée sur une bûche, les yeux à demi clos, commence à jouer. Un autre saute de la corde de bois, bondit, retombe sur

---

[4] *les cordes de bois*—Can. les piles de bois.
[5] *chevilles de fer*—Can. morceaux de fer dont on se sert pour boucher, assembler ou accrocher.

ses jambes pliées et, les bras croisés comme un danseur russe, va bondissant d'un saut à l'autre jusqu' à la pierre plate où il se met à giguer. Le monde se contracte, chaud, minuscule, dépasse à peine la ligne tracée par le circuit de la bouteille de whisky. Sur le palet les danseurs se succèdent, l'harmonica change de bouche pendant que les mains claquent et maintiennent le mouvement. La musique accélère son rythme, elle l'élève, le précipite. Le danseur et le musicien se défient, se provoquent, s'enflamment et atteignent bientôt un paroxysme où les nœuds se délient, les forces se libèrent pour s'unir à nouveau dans un même enchantement.

C'est alors qu'Alice s'est levée. En marchant vers la pierre, elle a dénoué ses cheveux qui, inondés de lumière, se sont mollement balancés dans son dos. "Passe-moi l'harmonica, a dit le gars de la maison, celui de vingt ans, c'est moi qui la ferai danser." Au début hésisante, la cadence est vite devenue souple, contrôlée. Le rythme s'est plié, a obéi; un thème musical est apparu, s'est précisé, est revenu sans cesse, profond et obsédant comme un message répété sans fin par des tam-tams dans la forêt. Mystérieux et félin, le corps d'Alice s'anime en mouvements saccadés, en gestes fous. Puis il se calme, devient attentif, se plie aux accents de la musique, épouse de plus en plus le rythme, se retrouve en lui avec le musicien et docilement se rend. Elle se retourne, ouvre les bras et danse en se glissant hors de son chandail qui s'envole et tombe informe et mou sur la neige. Elle dégraffe son pantalon qui descend, coupe la ligne de la hanche. La peau des épaules, du ventre et des seins devient rose de froid et dorée de soleil pendant que le musicien se dresse et s'allume comme un beau coquelicot.

Le soleil tout à coup tombe derrière la forêt en tirant le rideau. Ils se retrouvent, se regardent, surpris, dégrisés, déjà grelottants. Brou! dit Alice en redonnant une forme à son chandail. Ils s'agitent, retrouvent leur tuque, remettent à la hâte leurs vêtements et partent en courant comme une bande de moineaux affolés par le vent.

GERMAINE GUEVREMONT

Chauffe, le Poêle!

Germaine Guèvremont, née à St Jérôme Québec, était membre de l'Académie Canadienne-française, de la Société Royale du Canada, Docteur ès lettres "Honoris causa" des universités de Québec et d'Ottawa et titulaire de plusieurs grands prix littéraires du Québec et de France. Très recherchée pour ses émissions à la télévision, conviée à tous les événements artistiques, littéraires ou universitaires, Madame Guèvremont était une des personnalités les plus en vue du Canada lorsqu'elle mourut en 1968.

Sa carrière littéraire avait débuté d'abord par le métier de journaliste. Après plusieurs années comme reporter-correspondant pour la Gazette et le Courrier de Sorel, Germaine Guèvremont vint s'installer avec sa famille à Montréal, où elle collabora à la revue Paysanna avec une série de contes rustiques inspirés du terroir. En 1942, elle publia son premier volume En pleine Terre, un recueil de nouvelles où l'on fait connaissance des principaux membres de la famille Beauchemin qui réapparaîtront par la suite dans les romans Le Survenant (1945) et Marie-Didace (1947). Ces deux œuvres puissantes et de grande qualité littéraire eurent une renommée mondiale et connurent d'importants succès radiophoniques et télévisés. D'un langage clair et vigoureux ces romans plurent aussitôt à une jeunesse en quête d'évasion et désireuse de se retremper aux sources vives de la nature. Leur attrait dure toujours.

Le style de Germaine Guèvremont est celui qui convient à la littérature du terroir avec assez de canadienismes pour être authentique et pittoresque, sans toutefois tomber dans l'exagération et le vulgaire. Chauffe, le Poêle! nous donne un aperçu de ce langage à la fois expressif, poétique et vivant.

L'éclaircie qu'il a raclée à l'aide de ses gros ongles et qu'il a élargie à la chaleur de son souffle, dans le frimas qui engivre la vitre, permet à Amable Beauchemin d'observer les choses du dehors. Assis près de la fenêtre, il suit des yeux, sans les voir, les charrois de bois qui défilent lentement sur le chemin du roi. A l'encontre de son naturel, le jeune paysan ne songe pas à estimer les billes de liard et d'orme, pas plus qu'à gourmander le chien qui jappe sans raison: il est tout à sa peine. Le soir tombe en bleuissant la nappe de neige dressée sur la commune et l'échine des montagnes, tantôt arrondie au creux du paysage, se confond maintenant à la plaine. Noël approche. Encore quelques heures et toute la famille appareillera pour la messe de minuit. Sauf Amable, indifférent aux préparatifs d'usage.

Deux fois déjà Ephrem, le cadet, a rempli la boîte à bois de bon merisier sec. Et chauffe, le poêle, chauffe! que les tartes soient dorées, les gâteaux épanouis et que le père, la mère, l'aïeule, les filles, les garçons et les petiots aient le cœur content de se régaler dans la cuisine familiale, par la nuit miraculeuse qui s'avance!

Afin que tout soit à point[1] pour le réveillon, la mère Mathilde Beauchemin et sa fille Marie-Amanda voyagent depuis le matin du bas-côté à la grand-maison. Huit jours durant elles ont apprêté l'ordinaire des fêtes avec ce qu'il y a de meilleur sur la terre. Et voici l'heure venue d'apporter la jarre comble de beignes poudrés de sucre fin, le ragoût où les boulettes reposent dans une sauce épaisse, les tourtières qui fondent dans la bouche et les rillettes généreusement épicées par la main savante d'Amanda. La dinde qui commençait à geleotter au froid, s'affaisse dans le réchaud, insouciante désormais de son sort glorieux. Tout au haut du bahut, bien en sûreté loin de la vue des enfants, les sucreries, les oranges et les pommes languissent derrière une pile de draps. L'aïeule, mécontente d'être reléguée à de petites besognes, s'emploie à écaler les noix longues, trottine ici et là tout en déplorant qu'on ne fasse plus de pralines comme dans son jeune temps.

* * *

Marie-Amanda veille à l'ordre de toute la maison: elle veille à protéger les laizes de catalogne sur le plancher frais lavé et les ronds de tapis neufs,—elle-même donne le bon exemple en marchant sur ses bas—elle veille aux armoires bien rangées, au poêle qui reluit, elle veille à tout. Pensivement elle s'abandonne à la fatigue. Depuis le commencement des avents, en a-t-elle donné une bourrée[2] à l'ouvrage! Mais elle se redresse hâtivement: le pain de Savoie[3] menace peut-être

---

[1] *soit à point*—soit prêt.
[2] *donné une bourrée*—Fam. et Can. en a mis un coup.
[3] *le pain de Savoie*—pâtisserie faite avec de la farine, du sucre, du beurre et des œufs.

de brunir ou c'est le rôti qui gratine un peu fort au fond du vieux chaudron. Une vraie fille accomplie, Marie-Amanda. Agréable à l'œil. Fiable. Franche du regard, avec un cœur d'or ouvert au malheur d'autrui et fondant de joie à la seule évocation du retour de son amoureux, Ludger Aubuchon, navigateur de goélettes. Sa petite sœur Alix s'en doute fort qui ne cesse de fredonner:

> Mademoiselle
> frisez-vous belle
>
> car votre amant
> va venir demain.
>
> S'il vous embrasse,
> faites la grimace...

—Alix!

A peine a-t-il esquissé un geste de colère qu'Amable retourne à son chagrin. L'an dernier, à pareille date, il n'était pas à se manger les sangs[4] ainsi puisque son amie, Alphonsine Ladouceur, l'institutrice du rang, avait consenti à l'accompagner à la messe de minuit. Avait-il assez recommandé à Amanda de soigner le réveillon et de mettre cuire à part un morceau d'échinée pour sa blonde qui n'aimait point l'ail?

—Phonsine! Toujours Phonsine!

Comme il s'était inquiété de la voir refuser la grande chape d'étoffe du pays, même la crémone dont toute fille raisonnable s'atourne par les grands froids, et accepter seulement, en se faisant prier, la maigre protection d'un nuage de laine enroulé autour de son chapeau de la grosseur du poing! Ah! la Phonsine! si belle, si vaillante!

Sur le dernier coup de onze heures, dans la carriole munie de paille et de briques chaudes, et bordés amplement de la robe de peau de mouton, ils avaient bravé l'air vif qui pinçait les joues comme des doigts secs pour se rendre à l'église de Sainte-Anne de Sorel adorer le Divin Enfant et implorer la bénédiction du Ciel.

A genoux devant la crèche, d'un cœur pieux, Amable contemplait ce Dieu fait enfant pour nous racheter, ses petits bras ouverts en signe de promesse, apportant mer et monde aux hommes de la terre; sa sainte Mère, la douce Vierge Marie, tout de bleu vêtue, en adoration devant Lui; les bergers extasiés et le petit chevrier, à l'écart, qui, pour tout avoir, n'a que son chalumeau. L'ancien mystère, les airs de Noël, la poésie évangélique et l'odeur de la résine agitaient au cœur d'Amable le plus pur émoi. Tout, tout l'encourageait à poser, cette nuit-là, la question qui le tourmentait depuis des mois. "Bon petit

---

[4] *se manger les sangs*—Fam. et Can. se faire du mauvais sang, s'impatienter.

Jésus", avait-il supplié, "permettez qu'Alphonsine soit ma femme". Et comme avec lui les marchés se font rondement, donnant, il avait offert: "Je vous promets en échange de ne pas toucher une goutte de boisson forte[5] pendant des années à venir". A ses côtés, Alphonsine, les yeux baissés, se hâtait de réciter mille avé pour obtenir trois grâces.

* * *

Une nuit féerique les attendait à la sortie de la messe. Une nuit à reflets bleus qui argentaient le hameau. Des maisons basses qu'on eût dites[6] agenouillées dans la neige autour du clocher, montait une fumée blanche, en colonnes droites et hautes à la façon des cierges pour une Chandeleur. Au loin, la campagne pailletée brillait de mille feux jusqu'à la ligne noire du bois. Sur le perron de l'église, des visages familiers accueillaient Amable et Alphonsine d'un sourire d'amitié ou d'une œillade de malice. Amable les nommait tous avec autant d'agrément que s'il les eût retrouvés après des années de séparation: les Provençal, les Fleury, les Desmarais, les Salvail et d'autres venus du Chenal du Moine et d'un peu partout dans les environs.

Au retour, les guides passées autour du cou, profitant d'un bout de chemin uni avant de s'engager dans la montée où la route en lacets abonde en cahots, il avait avoué à Alphonsine qu'il l'aimait et la demandait en mariage. A sa prière ardente seul avait répondu le bruit des grelots et des mottes de glace qui frappaient le traîneau.

—Phonsine!

Alphonsine se taisait toujours. Le silence, un grand silence étranger et hostile, élevait entre eux un mur que chaque seconde alourdissait d'une pierre. Les mots d'amour préparés par Amable, avec la même ferveur qu'on élève un reposoir, s'étaient terrés, honteux, au plus obscur recoin de son cœur.

Ah! la belle avait bien tenté de lui expliquer ses sentiments tout d'amitié pour lui, puis sa volonté de rester libre un an de temps et de s'engager à Montréal; mais il était trop tard. Absolu, avec l'impatience de la pleine jeunesse, Amable avait exigé une réponse sans tarder. Attendre un an jusqu'à la Noël prochaine? Un an! Elle n'était guère pressée de dire oui! Et reprenant les guides bien en main, il avait fouetté le cheval qui, d'étonnement, se jeta à l'écart[7] dans la neige jusqu'au poitrail.

—Arrié, Gaillarde!

---

[5] *boisson forte*—alcool, boisson alcoolisée.
[6] *qu'on eût dites*—qui paraissaient, semblaient.
[7] *se jeta à l'écart*—se jeta brusquement de côté.

A toutes les veillées de fêtes, aux jours gras,[8] à la mi-carême, Amable avait escorté Alphonsine comme si rien n'était. Mais aucune parole douce n'avait plus franchi le bord de ses lèvres: la source en semblait tarie à jamais. Quand, par un dimanche de la fin de juin, Alphonsine avait quitté le rang, Amable enragea: son Alphonsine, une fille engagère![9] Il prit à travers les champs, seul, à grandes enjambées jusqu'au bois et nul ne le revit de clarté,[10] ce jour-là.

Une bouffée d'air gelé refroidit la cuisine. Le père Didace Beauchemin paraît sur le seuil de la porte. Il rentre de Sorel et se jette dans la maison comme si quelque main brutale l'y eût poussé. De sa figure forte et colorée, on ne distingue d'abord que l'œil vif, les épais sourcils enfrimassés et la moustache frangée de glaçons.[11] D'un commun accord,[12] chacun s'affaire autour de lui et l'aïeule se hâte vers le poêle où elle met la théière à chauffer.

D'un caractère entier,[13] lent à parler mais prompt à la colère, le grand Didace Beauchemin, selon les voisins, voit venir les autres de loin. Prosterné au-dessus de la table, sans un mot, il transvide le thé brûlant de la tasse à la soucoupe et il boit le liquide à petites gorgées, indifférent en apparence à tout ce qui l'entoure. Mathilde et Amanda ont cessé leur corvée et elles assistent patiemment au rite familier, dans l'attente du récit toujours nouveau d'un voyage à Sorel. A la nouvelle que le maître rapporte, elles s'extasient: le pont de glace est formé entre Sorel et les îles. Quelle nouvelle pourrait davantage combler leur cœur? Avant longtemps les Beauchemin verront sourdre leurs connaissances du Nord; à leur tour, ils iront les visiter et ils sauront tout de ces amis lointains en ne leur cachant rien d'eux-mêmes. Déjà Didace Beauchemin s'enquiert si les femmes ont fait abondante la part des survenants.

—Ce n'est pas tant le manque de nourriture que je crains, assure Mathilde Beauchemin, comme le manque de survenants, par une bourrasque de vent semblable. A part des fils à Defroi, quel survenant se risquera par ici, à l'heure du réveillon? Pas les gens du Pot-au-Beurre, hé, Amable?

Pour toute réponse Amable, qui s'en va mettre de l'ordre dans les bâtiments, se contente de hausser les épaules.

Aussitôt la porte refermée, le père se fâche:
—Va-t-il continuer longtemps à être jonglard de même, celui-là?

Il n'a pas fini sa phrase que la mère tente de le radoucir:

---

[8] *jours gras*—les trois derniers jours du carnaval, avant le carême.

[9] *une fille engagère*—Can. une jeune fille qui travaille comme domestique.

[10] *de clarté*—pendant qu'il fait jour.

[11] *frangée de glaçons*—dont les glaçons rappelaient une frange.

[12] *d'un commun accord*—loc. adv. après entente générale.

[13] *d'un caractère entier*—d'un esprit entier, catégorique, intransigeant.

—Tu sais, mon vieux, quand un cœur a plus que sa charge, il faut qu'il déborde.

—Qu'il se console donc! Il n'y a pas qu'une fille dans le monde!

—Non, reprend la mère, mais il n'y a qu'une Alphonsine Ladouceur.

Marie-Amanda l'approuve d'un beau sourire plein d'amitié.

* * *

César, le chien, a averti la maisonnée de l'approche d'un étranger.

—Salut, tout le monde!

La visite du commerçant de Sainte-Anne n'est pas une nouveauté; aussi chacun vaque à ses occupations, soit qu'il débite son discours sur la température, l'état des routes et les petites nouvelles recueillies dans sa tournée, qu'il aille boire un coup d'eau à la pompe, soit qu'il tende ses mains velues à la chaleur du poêle tout en humant ce qui y est à mijoter.

—A propos, commence-t-il soudainement, j'ai ben mieux[14] que ça dans ma voiture.

Comme si le Saint-Esprit[15] eût par ces paroles rendu toutes choses claires et faciles, Amable a compris qu'Alphonsine est revenue et son cœur, de plomb qu'il était, se met à voler, plus léger qu'alouette du printemps. Et vole! vole!

C'est à qui serait à la fenêtre, la lampe à la main; c'est à ce qui s'acharnerait à dégivrer les vitres. Ephrem, coiffé à la hâte d'une toque de fourrure, est déjà au dehors. Tous s'exclament:

—Phonsine!

* * *

—Phonsine, qu'as-tu fait des roses fraîches de tes joues et de la lumière de ton regard brillant?

Personne ne lui demande compte de son retour mais elle sent bien vite qu'elle en doit l'explication à ses amis.

—La ville, commence-t-elle après s'être réconfortée, c'est plus beau de loin que de proche. J'ai pâti par là, pas de manger, mais pâti de compagnie, d'amitié.

—Tes maîtres étaient fiers? questionne Amanda.

—Je peux pas dire qu'ils étaient fiers. Non, je peux pas dire ça.

Et deux fois encore elle proteste avant de continuer:

---

[14] *j'ai ben mieux*—Can. j'ai beaucoup mieux, bien mieux.

[15] *le Saint-Esprit*—troisième personne de la Sainte-Trinité qui précède du Père et du Fils.

—C'est du bon monde à leur manière, mais ils ne mènent pas la même vie que nous autres. Je vais vous en donner un exemple: ils se réunissent l'après-midi tout bonnement[16] pour boire une sorte de boisson qu'ils appellent un cocktail, mais qui est ni plus ni moins que le petit caribou[17] de par chez nous.

—Ah! cré bateau,[18] ça vit en grand! observe le père Beauchemin vivement intéressé, lui qui ne dédaigne pas un coup de fort.

—Vous dire toute la toilette qu'ils portent, poursuit Alphonsine, c'est pas disable.[19] J'ai vu un manteau de vrai vison; je l'ai même tenu dans mes mains. Apparence[20] qu'avec le prix de ce vêtement-là, une famille de par ici peut s'acheter une terre.

—Une terre! C'est presquement pas chrétien de dépenser tant que ça, réfléchit la mère Beauchemin, scandalisée.

Et tout bas, Alphonsine ajoute doucement:

—Quand j'ai vu venir le temps des fêtes, il m'a pris un ennui . . .[21]

Marie-Amanda, impuissante à traduire sa joie, se contente de dire:

—Avoir su que tu reviendrais pour le réveillon, j'aurais pas mis tant d'ail dans le rôti.

L'aïeule reprend:

—Didace attendait des survenants, mais Amable comptait jamais sur une survenante.

Amable n'a pas prononcé une parole mais il n'a qu'une question au cœur. Et voici qu'Alphonsine d'elle-même apporte la réponse ardemment attendue:

—Je reviens pour toujours si tu n'as pas changé d'idée.

—Bondance![22] non!

Tout le monde rit tandis qu'Amable accourt au poêle. Il tisonne et tisonne pour que personne ne voie ses larmes qui tombent sur la braise vive.

Et chauffe, le poêle, chauffe!

---

[16] *tout bonnement*—tout simplement.
[17] *le petit caribou*—boisson alcoolisée.
[18] *cré bateau*—juron canadien.
[19] *c'est pas disable*—Can. on ne peut pas le dire.
[20] *apparence*—Can. il paraît.
[21] *il m'a pris un ennui*—Can. je me suis ennuyée, j'ai eu la nostalgie du pays.
[22] *bondance*—juron canadien.

JEAN HAMELIN

Le Coffre-fort

Jean Hamelin est né à Montréal le 27 novembre 1920. Il a débuté dans le journalisme à la Presse et fait depuis une carrière brillante comme critique dramatique et littéraire dans divers journaux montréalais. Entre 1964 et 1969 il est attaché culturel à la Délégation générale du Gouvernement du Québec à Paris. De retour à Québec en 1969 il est nommé Directeur de la Coopération avec l'Extérieur aux affaires culturelles. Il est mort le 2 octobre 1970.

Auteur de deux romans, Les Occasions profitables *(1961) et* Un Dos pour la pluie *(1967), il a publié en outre deux ouvrages sur le théâtre,* Le Renouveau du Théâtre au Canada français *(1961) et* Le Théâtre au Canada français *(1964) et un recueil* Nouvelles singulières *(1964) d'où sont tirés "Le Coffre-fort" et "Le petit Homme".* Les Rumeurs d'Hochelaga, *un recueil de récits, parut en 1971.*

"Le Coffre-fort" raconte une aventure, comme il en arrive tant de nos jours. Un vol à main armée dans une banque. Seulement les choses ne se passent pas comme le caissier prévoyant s'y attendait.

Dans "Le petit homme", un banlieusard, inconscient du danger, accomplit chaque matin d'audacieuses prouesses sur les rails d'une gare alors qu'un train arrive à toute allure. Un beau matin le petit homme semble disparaître sous la locomotive... Jean Hamelin aime dérouter son lecteur et c'est ce qu'il fait dans cette nouvelle qui illustre bien par sa singularité le titre du recueil d'où elle est tirée.

Il y a le tabouret, là, dans le coin de la caisse, mais il s'en sert peu. Il préfère, pour répondre aux clients, pour mieux faire le guet, rester debout. Parfois, oui, il lui arrive de ressentir une lassitude extrême dans les jambes, il pense qu'il ne s'y habituera jamais, alors tout en vérifiant une addition, tout en remettant de la monnaie, tout en changeant un chèque, il tend par en arrière la jambe gauche, en l'élevant un peu, vers la droite de la caisse, là où il sait que se trouve le tabouret. Avec la plante du pied renversée, il l'attire à lui très lentement, par petites secousses. Cela grince un peu, mais doucement, sans tomber sur les nerfs de quiconque. Il ne faut pas aller trop vite, cependant, parce que le tabouret est haut et il risquerait alors de le faire chavirer. Cela ferait tout un potin.[1] Cela lui est arrivé d'ailleurs une fois. En tombant à la renverse, le tabouret avait failli faire voler en éclats la vitre qui surmonte le portillon de la caisse.

Donc il connaît la technique. Par petits coups, le pied bien engoncé[2] dans le barreau inférieur du tabouret, et voilà le tabouret qui s'en vient. Dix minutes de station assise, cela lui suffit. Pour remettre le tabouret en place, toutefois, la même technique inversée n'est guère satisfaisante. S'il est fidèle à l'appel de son pied, lorsqu'il lui faut quitter l'angle droit de la caisse, le tabouret reste réfractaire à la manœuvre contraire. Il faut alors tout laisser, se pencher, saisir le tabouret des deux mains, et le déposer là où il veut qu'il soit quand il en aura besoin, c'est-à-dire sur la droite, tout près du portillon.

Il compte ses billets, il les partage en liasses qu'il identifie, il inscrit le total en rouge sur le billet qui est sur le dessus de chaque liasse, et il attend. Cela va tout seul, quand on sait compter. Il paie, il encaisse, avec des gestes machinaux qui ne veulent plus rien dire. Cela libère l'esprit pour penser à autre chose. Et il a une sorte de chance qui fait qu'il ne se trompe jamais. Toujours son livre de caisse est irréprochable à la fin de la journée. Pas de crainte là-dessus. Il connaît ses clients et ses clients le connaissent. C'est une petite succursale où tout le monde cause avec tout le monde: un village presque. Et il est rare qu'un visiteur étranger se présente à son guichet ou à celui de Laîné, son collègue.

Dès qu'un inconnu pousse la porte et entre, mécaniquement son pied recherche la sonnerie d'alarme. Il se tient prêt à toute éventualité. Ce doit être nerveux. Dès ce moment, on dirait qu'il ne voit plus clair. Son regard se brouille. Les clients, des clients pourtant bien connus de lui, dansent devant ses yeux. Il n'y peut rien, il est comme ça. Nerveux. On ne le changera pas. C'est d'ailleurs ce que lui avait fait remarquer son premier directeur, qui lui avait confié qu'après cinquante ans dans le métier, il ne s'y était pas habitué. Toujours la petite angoisse, prête à décrocher à n'importe quel moment. Mais lui son système est très net. Si jamais l'individu se présente, il lui livre le paquet sans discuter. Bien que son pied ne réfléchisse pas, lui, et soit toujours prêt à tapoter la sonnerie de l'alarme. On dit ça, on dit je ferai ceci ou cela, c'est la même chose pour Laîné, mais dans ces moments-là le diable sait où l'on a la tête. A vrai dire il n'y avait pas

---

[1] un bruit.
[2] enfoncé.

pensé lorsqu'il était entré à cette succursale. Il payait, il encaissait, sans vraiment songer au risque. Mais un jour cela s'est présenté d'une façon presque comique, si l'on peut dire. Ce n'était pas à sa caisse, c'était à la caisse de Laîné. Laîné, cet imbécile, n'a même pas pensé à donner l'alerte. Il a remis un solide paquet, des dix, des cinq, des vingt[3] qu'il avait déjà tout comptés en prévision de la fermeture. Le type empocha le tout, puis menaçant tout le monde avec son revolver, il les fit tous se déculotter derrière le comptoir. Ils n'étaient pas brillants, ni monsieur Vachon, le directeur, ni monsieur Massé, le comptable, ni mademoiselle Vincent, qui tenait si bien les grands-livres. C'est ce jour-là qu'on s'aperçut que mademoiselle Vincent ne portait pas toujours de jupon. Le type n'insista pas, mais ils avaient tous eu le temps de lorgner les deux cuisses blanches de mademoiselle Vincent, plus dodues qu'ils ne se l'étaient imaginé. Le sale individu était déjà sorti. Ils s'étaient tous précipités au dehors pour donner l'alerte, mais la police ne l'a jamais retrouvé, ni coffré.

C'est depuis ce temps que chaque fois qu'il est dans le doute, c'est-à-dire au maximum quatre ou cinq fois par semaine, son pied cherche fébrilement la sonnerie. Car il a vu que malgré tout il faut d'abord être prêt. Manifestement que Laîné, lui, n'était pas prêt. Sans cela il aurait su faire face à la situation et épargner à mademoiselle Vincent ce désagrément. Elle lui en a toujours voulu d'ailleurs. Mais elle avait beau. Elle non plus n'était pas prête. Alors lui, dans les jours qui suivirent, il a bien réfléchi là-dessus. Il s'est dit: pris pour donner, tu en donnes le moins possible.

A compter de ce moment-là, il s'est mis à faire de fréquents voyages au coffre-fort. Dès qu'il estimait avoir en main une somme trop importante, il comptait, recomptait, et vite c'était le coffre-fort. Monsieur Vachon, le directeur, l'accusa même de délaisser trop souvent la caisse, ce qui selon lui ne valait guère mieux. Mais si l'événement se produisait, ce ne serait pas le directeur qui serait ennuyé, mais lui. Le directeur disparaîtrait quelque part, dans son bureau, par exemple. Lui, il avait cette possibilité: le coffre-fort. Disparaître dans le coffre-fort et essayer de faire semblant d'y être très affairé. Cela lui était arrivé deux ou trois fois. Voyant entrer un individu d'aspect louche, il s'était sauvé en tapinois dans le coffre-fort. Mais il se trompait dans ses prévisions. Ou alors il n'était pas physionomiste. C'était toujours un pauvre type qui venait toucher son allocation de vieillesse ou encaisser son chèque du Pacifique Canadien.

Un beau jour, c'était un jeudi, peu avant que les derniers employés eussent quitté la banque, il lui arriva toute une aventure. La succursale

---

[3] des billets de dix, de cinq, de vingt dollars.

était fermée depuis un bon moment, il avait balancé sa caisse, tout allait bien quand, histoire de s'amuser, de folâtrer, de niaiser pour tout dire, il pénétra dans le coffre-fort. Tout à coup, la lumière s'éteignit et il entendit la lourde porte qui se refermait. Il fut tellement saisi qu'il oublia de crier. Il passa toute la nuit dans le coffre-fort. Le lendemain matin, Laîné fit jouer la combinaison, la porte s'ouvrit, la lumière revint. Laîné n'eut aucun geste de surprise en l'apercevant. Tiens, tu étais là, toi? Il n'ajouta rien d'autre, fit ce qu'il avait à faire et sortit. Lui sortit à sa suite et gagna sa caisse. Les employés firent mine de ne s'être aperçu de rien; ils étaient évidemment de mèche.[4] Il a toujours pensé que Laîné l'avait fait exprès. De toute façon, il ne l'emporterait pas en paradis. On avait voulu sans doute signifier par là qu'il faisait trop de voyages inutiles au coffre-fort. Dès ce moment, il se tint sur ses gardes. Il s'y rendait moins souvent, mais comme il était désireux d'y aller quand même, il en devenait très nerveux. C'est la sonnerie d'alarme qui écopait.[5] Au moindre indice, au moindre soupçon, il l'effleurait du pied. Un jour, monsieur Vachon, le directeur, lui fit remarquer en riant qu'il semblait avoir perdu l'habitude de se rendre au coffre-fort. Il en rit avec lui, mais n'en pensa pas moins.[6]

Certain après-midi d'été, il devait y avoir trois mois qu'il avait passé cette stupide nuit dans le coffre-fort, il vit entrer un homme d'âge moyen, qui dissimulait sa main droite dans la poche latérale de son veston. L'homme sembla hésiter entre les deux caisses, celle de Laîné et la sienne. Se voyant observé, le type sortit sa main et se gratta la joue. Lui, par mesure de prudence, baissa le nez sur l'addition qu'il était en train de faire. Il dressait la tête pour demander à Laîné s'il pouvait lui passer des billets de vingt,[7] quand il aperçut le revolver entre les barreaux de la cage de son collègue. Le réflexe fut immédiat. Le pied, la sonnerie d'alarme, répercutée dans tout l'édifice. Simultanément, le coup partit et Laîné s'écroula dans sa caisse. Il retira aussitôt son pied, la sonnerie cessa. Sa vue se brouilla un moment, mais quand il eut repris ses sens, monsieur Vachon et monsieur Massé étaient penchés dans l'autre caisse sur le corps de Laîné. Ils lui reprochaient, à ce pauvre mort, d'avoir inconsidérément déclenché le mécanisme d'alerte.

A partir de ce jour, il prit la caisse de Laîné, eut son traitement et put faire au coffre-fort tous les voyages qu'il voulut. On ne lui en fit jamais plus de reproche. Et jamais plus on ne songea à l'y enfermer.

---

[4] au courant.
[5] recevait des coups.
[6] il eut sa propre opinion.
[7] des billets de vingt dollars.

JEAN HAMELIN

Le petit Homme

Le train entre en gare à sept heures quarante-huit. C'est le plus long de tous ceux qui, chaque matin, transportent les banlieusards au cœur de la ville. Il y a certes le train de sept heures vingt-deux, qui est presque aussi long. Il y a aussi le train de huit heures vingt-huit, dont l'importance n'est point à dédaigner. Mais il est généralement admis, sans discussion possible, que c'est au train de sept heures quarante-huit que le quai de la gare est le plus bondé. Des gens qui travaillent dans les grands bureaux, dans les grands magasins, dans les grandes entreprises commerciales. Comme le train arrive au centre de la ville à huit heures douze, les banlieusards qui commencent à huit heures trente ont juste assez de temps pour rejoindre, à pied ou en autobus, leurs bureaux, leurs magasins, leurs maisons d'affaires.

Evidemment, il y a les retardataires. Ceux qui, s'ils étaient plus matinaux, c'est-à-dire moins paresseux, pourraient, en se levant un peu plus tôt, attraper le train de sept heures vingt-deux. Car il n'y a pas de doute que si tous les voyageurs qui doivent prendre le train de sept heures vingt-deux le prenaient et non le train de sept heures quarante-huit, ce serait le train de sept heures vingt-deux qui serait le plus long; c'est alors que le quai de la gare serait le plus bondé et non une demi-heure plus tard. Les retardataires, ce sont toujours les mêmes, naturellement. Surtout des jeunes filles. L'œil perspicace les repérera facilement. A la nervosité qui les habite lorsqu'elles arpentent le quai, croyant toujours ou feignant de croire que c'est le train de sept heures quarante-huit, et non elles-mêmes, qui est en retard. Des jeunes filles, mais aussi des dames, et parmi celles-ci beaucoup de jeunes dames.

Car, cela va de soi, les vieilles dames et les vieilles demoiselles qui prennent quotidiennement le train de sept heures quarante-huit ont des habitudes de ponctualité depuis longtemps enracinées. Et ce ne sont pas elles que l'on pourrait cueillir au lit, grillant une première cigarette, ou buvant placidement un jus d'orange de conserve, lorsque le réveil marque sept heures ou sept heures dix. Le temps de faire taire le réveil, de se lever, de quitter le pyjama, de se brosser les dents, de faire chauffer le café, le plus souvent décaféiné, d'avaler deux minces toasts à peine beurrés, à cause de la ligne, il y en a même qui les font avec des tranches de pain de blé entier, le temps de se vêtir, de se maquiller, d'appliquer le rouge à lèvres, de sortir en vitesse, de marcher précipitamment sinon de courir vers la gare, tout cela est, somme toute, très long. Mais si nombre de ces jeunes filles ou jeunes dames ont mauvaise conscience en prenant le train de sept heures quarante-huit, alors que si elles se dépêchaient un peu plus, elles pourraient facilement attraper celui de sept heures vingt-deux, il faut dire que chez certaines autres aucun sentiment de nervosité, aucune mauvaise conscience ne sont discernables. Elles sont fait de longtemps une philosophie du retard qui est devenue pour elles comme une seconde nature. Et ce qui serait vraiment anormal pour elles, ce serait qu'on les vît arriver pour une fois à l'heure à leur bureau ou à leur magasin.

Tous n'ont pas cette placidité. Il y en a, au contraire, qui chaque matin ont la hantise de manquer le train de sept heures quarante-huit. Ce sont surtout, chose curieuse, des Anglais, sans doute parce qu'ils ont des affaires plus importantes à traiter. De grands Anglais maigres et osseux, aux dents longues et jaunes, aux chapeaux informes, aux imperméables fripés, dont le visage s'agrémente souvent de lunettes qui paraissent de tout temps avoir fait corps avec leurs longues oreilles décollées, leur nez maigre et pointu, leurs pommettes saillantes, leurs lèvres gonflées comme par un perpétuel mal de dent. Si bien que s'il leur arrivait la fantaisie de les enlever, leurs lunettes, ce qu'ils doivent faire sans doute avant de se mettre au lit, ils ne se reconnaîtraient plus. Mais heureusement ces Anglais ne se regardent jamais dans la glace. Peut-être se feraient-ils peur à eux-mêmes, eux qui n'ont peur de rien, sinon de rater leur train? Car à peine le quai s'est-il vidé après le départ du train de sept heures vingt-deux qu'on voit arriver à longues foulées les avant-coureurs du contingent, leur journal anglais sous le bras. A sept heures trente, ils sont bien une trentaine à se promener flegmatiquement le long du quai. A saluer une connaissance. A parler business avec d'autres Anglais tout semblables à eux-mêmes. Ou si par hasard ils se trouvent seuls, ce qui est rare, les Anglais frayant habituellement par bandes, à courir aux pages sportives de leur journal anglais.

Les vieilles dames arrivent un peu plus tard. Les demoiselles d'âge mûr aussi. Et dès lors s'élève sur le quai un jacassement strident et miauleur qui ferait se demander à un aveugle, si par hasard il s'en trouvait, mais il ne s'en trouvera jamais, cela serait trop hors de l'ordinaire, s'il ne serait pas tombé au milieu d'une assemblée de pies, sinon de chattes énamourées.

Les Canadiens-français, par contre, ne sont point si pressés. On les voit arriver par après, le pas traînard, la jambe molle. Certains même ont l'air rêveur. On dirait qu'ils savourent leurs derniers instants de liberté. Tous ou à peu près travaillent pour des maisons d'affaires anglaises. Ils n'ont pas encore assumé pour la journée leur masque de servitude, quand ce n'est pas de servilité. Ils sont brièvement eux-mêmes, avant d'être aux autres. *Yes sir. No, sir. I'll do that, sir. Of course, sir. Right you are, sir. Thank you, sir.* Et ils sortent du bureau du grand patron l'air humble, le bras serrant nerveusement contre leur poitrine une serviette ou un dossier rempli de documents, pour se remettre, quelques instants plus tard, à taper à la machine, à actionner une additionneuse, à computer des totaux au bout de longues rangées de chiffres bien tassés à l'intérieur de colonnes limitées par de minces raies rouges, bleues ou vertes. Ils n'ont pas de journaux sous le bras, peu d'entre eux en tout cas.

Chaque matin, cependant, et cela depuis plusieurs mois, la gare était peu avant sept heures quarante-huit le témoin d'un événement toujours le même, renouvelé de jour en jour, et que certains voyageurs pourraient qualifier d'insolite. Au moment où le train de sept heures quarante-huit, à vrai dire, il n'était jamais en gare avant sept heures quarante-neuf, voire sept heures cinquante, entrait dans le champ de vision de toutes ces personnes en position d'attente, et même d'anxiété, et qui arrivait, il faut le dire, à une allure plutôt modérée puisqu'il venait déjà de faire à sept heures quarante-sept ou quarante-huit son arrêt réglementaire à Parc-Royal, au même moment, l'attention de tout ce monde se reportait dans la direction opposée à la marche du train.

Car c'était à ce moment précis qu'apparaissait sur la voie ferrée, marchant précipitamment, courant plutôt sur les rails, un petit homme au poil rare et grisonnant, au regard soucieux caché derrière d'épaisses lunettes et abrité sous des sourcils broussailleux. Tableau insolite pour plusieurs, tableau hilarant pour d'autres, selon le point de vue de chacun. Car d'une part il y avait ce bolide de fer, ce monstre d'acier, grondant de toutes ses roues et de toutes ses articulations, mugissant comme une bête hideuse avec son œil cyclopéen, et de l'autre, venant vers lui, courant vers lui, vers cette machine un peu bien monstrueuse, comme toutes les mécaniques d'invention humaine, il y avait ce petit homme au cheveu rare, au regard embroussaillé, penché perpétuellement vers ces rails dont il sautait une à une les traverses, d'un pied incroyablement agile, et qui chaque matin, depuis bientôt deux ans, fournissait à tous ces voyageurs un élément de curiosité tel qu'ils délaissaient, pour le voir arriver, dans un grand silence qui avait prémonitoirement quelque chose de tragique, leur journal, leurs amis, leurs conversations, et qui de surcroît leur mettait chaque fois au cœur un sentiment d'angoisse que chacun se plaisait à dissimuler sous une indifférence amusée.

C'était peut-être le seul moment de la journée où ils n'étaient pas blasés.

Lorsque, à sept heures quarante-neuf ou sept heures cinquante, selon les jours, le train allait s'immobiliser devant le quai pour faire son plein habituel de voyageurs, juste au moment où la foule retenait mal un cri, car on avait toujours l'impression que le bolide de fer et d'acier allait engouffrer le petit homme, celui-ci, qui semblait jusqu'alors voler, délibérément quoique avec une indifférence incroyable, vers une mort assurée, sautait prestement de côté sur le quai où on lui ménageait toujours une petite place car on savait qu'il sauterait uniformément au même endroit.

Le chef de train avait beau agiter sa cloche d'alarme, le petit homme n'y prenait point garde. Il semblait absolument inconscient du danger qu'il courait ainsi chaque matin et de l'état d'angoisse qui, à son sujet, s'emparait de la foule qui suivait son manège. Comme si de rien n'était, gardant toujours la tête basse, ne parlant à personne, le petit homme tirait alors de sa poche un journal précautionneusement replié et lisait la manchette. Il avait si bien mesuré ses distances que neuf fois sur dix il sautait de manière à se trouver devant la première portière ouverte. Il s'engouffrait aussitôt dans le train où l'on avait tôt fait de le perdre de vue. La seconde d'angoisse dénouée, la minute d'anxiéte écoulée, on pensait à autre chose et le petit homme était oublié jusqu'au lendemain matin, à sept heures quarante-neuf ou sept heures cinquante, selon les jours et les humeurs du chef de train. Chacun reprenait son journal, sa conversation ou sa rêverie. Ceux qui ne pensaient à rien, ceux qui ne lisaient jamais une ligne d'un journal, d'une revue, d'un périodique ou d'un livre, continuaient à ne penser à rien. Chaque matin, il se trouvait cependant quelqu'un pour confier à son voisin, en douce, de crainte d'être entendu, que pourtant, l'un de ces jours, le petit homme finirait par manquer le pied. Et alors, brr . . .

Mais cela ne se produisait jamais et au fond il devait se trouver quelqu'un pour en être, dans son quant-à-soi, déçu. Même les pires angoisses s'épuisent, à la longue, et avec le temps certains Anglais avaient fini par se désintéresser complètement de ce qui aurait pu arriver au petit homme. Ils ne tournaient même plus la tête lorsqu'un voyageur amusé disait tout haut à son voisin, dès qu'on le voyait paraître: *Here comes that little man again!*

Ces indifférents et ces distraits regrettèrent amèrement leur indifférence et leur distraction, car lorsque l'inévitable l'horrible chose survint, personne ne put dire exactement ce qui s'était passé. Et la police, appelée d'urgence, après une brève enquête tenue sur place, ne put tirer aucune conclusion de ce curieux événement.

C'était par un matin ensoleillé d'avril, un de ces matins qui vous font croire que le printemps est réellement arrivé. Il ne restait plus trace de neige, sinon dans quelques rares replis de terrain que le soleil de mars n'avait pu rejoindre. Le petit homme s'en venait sur la voie ferrée, sautillant alternativement du pied gauche et du pied droit, de traverse en traverse, attentif à ne pas trébucher dans le ballast. Le train s'en venait en sens inverse, de sa démarche cahoteuse, mais pas moins terrifiante pour cela. Certains témoins prétendirent plus tard que pour cette fois le train était vraiment à l'heure, qu'il était réellement sept heures quarante-huit quand il avait frôlé dans son fracas habituel le quai de la gare. Tout à coup, d'un groupe de voyageurs s'éleva un cri à la fois de surprise et d'horreur, répercuté bientôt par la foule qui, dans l'ensemble, n'avait rien vu, mais qui faisait un écho puissant à l'exclamation de ceux qui avaient vu ou prétendaient avoir vu quelque chose.

Le petit homme n'était plus là. Il avait manqué le saut. Il avait vraisemblablement roulé sous les roues de la locomotive qui n'avait pu freiner à temps. La nouvelle se propagea de bouche en bouche, en anglais, en français, dans d'autres langues même. La surexcitation était à son comble bien que personne n'eût pu dire exactement ce qui s'était produit. Ce que l'on pouvait constater seulement, c'était que le petit homme n'était plus là. Plusieurs femmes s'évanouirent en criant mon Dieu ou *By Gosh!* Une Anglaise devint folle sur l'heure. Elle pointait le ciel de l'index, criant *Look, Look, Over there!* Là-bas! Là-haut! Dans le ciel! Tout le monde regardait, personne ne voyait. Mais là, dans le ciel! Le petit homme! Il s'envolait dans l'azur, à l'en croire, avec attachées aux épaules de toutes petites ailes. Personne ne voyait rien. On finit par emmener cette pauvre femme, qui criait comme une perdue. Elle laissa tomber son sac à main. Personne ne s'en aperçut et on le piétina.

Des hommes injuriaient le chef de train, lui criant qu'il aurait pu faire attention, qu'il avait manqué de prudence. Certains allèrent jusqu'à dire qu'il l'avait fait exprès. Que c'était un accident provoqué. Que le chef de train n'avait pu tolérer davantage d'être défié chaque matin par le petit homme. Que c'était pour l'induire en erreur, que ce matin-là il était entré en gare à sept heures quarante-huit précises. Car on venait de découvrir que pour une fois le train n'avait pas son retard habituel. Personne ne songeait à blâmer le petit homme, qui gisait probablement sous les roues de la locomotive. En un rien de temps, les contrôleurs étaient descendus sur le quai. La sirène de la police retentissait déjà sur le boulevard prochain. Le chef de train avait quitté sa cage lui aussi et tentait de s'expliquer. Certains voulaient lui faire un mauvais parti. En d'autres circonstances, il aurait été hilarant de voir tous ces gens, contrôleurs et voyageurs mêlés, le derrière saillant par-dessus tête, qui cherchaient à localiser sous la locomotive le petit homme, sans doute écrabouillé.

Mais les trains sont ainsi faits qu'il n'est pas facile d'y voir clair dessous. On ne trouvait rien. Du petit homme, nulle trace visible. Sur l'ordre de la police, le chef de train remonta dans sa cage. Il fallait manœuvrer, soit avancer, soit reculer, afin de libérer la voie. La manœuvre fut lente. La foule, énervée, criait au chef de train de se presser, que cette attente devenait proprement intolérable. Finalement le train se mit lentement en marche. Avança, puis recula. Avança de nouveau, puis recula encore une fois, sous l'œil impatient de la foule, dans un tintamarre de cris et de protestations. Lorsque le train eut dégagé finalement la voie, on s'aperçut de cette chose effroyable, incompréhensible, incroyable: le petit homme n'y était pas. De lui, pas la moindre trace. Quelqu'un cria qu'il y avait du sang, là, sur deux ou trois traverses, mais on se rendit vite compte qu'il s'agissait d'huile de graissage, dégoulinant des entrailles du train. L'effervesence atteignit son comble mais, faute d'aliment, s'apaisa bientôt. Personne ne comprenait rien à rien, mais il était maintenant évident que le petit homme n'avait pas été écrabouillé, comme tout le monde l'avait d'abord cru. On se tourna bientôt contre ceux qui, à ce qu'ils prétendaient, l'avaient vu de leurs yeux rouler sous la locomotive. On les injuria, les traitant de mauvais plaisants, puis de sadiques personnages. Mais les accusés rétorquaient aussi fort: où est-il votre petit homme? Montrez-le-nous, votre petit homme! Mais personne ne savait où le trouver. Il était effectivement introuvable.

Peu à peu les voyageurs commencèrent à monter dans le train. Les plus flegmatiques se risquèrent à rouvrir leur journal. Une demi-heure s'était écoulée en pure perte, d'autant qu'à Parc-Royal on signalait déjà l'arrivée du train de huit heures vingt-huit. Lorsqu'il eut à son bord tout son monde, le train de sept heures quarante-huit s'ébranla. Et lorsqu'il arriva au centre de la ville, vingt minutes plus tard, personne ne parlait plus du curieux événement. De nouveau les sports, la politique, les discussions d'affaires et les tracas ménagers occupaient toutes les conversations. Durant la journée, on pensa de moins en moins au petit homme et le soir venu, lorsque chacun ouvrit son journal, on s'étonna qu'il n'y fût point fait mention de cette mystérieuse affaire. Tout au plus la société ferroviaire avait-elle fait distribuer pour les voyageurs du retour, en fin d'après-midi, une brève circulaire où il était dit qu'en raison de circonstances imprévues, le train de sept heures quarante-huit était entré en gare avec une demi-heure de retard. Elle s'en excusait, sans autre forme d'explication, auprès de ses abonnés.

Le lendemain matin, les voyageurs envahirent à l'heure habituelle le quai de la petite gare. Personne ne souffla mot de l'affaire de la veille. Lorsque à sept heures quarante-neuf, le train signala son arrivée par un long mugissement plus dramatique que de coutume, sembla-t-il, quelques personnes seulement tournèrent la tête dans la direction d'où venait d'habitude le petit homme. Sautillant d'une jambe, puis de l'autre, le nez baissé sur la manchette de son journal, le petit homme marchait précipitamment, courait presque, vers le train qui, comme chaque matin depuis bientôt deux ans, semblait foncer sur lui.

CLAUDE JASMIN

Le Cosmonaute romantique

Claude Jasmin est né à Montréal en 1930. Il a fait ses études au collège Grasset et est diplômé de l'Ecole des Arts appliqués. Tour à tour, décorateur, comédien, professeur, critique d'art, chroniqueur, dramaturge ou écrivain, la liste de ses talents est inépuisable.

Depuis 1959, il a publié plusieurs romans, un recueil de nouvelles, et un grand nombre d'écrits pour le théâtre, la radio et la télévision.

Ses romans sont Et puis tout est Silence (1959), La Corde au cou (1960) pour lequel il a reçu le prix littéraire du Cercle du Livre de France, Délivrez-nous du Mal (1961) ouvrage riche de sens sur le drame de l'inversion, Ethel et le Terroriste (1964), inspiré par le séparatisme, Pleure pas Germaine (1965) et Rimbaud, mon beau Salaud (1969).

Ayant éprouvé tout jeune un grand attrait pour le théâtre, il n'est pas surprenant que Claude Jasmin ait voulu diriger son talent vers l'art dramatique. Une pièce Le Veau dort lui a valu le premier prix au Festival d'Art dramatique en 1963. On lui doit aussi plusieurs téléthéâtres et scénarios de télévision.

Jasmin sait soutenir l'intérêt du lecteur et ses récits ne manquent jamais de mouvement. La nouvelle "Le Cosmonaute romantique" est un récit où la fantaisie joue un grand rôle et qui nous transporte dans un monde futuriste. D'autre part, "Françoise Simard et l'Homme d'action," nouvelles tirées de son recueil Les Cœurs ɛmpaillés (1967), situe son action dans le Montréal d'aujourd'hui avec sa jeunesse active et pleine d'imagination.

Tous les soirs, c'est la même chose. La même manie.[1] Après le travail, vers deux ou trois heures de l'après-midi, —ah! l'ancien "9 à 5" est bien fini!—Paulette saute dans le métro et file vers les pistes aériennes.

---

[1] *la manie*—folie partielle, idée fixe.

Comme je travaille sur[2] une autre équipe, de onze à quatre heures, je ne peux pas l'empêcher de se livrer à son triste vice. Car c'est un vice: elle passe toutes les soirées... à Paris! Elle en est folle. Folle à lier. On m'a dit qu'elle y bouquine,[3] qu'elle traîne aux terrasses des anciens cafés littéraires, dans les bibliothèques visuelles, dans des caves à disques, jusqu'à des heures impossibles, parfois trois heures du matin.

Elle ferait pire. Mais le dernier omnibus pneumatique[4] pour Montréal, le Fusik 6, quitte Paris à cette heure-là. Alors, elle revient, elle n'a pas le choix. Il y a que je l'aime et cette manie nous sépare. Je ne peux plus lui parler que le matin lorsqu'elle rentre aux bureaux de la compagnie. Elle m'étonne, elle apparaît pour l'heure d'entrée pile,[5] fraîche et en pleine forme. Oui, j'aime Paulette, sans trop savoir pourquoi. C'est mon type de femme. Je l'ai dans la peau. C'est sans raison. Je l'aime.

Et je l'ai prouvé. Plus d'une fois. Pour son anniversaire, je lui ai offert un joli plusistor.[6] Ainsi, elle peut écouter toutes les émissions du globe. M'a-t-elle manifesté de la gratitude? Elle a fait: "Très gentil, ça. Je vais le montrer à mes copains parisiens... Dès ce soir!" Zut!

Et j'en fus quitte[7] pour aller encore me balader, seul, dans le vide cosmique. Je voudrais tant, que Paulette aime aussi la nature cosmique comme moi. Dans l'ionosphère, le soleil est magnifique à examiner.

Je fais du temps supplémentaire à l'usine. Je fais des semaines de vingt heures parfois! Même de vingt-cinq heures certains mois d'hiver. La semaine dernière, la section que je dirige a réussi à sortir mille combinaisons pressurisées. Ceci grâce à ma vaillance de chef d'atelier. Je veux m'acheter, au plus tôt, un de ces petits engins merveilleux, à pile[8] nucléaire, qui me conduirait partout dans l'ionosphère. Oui, avec un de ces Exik-2, je pourrais m'abandonner à ma manie à moi: les balades dans le vide cosmique. Et tant pis pour Paulette. Je finirai bien par me l'enlever de la tête.

Je suis les cours du fameux Zimenov à la télévision, tous les mercredis matins, pendant que les ouvriers vont aux bains de vapeur et au gymnase. Et bientôt, j'irai passer l'examen d'astronaute, grade 7, le plus haut degré chez les amateurs. Quand j'aurai mon certificat, je ferai une demande pour aller travailler sur les quais satellisés, dans les gares spatiales du côté de Vénus ou de Mars. Là où il y a de la vie!

---

[2] avec.
[3] *bouquiner*—chercher de vieux livres (des bouquins).
[4] *l'omnibus pneumatique*... sorte de voiture publique propulsée par l'air comprimé.
[5] exactement à l'heure.
[6] mot inventé.
[7] *être quitte de*—être libéré ou délivré de.
[8]*la pile*—appareil transformant en courant électrique l'énergie développée dans une réaction d'habitude chimique.

Je m'exilerai loin d'elle.

Rendu là-haut, peut-être découvrira-t-elle mon existence enfin et que je l'aimais. Elle aura du chagrin. Saura ce que c'est que l'ennui. Et se décidera enfin à tenir un peu compte de moi, de mon existence, de ma vie. Car c'est vite passé une vie: deux cents pauvres petites années. Ça n'est guère mieux qu'au siècle passé.

Mais, bonne lune, qu'est-ce qu'elle peut bien faire tous les soirs à Paris? Je finirai par y aller moi-même.

Aujourd-hui, c'était congé. L'anniversaire du premier voyage de Bantey, le cosmonaute bègue,[9] sur Venus, il y a dix ans. Jour de liesse.[10] Les fêtes sur Vénus dépassaient toute description. Le feu d'artifice fut mirifique. Les pièces pyrotechniques rivalisaient de splendeur. Celles offertes par les Italiens furent vraiment extraordinaires. Dans ce pays, on trouve des artistes doués; il est vrai que des écoles d'art préparent des artificiers experts incomparables.

Oh! j'aurais tant voulu que ma Paulette éprouve, elle aussi, l'estime que je porte aux Vénusiens. Ils sont tout petits mais si affables, si civilisés et courtois. Vraiment d'une hospitalité poussée à un degré qui est encore inconnu sur notre boule. Paulette, chaque fois que je lui parle de mes amis vénusiens, que ce soit ceux de la Grande Crique,[11] ou ceux du Plissement doré,[12] hausse les épaules. Elle me répète qu'elle ne peut s'accoutumer aux sons qu'ils émettent. Moi, je trouve cette langue—des cris, des petits sons perçants, des bruits mélodieux—très fascinante. Elle ne peut s'habituer davantage à la teinte de leur écorce-peau. Ce jaune vif, pourtant, leur va à ravir, particulièrement aux jeunes filles de Vénus.

Elle cherche des prétextes pour refuser de m'accompagner dans mes expéditions de fin de semaine. "Ils ont les cheveux si raides et si longs!" Ou bien: "Ces petites dents vertes et pointues m'effraient." Des prétextes, c'est clair.

Après les cérémonies, cet après-midi, on m'a présenté une jolie jeune prame—la femelle chez les habitants de Vénus—, elle a des manières suaves. Une poupée. Etonnante! Elle chante divinement, je n'exagère pas. Et elle danse . . . n'importe quoi, du caoutchouc. Quelle souplesse! Un être ravissant, elle m'a touché. Je vais tâcher de m'éprendre[13] de Oaaï, c'est son nom.

Tomber amoureux de Oaaï, ça va être toute une affaire. Car ces gens n'ont aucun sens de l'amour humain tel que nous le concevons. Pourrai-

---

[9] *bègue*—celui qui a des difficultés à commencer à parler et souvent à parler d'une façon intelligible

[10] *un jour de liesse*—jour de fête où il y a beaucoup de gaieté.

[11] lieu géographique imaginaire.

[12] lieu géographique imaginaire.

[13] *m'éprendre de*—être amoureux de.

je lui inculquer certaines notions ... disons romantiques, sentimentales?
Car, il faut bien le dire, leurs rapports amoureux sont extrêmement som-
maires, euh ... pratiques. Fonctionnels! Ils ne savent pas mieux. Ne connaissent rien aux tourments de cœurs. Ils ne savent même pas ce que
c'est que soupirer. Ni sourire d'ailleurs. S'ils se blessent, ils pleurent et
crient. La plupart du temps, ils sont impassibles, sérieux quoi. Ils rient
souvent cependant. Ils ont le cœur léger. C'est bien.

Paulette et moi, nous avons eu notre première querelle sérieuse la
semaine dernière. Sur le grand écran du salon, je regardais un vieux
film des années 60. On nous montrait l'historique en images sonores
des premières fusées spatiales, ces immenses et comiques bidons en
forme de cigares, réservoirs volants d'une lourdeur épouvantable;
c'était avant l'ère des moteurs atomiques et de l'énergie thermo-
nucléaire auto-reproductrice. Je m'amusais bien. Brusquement, Paulette
a fait tourner l'image sur une autre longueur d'ondes. Elle tenait à voir
l'émission du professeur Beaubizon sur ces ancêtres: les cubistes et les
surréalistes. Moi, l'art ancien ça me tue. J'en sue![14] C'est pas ma faute.
Je n'aime pas particulièrement les vestiges[15] du passé. Je n'ai rien d'un
antiquaire, rien. Et je ne peux comprendre les gens qui s'exclament et
se pâment d'aise devant des rectangles de toile peinte par un Riopelle,
un Molinari ou un Vasarely!

Je ne comprends pas davantage les collectionneurs enragés de ces
meubles de teck de l'ancienne Suède! Il me semble que nous devrions
n'avoir qu'une passion: notre monde actuel et celui de demain, de
l'avenir. Il faut, diable, être de son temps! Dimanche dernier, le pape—
je l'ai vu à Telstar 13—le disait lui-même à ses propres garçons: "Il
faut savoir conserver ses énergies vitales pour le reste des conquêtes
du cosmos." Dans la salle obscure, les gens, très religieux de nos jours,
ont applaudi; j'en ai fait autant. Jean XXIV est vraiment un chef
spirituel à la page![16]

Mais non, ma Paulette préfère la préhistoire. Les petites anecdotes
des temps poussiéreux de monsieur Dali ou de Breton, Duchamp,
Picasso, j'en ai soupé, oh! la la! Alors, devant les potins[17] historiques
du vieux Beaubizon, je n'ai fait ni une ni deux[18] et je suis sorti en
claquant la porte de fibre roux.

Elle est venue me retrouver dehors, sur le patio. J'ai fait l'indifférent, le grand distrait; je lançais des boomiks en l'air pour voir les
étincelles dans le soir au-dessus des maisons. Elle m'a préparé une

---

[14] Cela m'ennuie.
[15] *les vestiges*—ruine du temps ancien.
[16] *à la page*—au courant, bien renseigné, moderne.
[17] *le potin*—commérage, bruit, ce qu'on dit d'un autre et ce qui n'est pas toujours vrai.
[18] je n'ai pas hésité une seconde.

liqueur au gingembre fritté et un petit plat de manoustes très salées. Elle sait que je les adore. J'ai remercié froidement. Et puis soudain, bêtement, j'ai fait ma demande. Comme ça, debout, dehors, la bouche pleine de manoustes salées! Je la voulais. J'avais tous les bons nécessaires pour m'installer et vivre avec elle. Tous mes papiers étaient en règle et le reste. Ce fut désastreux.

Elle m'écoutait interdite et puis elle a dit calmement:

—Non, c'est impossible, Claude.

—Pourquoi?

—Bien . . . Parce que nous n'avons pas les mêmes aspirations.

Ecœurant! En voilà un langage de couventine. "Les mêmes aspirations." "Les mêmes goûts!" Quelle salade vraiment! Je m'étais ouvert évidemment. Il le fallait. Je lui ai parlé de mon rêve, de mon intention de m'exiler. Ce rêve. S'installer tous les deux sur Mars! Elle frémissait d'horreur, la misérable. Elle me cria que jamais, au grand jamais, elle ne consentirait à aller vivre là-haut, que c'était trop sombre, et trop humide. Je la renseignai. On y a installé de larges écrans pare-temps[19] comme ceux de Montréal et de Manhattan. Elle ne voulait rien savoir. Mars lui puait au nez.[20]

Pourtant, y a-t-il dans tout notre système solaire un endroit plus merveilleux que Mars? C'est un jardin, le paradis de l'Eden perdu. Sa végétation est inédite. Les Vénusiens, jadis, en firent leurs terrains de vacances, de chasse et de pêche. Ses lacs sont d'un bleu rare, unique, remplis d'une faune capricieuse, tellement étonnante; ses poissons aux bleus rosés étranges, électriques, volants, ses oiseaux aux longues plumes vertes translucides, ses hauts paraliers,—des arbres touffus qui forment de véritables bouquets,—enfin ses forêts paradisiaques! Et c'est trop peu pour madame!

J'en suis malade de ce mépris pour ce qui me passionne, ces refus répétés, cette sublime et hautaine indifférence pour un nouveau monde! Mon campement était réservé là-haut. Tout était prévu pour y couler une existence neuve, captivante. Cette colonisation d'un nouveau monde est une aventure, il me semble, captivante pour toute âme bien née. Non, Paulette fourrage dans les vieux bouquins, gratte les ruines, jouit sans bon sens de la moindre trouvaille d'antan![21] Misère! que cette attitude est rétrograde. L'emplacement que l'on m'a offert aux bureaux du Repeuplement Cosmique est tout à fait coquet, au faîte d'une falaise de cramais, cette roche d'un violet rougi incendiaire et excitant.

Tout autour de ma petite falaise, les paraliers martiens forment des

---

[19] mot inventé d'après pare-brise.
[20] Elle avait Mars en horreur.
[21] *d'antan*—d'autrefois.

haies dans un ordre fantaisiste charmant. Je vous dis, un décor sculpté par des dieux!

Mais non, tout cela n'est rien, Mademoiselle veut s'installer à l'est, dans ce Paris-des-musées, des quartiers en ruines désertés. Un coin de taudis,[22] bien à l'ancre d'un passé qu'elle idéalise. Elle ne parle plus qu'en citant Baudelaire, Apollinaire. La préhistoire! Elle se vante d'avoir lu tous ces anciens écrits. L'autre nuit, il a fallu que je me casse les oreilles autour d'un de ces appareils antiques, le phonographe, pour écouter de vieilles rengaines d'un certain Vigneault, Léo Ferré et Georges Brassens. Des trucs romantiques d'il y a vingt, trente ou quarante ans. Puant!

Bref, elle a catégoriquement refusé de se lier à moi "pour le meilleur et pour le pire" comme disaient les vieux. Elle veut vivre à Paris. C'est là son idéal, son vœu le plus cher. Eh bien! qu'elle y aille. Qu'elle y passe ses soirs et ses fins de semaines, sa vie entière. Moi, je n'ai plus qu'à essayer de me défaire de ces liens que j'avais si patiemment tissés entre nous deux. Ce sera long, pénible. J'étais bien ficelé. Mais je l'oublierai. Elle me rendra mes présents, mes cartes, mes billets doux. J'étais fou, ces cadeaux idiots: le plurimètre comptable, la machine à peindre, le plusistor . . .

Si je n'arrive pas à l'oublier, je me prêterai aux expériences du fameux souvenak dont tout le monde parle. Il paraît que cette merveilleuse machine peut effacer jusque dans le subconscient toute trace de n'importe quel souvenir désagréable. Le père Freud en baverait de satisfaction!

J'en ai perdu du temps. Ces visites nombreuses au grand musée de Manicouagan—l'ancien barrage hydroélectrique inutilisable que l'on a transformé en musée national d'art esquimau—toutes ces heures passées à la satisfaire, à chercher des objets anciens: lampes électriques, cadrans à sonnerie,[23] machines à écrire, briquets à pierre . . . quelle foutaise[24] que cette manie de collectionner des vestiges du passé! Je me souviens de sa joie folle ce jour où j'avais réussi à lui dénicher un de ces vieux appareils à fil pour téléphoner! Ils étaient difficiles à trouver depuis l'invention du "allo" sans fil.

Elle était ravie. Elle a suspendu ce machin-là au mur de sa chambre. Elle n'en finissait plus de me témoigner sa gratitude, m'embrassait partout. Je m'en souviens; on aurait dit qu'elle me voyait enfin pour la première fois, découvrait que j'existais, qui j'étais. Cette manie . . . alors qu'on est si bien à se balader dans le vide cosmique, libre, sans

---

[22] *le taudis*—logement misérable.
[23] *cadrans à sonnerie*—reveille-matin.
[24] quelle bêtise.

pesanteur. Prendre l'air à grande vitesse sur coussins au-dessus de l'autoroute du pôle, bien emmitouflé dans des peaux traitées. Mais voilà, Paulette est insensible à ces notions: vitesse, mouvement, espace, abolition du temps terrestre! Si c'est pas triste! Elle vit dans un autre monde. Un monde bien fini, sentimental, arriéré. Dommage! C'est ça "l'aliénation terrestre" dont parlait le poète Saint-Germain.

Pourtant, tous les deux, nous sommes nés en 1980; nous sommes en 2001. C'est un peu important de vivre sa vie, jour par jour, année après année. La vie ne stoppe pas, elle.

Paulette Macdonald ne parlait que l'anglais et l'allemand; moi, le français et un peu le russe. Nous nous sommes connus dans un des ateliers de langues de l'Institut Mervitz. Elle voulait apprendre le français, moi, l'anglais. Ceci à cause des traités d'astronautique des célèbres frères Hunter. Nous nous sommes plu. Physiquemment d'abord, je crois.

Oh! cette école de langues: Paulette ne voulait plus parler que français et moi je tenais à l'anglais pour ne pas oublier. Alors ce fut le début de nos querelles. Déjà! Elle m'a fait baisser pavillon.[25] Et nous nous sommes tenus, caressés, embrassés en français!

On l'a su trop tard. Le mnémik fait mieux que les machines de Mervitz. On peut enregistrer dans son cerveau, à l'état de demi-sommeil, toutes les langues d'une même racine. Il ne faut que quelques séances de plus. Paulette, de cette façon, aurait pu apprendre le français, l'italien, l'espagnol.

Il y a de quoi rire des grandes querelles linguistiques du pays, il y a plus de cinquante années. Il est vrai,—je connais mon histoire,—que les anglophones du temps avaient le mépris du français dans le sang, refusaient systématiquement de l'apprendre. Les temps changent, tudieu! Ma jolie Paulette, elle, en mangerait du français, le belle folle! Elle en titube. Et cette vénération démentielle pour Paris vient de nous séparer à tout jamais. Tant pis . . . pour moi.

Il faut maintenant que j'aille carrément vers ma vraie nature. Le biologiste-psychologue de l'usine, lors de sa récente visite, m'a bien expliqué l'importance vitale d'être fidèle à sa nature. Je n'ai pu m'em-pêcher de lui parler de ma grande Paulette. De son goût de forcenée pour le passé, pour les vieilles cultures européennes. "C'est un cas", m'a-t-il dit en se frottant le bout du menton, "un cas intéressant, faudrait que je puisse l'examiner pour savoir si elle obéit vraiment à sa nature biologique!" Hein? Mais c'est trop tard.

Je regrette de n'être pas demeuré aux études plus de dix ans. Aujourd'hui, je pourrais mieux participer aux nouvelles découvertes. Je

---

[25] *baisser pavillon*—se soumettre, se rendre.

pourrais m'inscrire comme chercheur national dans les équipes de sondage interspatial.

On en est tous las de nos neuf planètes, de notre petit système solaire!

Des savants parlent d'un certain point où se trouvent une centaine d'astres-soleils, étoiles clignotantes, qui se refroidissent et se rallument à toutes les heures, dans un ordre précis. C'est, paraît-il, passionnant, le jour, la nuit, d'heure en heure! Ces petits soleils pivotent, gravitent autour d'une planète habitée baptisée "Lumi". Ses habitants sont des géants sur-doués mais immobiles. Ils sont plantés comme des arbres, avec des racines qui croissent, se multiplient. Etranges sédentaires forcés qui réfléchissent énormément. Ils auraient résolu tous les problèmes de la pensée moderne.

Déjà, la télévision, à son émission "Aujourd'hui" y a consacré plusieurs épisodes. Le professeur Martin, le grand savant gaspésien, prédit qu'il s'agit de l'anti-homme dont il était tant question ces dernières années. Il serait impossible de les toucher! Au moindre contact, ce serait l'explosion. Il n'y aurait qu'à entretenir l'amitié! A moins d'inventer des antennes spéciales. Ne pas pouvoir se toucher! Serait-ce la solution?

Tiens, tiens! Pas besoin d'aller si loin, si haut. Voilà ce qui est arrivé entre Paulette et moi. On ne peut plus s'approcher sans exploser! Au moindre contact, paf! Tout nous sépare.

Il me reste à suivre les cours du soir pour l'embarquement. J'irai dans l'ionosphère. Oh! oui, à toute vitesse. Je suis peut-être d'essence anti! J'en ferais le pari. Je vais pouvoir aller vivre en paix, enfin, avec une de ces anti-femmes. Sans parechoc, sans rien, tout nu avec une de ces géantes philosophes, sages comme on n'imagine pas. Et j'aurai, comme on dit, de nombreux petits anti-enfants. Adieu, ma belle Parisienne attardée!

CLAUDE JASMIN

—————•◆•—————

Françoise Simard et l'Homme d'action

Ça y est! Tout est en place. Les bougies allumées frissonnent. La nappe à carreaux rouges et blancs lui semble une belle invitation; sur la table, une bouteille de Gruau, ce vin si doux, marqué 1945, des bols de bois renversant une laitue frisée, ruisselante de sauce vinaigrée. A côté, sur la desserte, deux steaks attendent. Françoise se jette sur le divan et rouvre le journal du matin pour la troisième fois. Que fait donc Luc? Dans le couloir, le téléphone demeure stupidement muet.

Dehors, Montréal allume ses lumières, prend ses airs de soirée, de fête, les airs d'une métropole active jour et nuit. Françoise se relève, soulève le rideau et regarde le vieillard qui suit docilement son vieux chien paresseux. En laisse! "Comme tout le monde", pense tout haut Françoise. Que fait-il donc son gros chien? Où est-il donc. Il avait dit sept heures. Il est huit heures. La télévision vient de débiter sa série d'interviews pour "Aujourd'hui". On y annonce maintenant du savon— avec des serviettes cachées dans la boïte.

Françoise quitte la porte-fenêtre. Elle est maintenant devant le miroir de la salle de bain. "J'ai vingt-six ans maintenant, vingt-six ans!" se répète-t-elle. "Et lui, trente-trois." C'était toujours ainsi. Il y avait elle, il y avait lui. Lui et elle. Si elle songeait à la couleur de ses yeux: brun, automatiquement elle se disait: "moi, j'ai les yeux pers." "J'ai les cheveux châtains, il a les cheveux sombres." Un duo éternel. Un jeu perpétuel de comparaisons. L'amour de Luc lui était devenu une table, un code, un filtre, un horaire, un index, un sommaire, un dictionnaire, une encyclopédie. Ce qu'il dit à telle occasion, ce qu'il invoque en telle circonstance, ses jurons, ses soupirs, ses sujets de joie, de chagrin, de rage, de compassion, elle devine tout, elle sait. Et, en même temps, elle a appris à connaître ses motifs personnels de joie, de chagrin, d'inquiétude. Ses angoisses passent par les siennes. Elle vérifie constamment, elle jauge, elle compare. Françoise évolue, vieillit, change, en tournant autour de lui. "Je suis en laisse!"

"Il aime ce film de Jutra, de Truffaut? Oui. Est-ce que j'aime ce film de Jutra, de Truffaut? Non, pas tellement." C'est ainsi. Elle n'acquiesce certainement pas à toutes ses envies, ni ne partage tous ses goûts, mais elle vérifie et compare constamment avec ses propres goûts et met ses envies à elle devant les siennes.

Une loi de la relativité à deux ponts, à deux plateaux; dont le balancier est l'amour!

Il est huit heures et quarante-cinq maintenant. Françoise, depuis six ans qu'ils se connaissent, a développé une sorte d'instinct, un puissant radar détecteur de ses moindres soucis, du plus minime sujet d'inquiétude. Ainsi, ce soir, il lui semble qu'un grand voile monte autour d'elle, l'enveloppe. Elle reconnaît la cotte de mailles épaisse de l'anxiété. C'est pratique: elle sait maintenant, et avec une certitude croissante, qu'il va lui arriver malheur. Et Françoise cherche à savoir ce qu'il sera. Elle cherche à discerner sa grandeur, sa densité. "Non, ce ne sera pas un petit malheur."

Le crapaud rose[1] du couloir refuse de sonner, de l'informer sur son appréhension. La sonnerie de la porte, en bas, la sort de ses minutieux et mystérieux calculs. Elle va savoir! Comme toujours, elle soulève d'abord le rideau. Ils sont deux. Deux types qu'elle ne connaît pas. Elle n'aime pas répondre à des inconnus. Mais s'ils apportaient des nouvelles de Luc? Elle appuie sur le bouton déclencheur de la porte extérieure et entre-bâille sa porte retenue par un chaîne de sécurité. Ils montent l'escalier, lentement. Elle les regarde. Deux types assez courts. Ils ont des chapeaux gris.

—Pouvons-nous entrer, mademoiselle Simard? Cinq minutes?

—Qui êtes-vous?"

—Des amis de Luc! Ne craignez rien, vous pouvez laisser votre porte ouverte.

Celui qui a les cheveux blonds et les yeux bleus parle calmement. Il a l'air bon. Françoise aime se fier aux yeux des gens. Elle dit souvent, comme tout le monde, qu'un regard ne ment pas. Elle se décide, décroche la chaîne et ouvre. Ils entrent, polis, presque timides, sans trop examiner l'appartement: "bon signe, ça aussi," se dit Françoise.

—Voici Réal Langis, je me nomme Paul Daigle, fait le blond.

—Qu'est-il arrivé à Luc?

—Rien de grave, mais il ne pourra pas venir ici. Il ne faut pas l'attendre.

---

[1] le téléphone.

Son cœur se serre. Elle appréhende le pire. Ils ont l'air graves, presque ridicules.

—Comment, rien de grave? Parlez!

L'autre, le type aux cheveux luisants d'un noir d'ébène, poursuit:

—Ecoutez, mademoiselle Simard, on peut vous assurer que Luc est bien portant, mais il vous faudra un peu de patience encore. Si vous tenez à le voir, il faudra nous accompagner.

Il regarde à son poignet et ajoute:

—Dans exactement une demi-heure.

Françoise regarde l'heure au cadran du buffet, il est neuf heures et demie.

—Que se passe-t-il au juste?

Le blond enlève son imperméable et son chapeau et les jette sur le bras d'un fauteuil.

—Encore une fois, je vous le dis: rien de tragique.

Impatiente, Françoise regarde le noir[2] luisant qui retire son chapeau à son tour.

—Voyez-vous, Luc ne vous raconte pas tout.

"Luc ne me raconte pas tout?" songe Françoise, "Peut-être que non". Depuis quelques mois, en effet, Françoise a remarqué un excès de nervosité chez lui. Il se fâche souvent, pas contre elle, mais en écoutant les nouvelles du téléjournal, en lisant certaines déclarations publiques. Très souvent, il vocifère de sombres imprécations contre Gaston Lahaie, son chef de service à l'agence de nouvelles ou, plus bêtement, contre un camarade de travail qui a osé discuter le bien-fondé d'une de ses assertions. Cela va de mal en pis depuis trois semaines. Un rien le met hors de lui. Luc, pense encore Françoise, est devenu irritable, préoccupé, distrait même, toujours en révolte! Distrait au point qu'il en a oublié son anniversaire et qu'au lieu d'être venu l'embrasser, un cadeau d'usage à la main, il est pris quelque part, il s'est fait prendre... Et soudain, des souvenirs précis surgissent. Oui, des phrases récentes de Luc se reforment. Il disait: "Faudrait secouer les gens par de nouvelles actions terroristes." Hier soir encore: "Si je me décide, je passerai à l'action concrète. J'en ai assez de la patience qu'on prêche partout."

Françoise regarde plus attentivement les deux types. De deux choses l'une, se dit-elle: ou ce sont des policiers,[3] ou bien il s'agit de deux amis décidés, comme lui, à passer à l'action.

—Vous êtes de la police, n'est-ce pas.

Elle a pris un ton placide pour s'attirer leur franchise.

---

[2] l'homme aux cheveux noirs (bruns).
[3] agents de police.

—Ah là, vous n'y êtes pas du tout.

Ils la regardent. Elle a l'impression nette de les avoir insultés.

—Alors écoutez-moi. Il faut me dire ce qui se passe. Je sais que Luc parlait souvent de la nécessité de poser des gestes[4]...

Les deux jeunes hommes sursautent. Ils se regardent. Ils se consultent, pense Françoise.

—Vous pouvez parler. Ne craignez rien. Vous devez savoir que j'approuve Luc dans tout ce qu'il dit.

Elle fait une pause. Ils sont visiblement mal à l'aise.

—Dans tout ce qu'il fait, dans tout ce qu'il veut faire...

Elle hésite:

... ou ce qu'il a fait."

Le blond, qui s'était assis à la table dressée, souffle les bougies presque entièrement consumées, oubliées par la jeune femme. Il la regarde, se lève, va près de son camarade qu'il semble interroger du regard. Le noir enlève sa veste de suédine et s'installe sur le divan, presque confortablement. Il fixe un coin du tapis bleu pendant quelques secondes, puis se décide:

—Luc ne nous a pas autorisés à parler. Alors ne perdez pas votre temps à essayer de nous sortir les vers du nez. On lui a juré le silence le plus absolu.

"Juré", "silence absolu", les mots se répercutent dans l'oreille de Françoise. Elle a deviné juste. Luc a pris une décision. Il s'est décidé. Elle éprouve un sentiment étrange mêlé d'anxiété et de satisfaction. D'un côté, les risques qu'il va courir, de l'autre, une sorte de libération. Il gueulait tellement. Il a donc fini de fermer les poings sur le vide, de marteler des mots abstraits, d'échafauder des réformes empiriques, de proférer des menaces inutiles, des injures grossières contre tous les hommes publics.[5] Il a bien fait, pense-t-elle. Il est logique. Tant pis pour ce qui nous arrivera. Oui, il a bien fait.

—Messieurs, allons-y. Quoiqu'il arrive, je suis avec lui. Je veux être à ses côtés et le plus vite possible.

Elle ouvre la porte du placard et sort son trench-coat et son foulard blanc.

Le blond va vers elle:

—Doucement, chère Françoise. On doit recevoir un coup de fil avant de partir.

—Si tout va bien! d'ajouter[6] Langis.

"Quoi? Si tout va bien?" pense-t-elle, affolée.

—Mais que voulez-vous dire? Oh! J'ai compris! Luc doit téléphoner?

[4] de poser des gestes—de la nécessité d'agir.
[5] les hommes du gouvernement.
[6] ajoute.

C'est donc qu'il se passe quelque chose de grave, d'important, en ce moment même. Mais parlez donc, où est-il? Que fait-il? Vous pouvez bien me le dire. De toute façon, je saurai tout bientôt, non?

Son manteau entre ses mains crispées, Françoise va de l'un à l'autre. Elle parle à voix basse comme si, d'instinct, elle craignait que de mystérieux ennemis ne se cachent sous le balcon derrière cette porte-fenêtre entr'ouverte.

—Restez calme, mademoiselle Françoise. On vous en prie. Ne voyez-vous pas que nous sommes tout aussi inquiets que vous l'êtes? Qu'est-ce cela vous donnera de vous agiter, de piaffer? Il faut attendre.

Le blond lui offre une cigarette.

—Vous permettez?

Il montre la bouteille de cognac Courvoisier sur le buffet.

—Mais oui, servez-vous.

Françoise va vers la porte, soulève les rideaux. Elle imagine son Luc transformé en "guerillero" anonyme. Elle le voit se cachant dans un hall de gare, rue Windsor, ou à l'aéroport de Dorval, ou dans la ruelle du siège social d'une importante compagnie américaine. Il se hâte, il entre dans une cour, il se penche, il relève le collet de son manteau bleu qu'elle lui a choisi. Il tient, sous son bras, un mystérieux colis, une bombe, évidemment! Elle a peur:

—Il aurait pu m'en parler. C'est la première fois en six ans qu'il me cache quelque chose d'important. Pourtant, il sait bien que, finalement, je l'aurais approuvé.

Elle les regarde qui la regardent un peu ahuris:

—Oui, oui, encouragé même. Qu'est-ce que vous croyez? que les femmes ne sont toujours bonnes qu'à tricoter, à faire des gâteaux ou à dactylographier des lettres d'affaires? A faire l'amour seulement?

—On ne peut pas parler . . . fait timidement le noir luisant.

Elle va au téléviseur et, d'un geste brusque, fait taire les lamentations du téléroman. "A faire l'amour seulement," se répète Françoise. Elle frissonne. Et s'il se fait prendre! Ne plus jamais faire l'amour avec lui. Elle frissonne encore et va se verser un cognac. Le téléphone retentit, elle pousse un cri, comme si une bombe avait éclaté dans la pièce.

—Tout va bien! s'exclame avec soulagement le blond qui se lève. Françoise se précipite sur le cher crapaud rose dans le couloir. Elle manque d'échapper[7] le récepteur en décrochant.

—Allo! C'est toi Luc?

—Oui, c'est moi. Qu'y a-t-il? tu sembles hors de toi? Ont-ils été corrects au moins, mes deux envoyés?

---

[7] de laisser tomber.

—Mais oui, Luc, mais oui! Que se passe-t-il? Où es-tu? Que fais-tu?
Luc a un ton mystérieux. Il parle à voix basse.
—Ecoute bien Françoise. Tu ne poseras pas de question. Tu vas suivre
ces deux émissaires. Ils savent où je suis. Laisse-toi conduire. Tu me
promets d'être sage?
—Oui.
—A tout de suite alors.

Et il raccroche. Françoise respire un peu mieux. Luc a changé déjà.
Il lui a semblé calme, plus sûr de lui que jamais. Il a donc eu raison
de faire ça, tout a bien marché, pense-t-elle. Oui, Luc a toujours été
un homme d'action, un jeune homme lucide qui aime le réel, le
concret, il a eu raison. Il a besoin de joindre le geste à la parole, à sa
parole, à ses projets, à ses rêves, à son idéal. Françoise est fière de lui.
La tête haute, elle toise d'un regard altier les "deux émissaires".
—Messieurs, je vous suis, Menez-moi à lui!

Elle a failli dire: "menez-moi à votre chef, à notre chef à tous." Elle
n'est pas fâchée d'être entraînée dans le mystère. Son existence va
changer, songe-t-elle. Il y aura des risques mais c'est la vie, la vie
pleine d'imprévus. Oh! elle a eu des doutes. Oui, elle doit bien
l'avouer. Son Luc, avec toutes ses crises, commençait à lui paraître un
peu enfantin, un peu hâbleur, beaucoup rêveur. Certains soirs de
pessimisme et de tirades nationalistes à n'en plus finir, elle s'était
demandé: "Mais, serait-il lâche, et se soulagerait-il de son impuissance
par ces pauvres exercices oratoires."

L'époque de la critique acerbe, de la polémique futile à la moindre
occasion, pour le moindre événement, était bien terminée. Luc avait
mué.[8] Soudainement, il avait choisi le parti de "faire". Elle l'en aimait
plus fort que jamais, se félicitant, au fond, d'avoir cru en lui, de ne pas
s'être trompée sur lui. Elle songea furtivement à son père, l'ardent, le
bouillant tribun de cuisine et de taverne. Elle s'en trouvait comme
vengée. Enfin, les hommes d'aujourd'hui ne se contentent plus de
gueuler et de se plaindre.

Ce fut une sortie éclair. Françoise s'installe entre le blond et le noir
qui est au volant de la Chevrolet.
—Vous ne voulez toujours pas parler? demande-t-elle.
—Bah! Bientôt, vous saurez tout, et de la bouche même du chef.

Et le blond fait un clin d'œil au noir. Françoise, déjà, n'aime pas
cette familiarité un peu caustique à l'égard de son Luc, mais elle se dit
que cette situation ressemble bien à toutes ces histoires de policiers et
d'espionnage.[9] Les "hommes de mains" sont, dans les romans et dans

---

[8] avait changé.
[9] des romans policiers et d'espionnage.

les films, toujours un peu vulgaires et familiers avec l'autorité d'un réseau.

Elle regarde défiler l'ouest de Montréal, la rue Girouard, le tunnel sous les voies ferrées.

—Allons-nous à l'aéroport?

—Non, un peu plus loin.

Françoise laisse battre son cœur d'allégresse. Elle se prépare à son rôle. Elle sera l'Elsa du poète Aragon. Elle sera la fidèle collaboratrice du chef. Elle sera parfaite de compréhension. Elle se fera torturer plutôt que de parler si on la prend. Elle servira une cause elle aussi. Sa vie va changer. Elle sait qu'il faudra bien aller travailler demain, mais, déjà, elle s'accoutume à l'idée de camoufler cette nouvelle existence clandestine. Elle sera parfaite de mutisme. Il faudra que je garde ma bonne humeur même si tout va mal dans... "l'organisation". Elle ne sait pas encore comment nommer ce système, cette "histoire" dans laquelle elle décide de s'engager irrévocablement avant même que Luc le lui demande.

—Nous y voici.

Et la Chevrolet s'engage sur un sentier pavé qui mène à un restaurant-hôtel au bord du lac St-Louis. Elle connaît l'endroit. Elle se souvient, le propriétaire connaissait Luc et venait toujours leur dire quelques mots gentils. Voilà donc le refuge de Luc? Elle descend de la voiture, surexcitée. Elle regarde autour d'elle, déjà, par réflexe de prudence. A la porte du restaurant, le propriétaire lui tend la main. Il est tout sourire, comme d'habitude.

—Luc vous attend, là-haut, dans la petite salle de réception, vous êtes la bienvenue.

—Vous êtes gentil, monsieur.

Emue, Françoise, veut déjà montrer de la reconnaissance, car il court des risques. Luc avait donc raison de parler du "patriotisme en veilleuse", comme il disait. Il répétait souvent: "On méprise les nôtres qui sont dans les affaires, dans le commerce, c'est une erreur!" Il avait encore raison.

Le noir et le blond se dirigent vers le bar.

—Vous ne montez pas?

—Non. Nous, notre rôle se termine ici, dit le blond.

—Au bar! sourit le noir luisant.

Le cœur battant, Françoise grimpe l'escalier qui conduit à cette salle dont parlait le proprio.[10] Elle va sauter au cou de son Luc. Elle va l'embrasser. Elle va le rassurer. Tout de suite après, elle va lui dire qu'elle marche, qu'elle accepte, qu'elle est avec lui. Elle voit l'inscrip-

---

[10] le propriétaire.

tion: "salle de réception". Elle entend des bruits de voix. "Mais, il y a beaucoup de monde là-dedans" pense-t-elle. Elle frappe. Les voix de la conspiration se taisent subitement. La porte s'ouvre: devant elle, tout de suite, elle reconnaît le sourire de sa vieille mère! celui des ses sœurs! Les camarades de l'agence de Luc sont là, ainsi que ses compagnes de bureau. Un grand cri jaillit: "Bon anniversaire!" Un tonnerre d'applaudissements l'assomme. Elle reste là, figée, dans l'embrasure de la porte. Luc lui sourit, au fond, derrière une table, un verre à la main. Un gâteau trône au milieu de la longue table. Luc est empourpré, il a dû discuter et s'emporter encore.

—C'est trop bête! Elle dévale l'escalier. Elle voit, en passant, les deux émissaires levant le coude et riant à gorge déployée. Elle se jette dehors. Elle court jusqu'à la route. Elle attendra un taxi, un pouce,[11] un camion, une motocyclette, n'importe quoi pour fuir loin de Luc, ce grand bavard, ce lunatique, ce rêveur impénitent qui, déjà, tente de la rejoindre en criant:

—Françoise! Mais Françoise! Qu'est-ce qu'il y a? Françoise, qu'est-ce qui te prend?

Le premier vrai miracle de la soirée se produit: un taxi! Françoise se précipite à l'intérieur en claquant la portière au nez de Luc maintenant muet de stupéfaction.

—A Montréal s'il vous plaît, avenue des Pins.

Le chauffeur fait jouer le déclic du compteur automatique et, se retournant à demi:

—Ça ne vous fait rien d'écouter le poste CJMS? Il s'engueulent à mort au téléphone. C'est "Québec Discute". Vous connaissez?

Françoise regarde dehors. Il fait plus noir que jamais le long du lac St-Louis.

---

[11] fera de l'auto-stop.

ROGER LEMELIN

La Gloire du matin

à mes fils Pierre et Jacques

Roger Lemelin est né en 1919 dans le vieux quartier ouvrier de St Sauveur à Québec où il passa une enfance indisciplinée et turbulente parmi les gamins de son âge. Après sa huitième année scolaire il dût abandonner ses études afin de gagner sa vie. Toutefois il continua son instruction lui-même, grâce à la lecture, passe-temps qu'il aimait par-dessus tout. Ayant obtenu une carte de lecteur pour la bibliothèque du Parlement, où il découvrit tout un trésor de chef-d'œuvres français et étrangers, il acquit non seulement un riche vocabulaire digne des meilleurs auteurs, mais fit aussi une connaissance approfondie de la littérature de tous les pays.

Grand amateur de sports qu'il pratiquait aussi à toute occasion, il devint un skieur émérite et se préparait pour le championnat canadien de ski à Banff lorsque dans un saut malheureux il se brisa la cheville. Après plusieurs mois d'hôpital, désirant gagner assez d'argent pour une intervention chirurgicale il entreprit la rédaction de son premier roman Au Pied de la pente douce (1944) tableau haut en couleur des mœurs pittoresques de son vieux quartier de Québec. Cette première œuvre, reçue avec enthousiasme par le public, l'encouragea à écrire le non moins célèbre roman Les Plouffes (1948) qui connut par la suite un extraordinaire succès télévisé.

Son troisième roman Pierre le magnifique (1952) vingt-trois ans après Fantaisie sur les Péchés capitaux (1949) un recueil de sept contes chacun illustrant un péché et dont est tiré La Gloire du matin. Jean Breton, le héros de cette histoire, écrivain comme Roger Lemelin a écrit un premier roman dont le succès a été retentissant, mais la ressemblance entre les deux auteurs le fictif et le réel ne va guère plus loin. Jean Breton est l'homme d'un seul livre, tandisque Lemelin est allé, et ira sans nul doute, plus loin dans l'entreprise littéraire.

—Madame, le déjeuner est servi.

La cuisinière se retira. Des quatre personnes assises dans le salon silencieux, deux épiaient les gestes du maître, le célèbre financier Jean Breton. Sa bouche eut un rictus qui épousait la torsion du cigare qu'il mâchonnait, et il marcha vers la salle à dîner. Madame Breton, l'air las, se leva, suivie du secrétaire de son mari.

—Pierre, cesse de lire et viens déjeuner. Ton père en trouve toujours assez à redire,[1] ajouta-t-elle plus bas, en saisissant le bras de son grand fils accroupi sur un pouf.

L'adolescent obéit sans fermer son livre et se rendit machinalement à table. Parmi ces momies aux yeux ternes, au visage glacé, dans cette pièce somptueuse et lourde d'ennui, drapée de velours pourpre, au milieu du sombre ameublement d'ébène coupé par les seuls froids éclairs de l'argenterie, Pierre, lisant, évoquait le spectacle d'un jeune arbre s'épanouissant dans le désert.

—Pierre, je n'aime pas qu'on lise à table, coupa son père, paraissant plus agacé par la vue du livre que choqué de l'impolitesse du jeune homme.

Pierre posa ses yeux ardents sur le financier aux cheveux grisonnants, dont le visage tout en angles, taillé par vingt ans de décisions, de coups durs, de triomphes, ne parvenait pas à aiguiser le regard rendu flou par un regret tenace, inavoué.

—Papa... Devine! C'est ton roman *La Gloire du Matin*.

—Ah!... Et puis?

—Tu avais un grand talent!

Le financier avait pâli. Ses doigts frémissants firent s'entrechoquer couteaux, fourchettes et porcelaine. Madame Breton, le visage tendu soudain, fit alterner entre son mari et Pierre un regard tour à tour angoissé, heureux et suppliant. La vie dans la pièce renaissait, montait en flèche, comme une poussée de fièvre, négligeant le secrétaire figé dans son attitude gourmée. La voix de Jean Breton s'altéra:

—Merci du compliment. Mais si tu veux, changeons de sujet. Parler littérature m'agace.

—Mais pourquoi?

—J'ai mes raisons.

—Tes raisons, tes raisons. Tu as tort, papa. Au collège, on dit que tu as été l'homme d'un seul livre; moi je crois que tu pourrais faire des chefs-d'œuvre si seulement tu voulais.

L'impatience sembla faire luire les aspérités du visage anguleux, mais ne réussit vraiment qu'à intensifier le désespoir du regard.

—Je suis trop occupé. D'ailleurs, on fait de la littérature quand on a encore des illusions.

[1] *en trouve à redire*—trouve quelque chose à blâmer.

Le secrétaire ajusta ses lunettes, se mouilla les lèvres et jeta un coup d'œil entendu à son patron en disant:

—Mon pauvre Pierre! Quand, comme votre père, on a à son emploi des milliers d'hommes, quand on contrôle dix compagnies et qu'on a son mot à dire dans la destinée économique du pays, n'est-ce pas, Monsieur Breton? on ne perd pas son temps à jouer au poète, à écrire des histoires, même intéressantes.

—Taisez-vous, Carrier! Ne parlez pas de choses auxquelles vous n'entendez rien.

Aux derniers mots, Jean Breton avait baissé les yeux, sa voix s'était presque éteinte. Carrier, désemparé, rajusta ses lunettes. Pierre étendit le livre dans son assiette et fit voler quelques pages d'un index frémissant.

—Papa! Rappelle-toi cette page où ton héros parle de l'avenir à sa fiancée: "Nous bâtirons des arcs de triomphe au-dessus de nos victoires, afin que, nous reposant aux étapes de notre amour et de notre vie, nous puissions en regardant la route parcourue n'apercevoir que des trophées." Illusion ou non, c'est beau!

—Tu ne trouves pas çą un peu . . . boursouflé d'érotisme?

Hélène Breton intervint:

—Je t'en prie, ne condamne pas ce qu'il y a eu de beau en toi et que tu affectes de ne plus comprendre.

La lecture de cette page la ressuscitait, la déshabillait de son ennui, la reportait vingt ans en arrière, quand son Jean, alors jeune écrivain pauvre, lui confiait ses espoirs, lui faisait partager ses ferveurs. C'est dans ses yeux, avait-il dit, qu'il avait trouvé *Le Matin de la Gloire*. Puis la fortune était venue, étouffant peu à peu la foi merveilleuse et changeant les arcs de triomphe en machines à calculer. Les regards de l'homme et de la femme se croisèrent, puis Jean Breton se leva brusquement de table.

—Vos histoires m'ont coupé l'appétit. Je vous retrouverai au salon pour le café.

Il sortit la tête haute, les lèvres serrées pour masquer son trouble, longea un couloir et s'arrêta longuement devant la porte de son cabinet de travail. Il eut un hoquet de mépris pour lui-même: "J'ai été lâche! C'est Pierre, c'est Hélène qui ont raison. Maintenant, il est trop tard." A ce moment il eut un regard désespéré, un regard qui, à travers la porte, revoyait, ouvert sur la table d'acajou, un manuscrit dont les pages devaient être jaunies. Il eut un sursaut de révolte et s'élança dans l'escalier, courut à sa chambre, ouvrit un tiroir. Jean Breton se rappelait avoir serré la clé au fond, à droite. Où était-elle? Ses doigts fébriles l'attrapèrent enfin dans le coin gauche. Quelqu'un avait pris cette clé, il en était sûr. Jean Breton retourna d'un pas nerveux à la salle à dîner.

—Hélène! Qui a touché à la clé de mon cabinet de travail?

Hélène plia soigneusement sa serviette, essayant de cacher l'espérance qui montait en elle.

—Ta clé? Mais, ça fait des années que tu n'as pas mis les pieds dans cette pièce? Qu'est-ce qui te prend?

—Oh! Rien. Rien.

* * *

Une heure plus tard, le financier et son secrétaire descendaient d'une limousine en face du gratte-ciel qui abritait les quartiers généraux du consortium dont il était le président. Jean Breton, nerveux et tourmenté par l'incident qui venait de se dérouler, entra dans la salle du conseil d'administration. Douze hommes en noir, aux faces bestialisées par l'appât du gain et la pratique de la combine, s'animèrent quand il s'assit, ouvrirent avec hâte les dossiers étendus devant eux sur la longue table de chêne. On connaissait l'activité trépidante du président, sa haine pour la lenteur, l'indécision.

Jean Breton fronça les sourcils. Le mouvement rotatif des dossiers qui s'ouvraient le fascinait soudain; son regard devint fixe: le chapelet des documents se reflétait dans le vernis de la table, à l'infini, et dans les yeux de Jean Breton, tout à coup, ils se mettaient à tourner en sarabande, ils prenaient la figure de tous les manuscrits qu'il n'avait pas écrits. Un chant bourdonna à son oreille: "Nous bâtirons des arcs de triomphe . . . "

—Monsieur Breton, exulta le vice-président en se frottant les mains, j'ai l'impression que nous aurons un après-midi particulièrement actif et fructueux, grâce à la rapidité d'action et à la clairvoyance que nous vous connaissons. Tenez-vous bien: il n'en tient qu'à nous d'englober les trois compagnies débutantes qui nuisent à notre commerce en Amérique du Sud. Il faut agir vite, et . . .

—Pas aujourd'hui.

Jean Breton, se secouant de la fascination que les dossiers exerçaient de plus en plus sur lui, s'était levé.

—Vous m'excuserez, Messieurs. Je n'ai pas le cœur à l'ouvrage pour le moment. Je vous laisse.

La stupeur des douze hommes fut si grande qu'ils gardèrent le silence longtemps après qu'il eut refermé la porte derrière lui. Puis les exclamations éclatèrent. Incroyable! Jean Breton, le bourreau de travail,[2] Jean Breton, le titan de la finance,[3] reculait devant l'ouvrage, se dérobait! Jean Breton, paresseux! Tout peut arriver.

---

[2] *bourreau de travail*—qui travaille beaucoup et sans arrêt.
[3] *titan de finance*—personne très importante dans les affaires financières.

A la porte de son bureau, il jeta des ordres: il n'y était pour personne. Puis Jean Breton s'enferma à clé, s'affala dans son fauteuil en murmurant: "Quarante-huit ans! Et qu'est-ce que j'ai fait? Où sont les arcs de triomphe?"

Il avait gâché sa vie, il avait été un paresseux, reculant de jour en jour devant la raison de vivre de sa jeunesse. Il s'était étourdi de gestes, de courses, de calculs, de bruit, d'argent, pour oublier certaine difficulté littéraire qui l'avait un moment rebuté. D'un geste sec, il ouvrit un tiroir secret, en retira une liasse de coupures de journaux[4] jaunis: "Jean Breton, dès son premier roman, rejoint Balzac par plusieurs aspects. *La Gloire du Matin* fait époque dans les lettres." "Dans vingt ans, Jean Breton, s'il poursuit son œuvre, sera une des sommités littéraires du monde."

Le financier ne put souffrir cette lecture plus longtemps. Il prit sa tête entre ses mains et éclata d'un rire douloureux. Jean Breton, millionnaire! Où était le bonheur, où étaient les enivrements de l'époque radieuse où, jeune écrivain pauvre, il rédigeait avec fièvre *La Gloire du Matin* sur une table boîteuse, dans une chambre étroite et nue? Quand le roman parut, il avait déjà une autre œuvre sur le métier, un livre pour lequel il eût donné sa vie tant il y mettait du plus intime de lui-même. Mais *La Gloire du Matin*, dès sa mise en vente, avait connu un succès extraordinaire. Les prix, les décorations, les traductions en langues étrangères, les honneurs et l'argent s'abattirent sur Jean Breton. Il s'était vu riche soudain de plus de cinquante mille dollars. De quoi se marier, se faire construire une maison spacieuse, pourvue d'un cabinet de travail qui eût fait rêver Balzac. Hélène devint sa femme, la maison fut construite. Le cabinet de travail avait une vue sur le fleuve et il restait à l'écrivain dix mille dollars en banque.

Cette période d'émotions et d'activités commandées par son état de nouveau riche avait cependant volé huit mois à son second roman, dont l'ébauche attendait qu'il la sortît du tiroir. Puis un beau matin, Hélène lui avait parlé du manuscrit. Il s'était alors installé devant la magnifique table d'acajou de son cabinet et avait relu le travail fait.

Le millionnaire essuya son front en sueurs. Quel supplice il avait éprouvé à l'époque, en relisant le manuscrit abandonné huit mois auparavant, en pleine fièvre créatrice.[5] Pendant des heures, fumant cigarette après cigarette, il avait tenté de redevenir le Jean Breton de la chambre nue, de la table boîteuse. Il y avait presque réussi. La difficulté technique à vaincre pour continuer le roman était à moitié

---

[4] *coupures de journaux*—extraits de journaux.
[5] *fièvre créatrice*—désir ardent de créer.

contournée, quand la sonnerie du téléphone avait retenti. Trop faible pour ne pas répondre, il courut à sa perte.

Un ami, familier des secrets de la bourse, l'avertissait qu'en misant tout son argent sur une mine récemment découverte, il décuplerait son avoir en quelques jours. L'excuse pour fuir son roman était valable. "Je reprendrai mon travail demain" s'était-il dit. Et il s'élança chez le courtier. Le lendemain, le surlendemain et les quelques jours qui suivirent, il fut arraché de sa table d'acajou par des appels incessants: ses valeurs montaient à un rythme miraculeux. Son gain atteignit cent mille dollars.

Cette veine inouïe, la fièvre dont elle l'embrasait, creusèrent entre lui et le manuscrit qui attendait sur la table d'acajou un précipice qu'il fut trop faible pour combler pendant qu'il en était encore temps. A la banque, ses cent mille dollars vivaient d'une vie tellement intense, qu'auprès d'eux l'œuvre en gestation paraissait mort-née. Jean Breton, étourdi par le tourbillon, ne put se cramponner à sa raison de vivre et sombra. Des opérations financières alléchantes, dont l'entreprise stimulait les plus élémentaires qualités de son imagination, endormirent lentement ses facultés créatrices au profit des gentilles règles de trois.[6] Sur les instances de sa femme effrayée, il tenta de retourner à son cabinet de travail, mais il était trop tard. Son œuvre lui paraissait maintenant inaccessible. La foi qui lui avait permis de créer *La Gloire du Matin* dans des conditions pénibles s'était vue rongée par le fait divers, par des actes notariés et par l'esprit de manigance.

Jean Breton n'était plus retourné devant la table d'acajou. Il voulut même vendre la maison, mais Hélène l'en empêcha. Pendant vingt ans, au moment de ses plus grands triomphes financiers, dans la rue, dans ses rêves, il revoyait le manuscrit ouvert comme une gueule qui criait: "Tu ne travailles pas, lâche! Tu te saoules de gestes, mais tu es un paresseux!"

"Jean Breton, le bourreau de travail! Quelle comédie!" gronda-t-il en arpentant son bureau. L'évocation de ces souvenirs avait ravagé sa figure. Il s'arrêta devant la fenêtre et contempla les cheminées d'usines, au loin, écouta les innombrables crépitements des clavigraphes qui montaient des bureaux voisins. Le financier récita: "Nous bâtirons des arcs de triomphe au-dessus de nos victoires, afin que, nous reposant aux étapes de notre amour et de notre vie, nous puissions en regardant la route parcourue n'apercevoir que des trophées." Commencée sur un ton sarcastique, la phrase se termina doucement, sur un rythme familier.

Le regard de Jean Breton s'affermit, l'espoir lava son visage. Une

---

[6] *règle de trois*—Math. En anglais: the rule of three.

musique ancienne, oubliée, une extase connue montait à sa gorge. "Hélène, murmura-t-il, si je revenais à la littérature, si je m'asseyais devant cette table d'acajou, ce serait le bonheur, à nouveau! Et Jean Breton est fort, il le peut encore."

Retrouvait-il la foi perdue? Il tournait autour de la pièce, tâtait les meubles d'une main tremblante. Un désir cuisant, né des entrailles, le prenait de revoir son manuscrit, immédiatement, de le continuer, vainquant sa paresse pour atteindre les anciennes joies. Jean Breton quitta son bureau presque en courant, négligea la limousine et héla un taxi.

Il monta en trombe à sa chambre, chercha fébrilement la clé dans le coin gauche du tiroir. Elle n'y était plus. Il bondit vers le cabinet de travail. La porte en était poussée. Jean Breton s'immobilisa dans l'embrasure.

—Jean!

—Papa!

La mère et le fils, devant le manuscrit ouvert, étaient figés d'embarras.[7] Jean Breton marcha lentement vers eux et dit d'une voix angoissée:

—Si je le continuais, vous seriez heureux?

Hélène se leva, la bouche bée de joie, s'accrocha aux revers de son veston et l'attira à elle:

—Tu ferais ça? Tu ferais ça?

Elle pleurait sur son épaule et it flattait ses cheveux en souriant à Pierre qui, émergeant de sa surprise, s'écria:

—Ce roman sera supérieur à *La Gloire du Matin!* On le sent. D'ailleurs, il part sur un élan formidable. Bravo! J'ai hâte de voir comment va tourner cette révolte du fils contre son père.

A ces mots, un effroi soudain glaça Jean Breton. Il repoussa lentement Hélène et s'approcha de la table, envisageant prudemment le manuscrit comme un ennemi réveillé. Oui, cette révolte du fils contre son père, cette scène qu'une difficulté technique avait empêché l'auteur de rendre plausible, se dressait à nouveau, omniprésente, comme vingt ans auparavant, quant il l'avait fuie. Il n'osait lever les yeux du manuscrit, de peur de révéler à Hélène, à Pierre, émus et silencieux, la terreur qui noyait à nouveau son regard, martelait son cerveau impuissant, creusait ses entrailles.

Tout à coup la sonnette de la porte d'entrée retentit. La bonne avait ouvert et un homme se précipitait vers le cabinet de travail. Jean Breton fronça les sourcils:

—Carrier? Que vous prend-il de venir me déranger?

Le secrétaire, essoufflé, ses gros yeux à fleur de tête,[8] récitait:

---

[7] *figés d'embarras*—immobilisés à cause de leur trouble, de leur gêne.
[8] *à fleur de tête*—loc. prep. au niveau de.

—Au conseil d'administration, c'est la mésentente. Il faut absolument que vous veniez. On vous réclame. Sans vous, sans votre poigne, la combine d'englober les trois compagnies sera ratée.

—Mais pourtant, c'est tellement facile! s'impatienta le financier.

Immobiles, angoissés, la mère et le fils l'épiaient.

—Jean!

—Papa!

Jean Breton avait suivi son secrétaire.

YVES THERIAULT

———————◆———————

Le Fichu de laine

Yves Thériault, écrivain de talent, est né à Québec en 1915. Il a fait ses études à l'école Notre-Dame de Grâce à Montréal ainsi qu'au Mont Saint-Louis. Farouchement épris d'indépendance, il ne poursuit pas ses études afin de céder à son désir de parcourir de long en large l'immense territoire du Québec et de s'instruire par les longues leçons de l'expérience. Ayant exploré le pays sans arrêt, fréquenté les classes laborieuses, exercé une multitude de métiers, Yves Thériault possède aujourd'hui une connaissance si profonde des êtres et des choses qu'il peut en parler avec un réalisme émouvant.

Lauréat des concours littéraire du Québec en 1954, et boursier du Conseil des Arts du Canada en 1958, il est élu à la Société royale du Canada en 1959 et reçoit en 1961 le prix France-Canada ainsi que le prix Mgr Camille Roy. En 1964 il devient président de la Société des Ecrivains canadiens et de 1965 à 1967 il est directeur des Affaires culturelles au Ministère des Affaires indiennes et du Grand Nord canadien à Ottawa. Toujours en quête d'aventures Yves Thériault, consacre à présent la plus grande partie de son temps au travail d'écrivain.

Ses œuvres comportent des récits de voyage, des articles de presse, des recueils de contes et nouvelles, des pièces de théâtre, mais surtout de très nombreux romans tels que: La Fille laide *(1950),* Les Vendeurs du temple *(1951),* Le Dompteur d'ours *(1951),* Aaron *(1954),* N'Tsuk *(1958),* Agaguk *(1958),* Ashini *(1960),* Amour au goût de mer *(1961),* Les Commettants de Caridad *(1961),* Cul-de-sac *(1961),* Le Ru d'Ikoué *(1963),* Le Temps du Carcajou *(1965),* L'Appelante *(1967),* Kesten *(1968),* Antoine et sa Montagne *(1969),* Le haut Pays *(1973).*

La nouvelle "Le Fichu de laine" tirée de son recueil de contes La Rose de pierre *(1964) nous apprend le mauvais tour que faillit jouer un "grand*

rectangle de tricot'' au vieil Ambroise Robichaud, époux d'une jeune et jolie
femme de vingt ans.

Ambroise Robichaud disait:
—Mes vieux os! Mais aussi vite il ajoutait:
—Ils ont encore du bon... Et il se claquait[1] la main droite sur le
biceps gauche.
—Les os, c'est moins important que les muscles. A soixante-deux ans,
j'vaux une trollée de[2] jeunes!
   Personne ne riait plus, désormais, quand le vieux répétait sa tirade.
—J'en défie dix de venir me tenir tête sur les bancs du Labrador, en
octobre, quand ça souffle la vague haut par-dessus le mât et que la
morue vient dru comme du hareng!
   Personne ne riait plus. Auparavant, oui. C'était avant son mariage—
le troisième pour lui, qui avait enterré deux femmes en trente ans—et
bien avant la Micheline Bourdages. On pouvait étriver[3] le vieux quand
il n'était que veuf. Puis veuf en fréquentations, on le poussailla[4] un
peu, deci delà, les plus hardis s'aventurant. Mais quand on le vit si
hargneux de la chose, ce fut autrement.
—C'est mon affaire, si je veux marier[5] une fille capable de m'accoter,[6]
hein? C'est le plus fort qui est champion. Si les jeunes osent pas
marier[5] la fille à Bourdages, moi j'ai pas peur.
   Pourquoi rire, c'était plutôt triste! Et si la Micheline Bourdages
consentait et son père et sa mère par-dessus le marché, qui pouvait
trouver à redire?
   Bien sûr, à la veillée, en toute discrétion dans une cuisine, ou chez
le barbier[7] Chapados, un mot ici, une raillerie là... Mais puisque tout
cela s'arrangeait sans obstacles!
—C'est un bon homme, Ambroise Robichaud, disait Bourdages. Ma
Micheline pourrait faire pire.
   Pourvu qu'on en veuille, du reste. Elle n'était pas laide, c'est acquis,
jeune aussi, à peine vingt ans. Mais qui va épouser une fille maigre?
—Les côtes tout de suite, raillait Luc Chapados, le plus vieux du
barbier. On voit à travers dans le soleil. Moi, ça me découragerait
avant de commencer.
   Quand Ambroise Robichaud parlait d'une fille "capable de l'acco-

---

[1] il faisait claquer.
[2] Je vaux un grand nombre de...
[3] coincer.
[4] poussa.
[5] épouser.
[6] capable d'être ma compagne.
[7] coiffeur pour hommes.

ter", c'était possiblement pour d'autres motifs. Peut-être en questions d'argent. Bourdages mettait lourd sur la tête de sa fille. Il en exigeait autant d'un prétendant. Et Ambroise Robichaud a un chalutier, cinq hommes à bord, et des bonnes pêches six ou sept mois l'an. Au dur de l'hiver, il mène vingt-cinq hommes au bois, pour Arbison, de Chandler. C'est une vaillance[8] qui rapporte.

—J'en défie dix jeunes! . . .

C'était certes autant l'argent que la force. D'une façon ou de l'autre. Pour maigre qu'elle est,[9] c'est connu que la fille Bourdages abat de dures journées. C'est elle qui entretient le gros de la maison, qui sert au comptoir du restaurant tous les soirs, et qui assiste, aux rares temps libres, à deux réunions du Cercle des Fermières chaque semaine. Elle tisse même au métier . . . Maigre, oui, mais capable.

Argent, endurance, le souci de continuation. Ambroise Robichaud ne veut pas se croire stérile, et pourtant il a misé sur deux femmes. La troisième lui fera-t-elle un fils?

Ils se sont épousés un matin de mai, sans fatras,[10] sans noce. Ils sont partis tout de suite pour Sainte-Anne de Beaupré. De Newport à Québec, c'est un voyage de noces qui en vaut la peine. Micheline Bourdages n'y est jamais allée. Le plus loin, ce fut Rimouski, et pour une journée seulement. Elle connaît Chandler, c'est entendu, et puis Gaspé. Au temps des Assises, Adhémar "Pitou" Bourdages ne manquait aucun procès. Il amenait sa fille, qui en profitait pour courir les magasins, inlassablement. D'aller ensuite jusqu'au grand Québec, puis par l'autobus jusqu'à Sainte-Anne, elle n'en aurait jamais tant espéré.

—J'suis généreux, moi, dit Ambroise. Je regarde pas à la dépense quand c'est payé de retour.

Il clignait de l'œil, il souriait d'un air entendu et Micheline souriait à son tour, mais mystérieusement, secrètement, sans que son regard ne cèle rien de neuf. Même pas un éclair. Et d'ailleurs, pourquoi?

Malgré la maigreur—élégante chez les citadines, à faire loucher les messieurs bien—elle n'a pas une vilaine peau, ni une vilaine bouche. C'est une grande fille longue, mais qui porte bien, qui marche droit. Ses yeux sont profonds et sombres. Elle sait sourire, un peu en coin. Parfois, des hommes de la ville se sont attardés deux heures durant au comptoir du restaurant, pour tenter une demi-conquête, ou plus encore. Elle n'a jamais dit oui, ou non. Elle regarde les gens de cet air toujours égal, presque impassible.

Au demeurant, un volcan intérieur. Mais qui le saura? Ambroise?

---

[8] c'est un homme vaillant, courageux.
[9] qu'elle soit.
[10] sans cérémonie, sans façon.

Il est petit, maigre aussi, le visage anguleux. Ce n'est pas un homme laid. Il a la peau mangée par le sel et le soleil. Il marche d'un pas souple, rapide, qui force la grande Micheline à se hâter à ses côtés, toute grande qu'elle soit et de longue enjambée. Il n'a pas encore les cheveux blancs, mais seulement grisonnants aux tempes et le reste est du même noir jais[11] qui a séduit deux femmes avant Micheline Bourdages.

Mais, a-t-il séduit Micheline Bourdages?

On s'est bien demandé, tout au long de la Baie des Chaleurs, pourquoi une fille de vingt ans épousait un homme de quarante ans son aîné. D'aucuns parlèrent de l'argent d'Ambroise, de son beau chalutier de quarante mille dollars, de son contrat de pêche qui pourrait bien se continuer après la mort. Micheline a une tête à chiffres, on le sait pour la voir agir au restaurant, transiger sans jamais sourciller, le jugement sûr, la parole péremptoire. L'argent du vieux? Mais si ce n'est pas l'argent, alors quoi?

A vrai dire, Ambroise Robichaud se pose la même question. Pour lui, c'est simple. Sa première défunte était une large femme, haute aussi, une amazone qui avait crié et tempêté dans la maison jusqu'à la veille de sa mort, alors qu'une crise cardiaque l'avait terrassée.

La deuxième était tout simplement grosse. Bouffie, disait Ambroise trois mois après le mariage et le premier plaisir émoussé. N'avait-il donc pas droit, après l'amazone et après la femme grasse et molle, d'espérer enfin de la vie une compensation? Dix ans de veuvage, c'est long. Et puisque Micheline, jeune et neuve, acceptait...

Il allait au restaurant et buvait du café sans mot dire, suivant toujours des yeux cette fille étroite qui marchait du talon, qui ne semblait jamais lasse, jamais impatiente, qui tenait tout à l'ordre et savait sourire. Avait-il imaginé de toute pièce ce roman qu'il s'était bâti? Les regards qu'elle avait pour lui? Une sorte de sourire plus déférent, aussi, plus attentif... plus tendre? Disons-le, plus tendre.

Quand ils revinrent du voyage de noces, Ambroise Robichaud n'avait pas entendu la fille—sa femme, maintenant—déclarer son amour. Mais elle avait eu des gestes qui ne mentaient point. Le corps, lui, ne sait pas cacher ce qu'il... enfin, quoi, Ambroise n'osait penser à ces choses. Elles étaient de leur secret à eux deux, la continuation de la vie, sa complétion aussi. Il n'aurait pas su en parler, pas devant les gens. Il avait trop appris de Micheline, lui qui se croyait bien savant en tendresses.

Ce fut donc un nouvel Ambroise qui descendit du petit train de la

---

[11] noir de jais.

Baie ce certain vendredi, six jours après le mariage. Et peut-être aussi, sans qu'il le sache, lui, une nouvelle Micheline.

—Ma pauvre enfant! s'exclama sa mère en la prenant dans ses bras.

Micheline riait.

—Mais, qu'est-ce que vous avez, maman?

Alors la mère serra plus fort, se pendit à ce grand corps mince, voulut le reprendre en elle, on eût dit, la soustraire à tout mal.

—Es-tu heureuse, au moins?

Et Micheline répondit, de sa même voix égale de toujours:

—Mais oui, je suis heureuse.

Après, la vie reprit.

La vie gaspésienne du mois de mai, de la fin de mai avec juin tout près, au détour de la semaine. Pas encore le grand chaud de l'été, mais des jours doux pour compenser les nuits glaciales encore. De beaux jours doux, bleus et verts, et la mer striée de moutons d'un blanc éblouissant. Des jours que les gens des villes ne connaissent pas. Ils viennent pour le temps chaud, ils évitent le tôt été[12] et fuient bien vite dès qu'au crépuscle le vent fraîchit. Ils ne savent pas ce qu'ils perdent de grande couleur à perte de vue, d'air pur comme du cristal, de matins si clairs qu'on les dirait irréels, quasi fabriqués, imprimés en tons violents sur quelque immense toile de fond.

Ambroise décosta[13] le lundi suivant son retour de Sainte-Anne-de-Beaupré. Il s'en fut au bas de la baie et au large de la Côte Nord, avec ses cinq hommes, dont Louis, le beau Louis un mince aux cheveux frisés, qui a bien longtemps hésité, dans le restaurant des Bourdages, à observer Micheline. Il a hésité si longtemps qu'il a su, un beau matin, qu'il arrivait en retard: le vieil Ambroise passait devant.

Voilà, comment les drames se nouent. La belle fille que Louis a perdue, mariée et seul là-bas, dans la maison grimpée sur le cap. Et sur la barque, avec Louis, celui-là même qui a pu, de la façon la plus illogique, la plus imprévue, s'emparer de cette fille.

Mais comment? Louis n'arrive pas à le comprendre.

Et parfois, il le croit à peine.

Il a vingt-cinq ans, c'est à lui que revenait Micheline. De droit, de raison, de cœur . . .

Et elle est à l'autre.

(Micheline ne l'ignore pas. Une femme devine toujours qui l'admire, qui l'observe, qui l'aime.)

Et c'est ainsi qu'un drame peut s'engager . . .

Il y eut trois mois de sécurité dans la joie pour Ambroise. Il pouvait

---

[12] l'été précoce.
[13] quitta la côte.

sourire, car Louis pêchait à bord, avec lui. Ils partageaient les absences. D'une façon, ils partageaient aussi des pensées, mais sans se le dire. Sauf qu'Ambroise, bien sûr, possédait, lui, des souvenirs.

Ainsi donc il en fut de trois mois. De durs mois, une tâche à arracher les muscles. La morue était abondante, le chalut remontait plein, et chaque homme mettait dix fois son cœur, cent fois sa sueur à apprêter le poisson avant de le jeter dans les cales. Trois bons mois, trois longs mois. Chez Ambroise, la sécurité envoûtante, bien heureuse. A la maison, il retrouvait une Micheline ardente, qui avait appris ses goûts et cuisait[14] selon les désirs d'Ambroise, cousait et reprisait, tissait au métier, reprisait sans relâche, astiquait, mettait tout au beau luisant du net et du frotté.

Ardente, dévouée, vaillante. Et des mots de noir[15] que le vieil Ambroise n'avait entendus de toute sa vie. Elle l'aimait donc, cet homme pourtant sur le décroit?[16]

("A soixante-deux ans, j'vaux une trollée de jeunes!"... Des hâbleries qui exigent une preuve. La meilleure n'était-elle pas, justement, les ardeurs de Micheline, pas toujours contentées jusqu'au fin bout du fin bout, que plus rien ne reste que la langueur soporifique, à demi-perdue dans le rêve? Preuve donc que soixante-deux ans pèsent lourd, lourd.)

Ce fut au large du Rocher que le premier doute germa au fond d'Ambroise. A peine un doute, plutôt une interrogation. Et sans grande importance. Une véritable interrogation, sans arrière-pensée.

Louis en fut la cause.

C'était un soir frisquet, avec du vent coulis sur la mer, du vent froid comme des doigts de pendus, qui dansait ici, qui remontait là, entraînait un peu le navire, bousculait la vague, s'apaisait pour revenir. Au demeurant, un bien beau soir, le ciel plein d'étoiles, pas de lune, seulement un bleu immense, très sombre, très profond.

Le chalutier—rebaptisé La Micheline depuis le mariage—courait doucement sur son ancre. Demain, on recommencerait la pêche ici même. Le sonar montrait un banc de morues qui dormaient, à cent pieds sous la quille. On aurait beau jeu, au matin, de les remonter toutes.

Louis s'en est allé dans le gaillard, et il en est ressorti portant une grande laine oblongue, brune, qu'il s'enroula sur les épaules. On remarque à peine un chandail, même neuf. Un pull encore moins. Une veste, à peine. Mais qui a déjà vu un pêcheur s'enrouler ainsi dans

---

[14] faisait la cuisine.
[15] des mots obscurs.
[16] déclin.

une pièce tricotée, longue d'une aune et plus—ma parole, deux aunes, à bien y songer—tout comme une vieille dans son châle?

C'était à remarquer.

Si bien qu'Ambroise se souvint d'avoir vu Micheline, une fois qu'il faisait relâche de deux jours à la maison, en juillet, tricoter quelque chose de semblable. C'était suffisant pour intriguer, à tout le moins.[17] Ambroise allait demander à Louis où il avait pris ce vêtement, qu'il décida de ne rien dire. Comment expliquer la question ensuite? Un pêcheur gaspésien est loquace, curieux. Louis ne faisait pas exception. Il répondrait à l'interrogation d'Ambroise par sa propre interrogation.

De fil en aiguille, où cela mènerait-il? D'autant que ce n'était pas si important. Louis avait une laine qui ressemblait . . . bon, qu'importe. Ambroise serra les dents sur le bouquin[18] de sa pipe et se tut. Mais la question restait en lui, comme quelque lampion vacillant dans le noir, continuel, obsédant.

Il oublia tout le lendemain, car à l'aube la mer avait fraîchi et la vague roulait comme des montagnes russes. Ils n'avaient pas trop, chacun qu'ils étaient, de tous leurs muscles, de tout leur éveil pour mâter le gros temps.

Au prochain accostage, Ambroise négligea d'en parler à Micheline. D'autant plus qu'il y avait une lettre pour lui sur la tablette de l'horloge. Une lettre venue la semaine précédente . . .

"Vous devriez avoir honte, un vieux sale comme vous, de jouer au mari avec une jeunesse comme Micheline Bourdages. Elle n'en veut qu'à votre argent. Vous mourrez, elle s'achètera votre remplaçant. Vivant, vous êtes un vieux cochon. Mort, vous serez un vieux cocu, si vous ne l'êtes pas avant."

Comme de bien entendu, aucune signature.

Ambroise tourna et retourna la lettre vingt fois entre ses doigts. Quand il se décida à la montrer à Micheline, c'était à cause du serment qu'il s'était fait à lui-même, de ne jamais rien cacher à cette fille qui consentait à l'aimer.

Micheline lut la lettre posément, sans même sourciller. Puis elle la replia entre ses doigts en haussa les épaules.

—Il y a des gens égoïstes, des gens sans cœur, dit-elle. Des gens qui ne comprennent pas qu'une fille peut aimer un homme plus âgé qu'elle.

C'était sa première déclaration d'amour.

Sans se presser, elle traversa la cuisine et jeta la lettre au poêle.[19]

---

[17] tout au moins.
[18] le bout.
[19] dans le poêle.

Ambroise, la regarda faire sans protester. De quelle pierre était-elle donc faite, pour subir sans broncher une telle attaque?

—Le feu, c'est tout ce que ça mérite, une lettre anonyme.

Ambroise haussa les épaules à son tour et s'en fut dehors jongler[20] à ce mystère de la lettre. Il essayait d'imaginer qui avait bien pu l'écrire. Il repassait des noms en sa tête.[21] L'écriture était informe, mais c'était évident que l'auteur tentait de la camoufler, de la déformer. Mais qui, qui?

Micheline apparut dans l'embrasure de la porte. Elle regardait Ambroise en souriant.

—Vous devriez pas vous en faire avec ça. Moi, j'ai reçu trois lettres du même genre avant mon mariage. Seulement, là, c'était à votre sujet. On m'avertissait que vous battiez vos femmes... Vous ne m'avez pas encore battue.

Ambroise, debout devant sa femme, la regardait de ses yeux presque humides. Il se sentait ému, bouleversé par tant de confiance.

—Jamais je ne te battrai, Micheline, tu le sais bien.

—Je le sais bien, dit Micheline. Venez souper, c'est prêt sur la table.

Elle lui disait encore vous.

(Mourir cocu, songeait Ambroise, les gens sont effrontés quand même. J'ai qu'à la regarder... Et désirer ma mort, elle? Pour être en moyens d'avoir[22] un mari jeune, même s'il est sans le sou? Faut manquer de charité pour dire ça...)

Le soir, à cause de la longueur des jours, ils s'assoyaient dehors, devant le pas de porte et Ambroise regardait la mer, pendant que Micheline s'occupait à ses interminables besognes de femme. Ce soir-là, comme les autres, elle sortit en tenant à la main des chaussettes à repriser.

—J'ai jamais fini, dit-elle en soupirant.

—Ça pourrait attendre, fit Ambroise, que le soupir avait un peu agacé.

—Oui, je sais, dit Micheline. Mais demain, j'en aurai deux fois autant. J'aime mieux le faire ce soir.

Ainsi il en fut.

Mais de voir les doigts agiles de Micheline manier l'aiguille longue et renflée[23] ramena en la pensée d'Ambroise cette laine brune, ce long morceau rectangulaire que Louis...

—Tu tricotes moins, on dirait, fit-il tout à coup.

Il ne se décidait pas à demander carrément ce qui en était. Après la lettre, une pudeur le retenait. Qu'avait-il à reprocher à sa femme? Sa

---

[20] penser, réfléchir.
[21] dans sa tête.
[22] pour avoir les moyens.
[23] épaisse.

jeunesse? C'est peu, quand on a choisi son sort les yeux ouverts. Ni Micheline ni lui n'avaient œuvré[24] dans l'ombre pour amener ces épousailles. C'était de plein gré, lucidement qu'ils s'étaient mariés. Mais cette laine, de même, ce tricot assez spécial...

—L'ouvrage vient à son tour, répondit Micheline. Ce soir, je reprise, demain ce sera autre chose. Tout dépend.[25]

Encore jeune elle avait bien appris et bien retenu. Elle était femme de maison avant tout, habile à ordonner le travail. Tout venait à son heure, comme elle le prévoyait, comme elle le décidait. Ces choses-là, petites besognes du crépuscule, comme les autres.

Ambroise n'osa pas aller plus loin, et ils restèrent silencieux l'un à côté de l'autre, savourant la nuit qui montait de l'est, assombrissant la mer à l'horizon.

Il en fut ainsi pour autant de jours qu'Ambroise passa à terre avant de reprendre la mer. Dix fois il vint près de questionner Micheline; autant de fois il choisit de se taire. Que savait-il de tout cela, et que demander? Et la lettre anonyme...? Mais il ne ramena rien sur le tapis, préféra le silence et partit un matin sans en savoir plus long.

Ce fut une autre bonne pêche, cette fois par un temps plus généreux, doux et soyeux, une mer ondulante, veloutée. Si bien que nul soir froid n'étant venu, Louis ne sortit pas de nouveau la laine et Ambroise vint bien près de l'oublier.

Mais comment repousser à jamais ce premier doute quand en accostant, le soir lorsque la vie recommença l'habitude, il vit Micheline qui, cette fois, ne ravaudait ni ne cousait mais bien plutôt tricotait un long rectangle de laine brune, identique à celui qu'avait exhibé Louis.

Il n'en fallut pas plus. Cette fois, Ambroise comprit qu'il n'aurait jamais si bonne occasion.

—Qu'est-ce que tu tricotes, Micheline?

Elle était assise près de la porte, dans une grande berceuse[26] de bois-foncé, luisant de cent vernis. Elle leva les yeux vers Ambroise et sourit mystérieusement. Une flamme lui dansa dans le regard.

—Un fichu, dit-elle, une grande crémone pour toi, pour le froid en mer, le soir.

Elle étala la pièce et Ambroise vit que sans aucun doute, c'était une chose absolument semblable à celle de Louis. Mais alors?...

—Avec ça, dit Micheline, tu ne prendras pas froid.

Dans son trouble intérieur, Ambroise ne s'était pas aperçu que pour la première fois depuis leur mariage, Micheline le tutoyait. Non plus qu'il sut indentifier la lueur dans ses yeux. Il partit, plutôt, s'en fut à

---

[24] travaillé.
[25] Tout dépend des circonstances.
[26] un grand fauteuil à bascule; un grand rocking-chair.

grands pas vers le bas de la falaise et le chemin du village, tandis que Micheline criait...
—Ambroise, où vas-tu? Qu'est-ce qu'il y a?
Mais bien en vain car l'homme disparaissait déjà au détour et s'il l'entendait, n'en donnait aucun signe.

Il rentra tard ce soir-là, si tard que Micheline dormait depuis longtemps, résignée, n'arrivant pas à comprendre ce qui s'était produit. Il se glissa près d'elle et n'eut aucun des gestes d'habitude. Il dormit seulement à l'aube, quand déjà venait le temps de se lever.

Quand il se retrouva en mer avec le Grand-Louis, vingt fois Ambroise pria pour que vienne du temps froid, pour que Louis sorte sa laine et qu'enfin il soit possible de la questionner bien précisément.

L'imagination d'Ambroise courait, tout ce temps, courait comme elle n'avait jamais couru. Car maintenant, les choses prenaient en lui une dimension nouvelle. Ce n'était plus seulement une vague inquiétude, mais la certitude presque confirmée d'une action qu'il ne s'expliquait pas encore, par laquelle Micheline aurait tricoté un fichu de laine pour le Grand-Louis... Le Grand-Louis? Mais pourquoi lui, ce presque rival. Ambroise n'ignorait pas la déconfiture du jeune homme lorsqu'il avait conquis la fille Bourdages. Jamais, toutefois, même dans la solitude du pont de barre, le vieux n'avait nargué le jeune. Pas plus d'ailleurs que Louis n'avait montré envers Ambroise l'étendue de sa hargne. D'une façon ce n'était pas le patron qu'il blâmait. Celui-là avait agi comme un homme, quand au contraire, Micheline n'avait peut-être pas, elle, agi comme une jeune fille le devrait. Enfin, c'était le raisonnement de Louis. Qu'il le taise, qu'il n'en manifeste aucune facette à Ambroise ne devait donc pas étonner. Qu'il eût de la rancœur contre Micheline était tout autre chose.

Et l'imagination d'Ambroise courait toujours.

Fait-on pour un garçon qui nous est indifférent, la faveur d'un tel tricot? Et n'avait-elle pas eu, pour annoncer qu'elle en créait un pour Ambroise, un accent de tendresse? Comme s'il se fut agi d'une sorte de preuve d'amour? Mais alors, pour le Grand-Louis, était-ce aussi une preuve... une preuve de quoi?

La mer ramène un homme à son monde intérieur. Ambroise n'en était pas exempt. Que n'eût-il donné pour voir surgir Louis drapé dans le tricot. De quoi laisser éclater tout ce qui se bousculait en lui; mais toujours, le doux temps durait...

Le voyage allait se terminer le lendemain. C'était la rentrée au port, l'accostage. Le soir était moins tiède que les précédents. A neuf heures il[27] était encore serein et ce serait bientôt le sommeil pour les hommes

---

[27] le temps.

du chalutier. Ce fut toutefois à dix heures que soudain le vent vira, fraîchit, qu'une houle grimpa là où la mer ne faisait que se balancer un instant auparavant.

—Ça va être un quart plus dur, dit Ambroise.

Louis, qui s'était assis par terre, appuyé contre le bastingage et fumait tranquillement sa pipe, se redressa.

—Je peux faire le premier, dit-il. Léon fera l'autre.

Ce n'était pas son soir, pourtant.

—Non, dit Ambroise, je ferai le premier.

—Laisse faire les jeunes! dit Léon.

Un mot comme ça, dit sans malice. Louis n'avait pas à renchérir, mais il le fit.

—Les jeunes ont bien le droit d'avoir leur tour, dit-il.

Et il se leva, ricanant bizarrement.

Il se leva justement alors que dans une poussée de rage instinctive, Ambroise allait se jeter sur lui et lui démontrer que le tour des vieux a du bon. Mais le geste de Louis interrompit la ruée et Ambroise se calma aussi vite qu'il s'était emporté. Louis était déjà dans la chambre et il en ressortait trois minutes plus tard, le fichu de laine brune enroulé sur les épaules.

L'occasion était là, toute trouvée. C'était le moment ou jamais. Ambroise ouvrit la bouche, mais la même incompréhensible pudeur qui avait retenu son geste un instant plus tôt, le retint encore une fois de s'exprimer.

Vaincu, il eut un geste résigné.

—Prends le premier quart, dit-il. Je prendrai le dernier.

Et il se dirigea vers sa cabine, qui était derrière le pont de barre.

Il n'arriva pas à dormir. De loin il entendit les hommes quitter le pont un à un, rejoindre la chambrée. Quand le silence revint, il sut que maintenant Louis était seul à monter la garde. Il l'imagina sur le pont, bien enroulé dans le grand rectangle tricoté. Des images se mirent à surgir dans la tête du vieux. Il voyait Micheline. Il la voyait au bras de Louis. Il la voyait dans quelque sentier sombre de l'arrière-pays, derrière Newport, permettant à Louis quelles privautés pour qu'il se soit mérité cette œuvre de laine? Il se tortura ainsi une heure durant, polissant et repolissant chaque image. Puis, n'y tenant plus, sûr de son fait, persuadé que ce jeune homme et la Micheline avaient fait œuvre de chair à son détriment à lui, il se leva, sortit sur le pont. Mais il le fit à pas feutrés, en tapinois, comme un loup qui va mordre. Il avait pris une résolution de désespoir. Ni Louis ne Micheline ne riraient de lui de cette façon; on verrait bien, dans le village et tout au long de la Baie des Chaleurs, qu'Ambroise savait venger son honneur d'homme.

Il tuerait Louis. C'était décidé. Il tuerait Louis, et au diable les conséquences! Il avait vécu sa vie, et Micheline ne continuerait pas la sienne avec ce jeune amant. Ni l'un ni l'autre ne jouiraient de l'argent laissé par Ambroise. On verrait bien, on verrait bien pourtant. On respecterait cet homme capable de tuer le rival...

Il s'avança doucement sur le pont, s'efforçant d'alléger chaque pas, de les feutrer, afin que Louis accoudé au bastingage ne se doute pas de la menace pesant sur lui.

Le vent souffle court, rabat la vague en foulées[28] rageuses. La nuit est pleine de ce son mouvant, humide. Les embruns humectent le pont. Ambroise s'avance et Louis ne bouge toujours pas. Le vieux n'est qu'à une portée de bras du jeune. En une seconde il va pouvoir se jeter sur lui, l'étrangler, le jeter à la mer, bien lesté d'une gueuse de fonte qui traîne non loin, sur le pont. Et qui se doutera jamais...?

Mais Léon sort soudain de la chambrée,[29] l'œil clair, la pipe à la main. Il voit Ambroise, qui est là, soudain immobile. Il voit aussi Louis.

—Vous montez le quart à deux? dit-il.

C'est ainsi que Louis apprend qu'Ambroise était là, mais sans deviner pourquoi il s'approchait en cachette. Et Ambroise, de son côté, reprend une autre fois encore son calme. C'est fini. Désormais, il ne tuera pas.

Ils ont accosté le lendemain sans que personne ne se soit douté combien le drame est venu près de se dérouler à bord du chalutier; ils ont accosté et chacun a repris le chemin de sa maison.

Même Ambroise. Mais au lieu de l'homme possédant la paix de l'amour, c'est un être bouleversé, nageant en pleine confusion, un homme tiraillé par mille sentiments contradictoires qui va rejoindre Micheline.

Cette journée-là, Ambroise l'a passée sur le quai à surveiller le déchargement de la morue. Et le soir, c'est presque à contrecœur qu'il est remonté vers sa maison, qu'il se voit obligé de faire face à Micheline. Et que de questions il aurait posées tout ce jour-là aux gens qui l'entouraient, les siens, ceux du village peut-être au courant de l'infidélité de Micheline. Tel sourire n'est-il pas railleur? Que veut dire cette phrase, ce mot? Ambroise voit partout l'allusion à une complaisance qu'il n'éprouve pas. Lui, le vieux mari d'une femme trop jeune, lui pardonne-t-on maintenant de ne pas l'avoir gardée?

Le pire, c'était de ne pas même être sûr de l'avoir jamais eue! A

---

[28] lames.
[29] cabine.

quand remonte le don de ce tricot à Louis. Ne serait-ce pas avant le mariage? Bien avant le mariage avec Ambroise?

Le soir, ils recommencent leur vie d'habitude quand Ambroise est au port. Ils vont tous deux s'asseoir dehors pour regarder mourir le jour. Et comme toujours, Micheline y porte son travail, cette occupation des doigts dont elle semble avoir un constant besoin.

Et pourquoi faut-il donc que ce soir encore elle tricote ce même fichu de laine, tellement semblable à l'autre. Ambroise va-t-il, cette fois pour toutes, éclater et laisser libre cours à sa hargne?

—Vois-tu ce tricot? dit Micheline tout à coup. J'en suis bien fière. Ce n'est pas le premier que je fais. L'an dernier, la mère de Louis m'a payée généreusement et j'en ai fait un pour son fils. Justement quand il a commencé à pêcher avec toi. Elle avait peur qu'il prenne froid. Les épaules, qu'elle disait, c'est l'endroit mortel! . . . Il fallait un grand fichu bien chaud . . .

Et Micheline rit.

Ambroise, au bout d'un temps très long, rit aussi.

ADRIEN THERIO

L'Enchantement

Adrien Thério, professeur, critique, romancier, est né à St Modeste, Québec en 1925. Il a fait ses études à l'université d'Ottawa, puis à l'université Laval où en 1952 il a reçu son doctorat.

Après avoir étudié la littérature américaine à Harvard et les science politiques à Notre-Dame, Indiana, il a enseigné au collège Bellarmine de Kentucky, à l'université Notre-Dame, à l'université de Toronto et au collége militaire royal de Kingston. Il est aujourd'hui professeur à l'université d'Ottawa.

La liste de ses publications est déjà considérable. On y trouve des romans tels que: Les brèves Années *(1953),* La Soif et le mirage *(1960),* Flamberge au vent *(1961),* Le Printemps qui pleure *(1962),* Soliloque en Hommage à une femme *(1968),* Un Païen chez les pinguins *(1970),* Les Fous d'amour *(1973); des nouvelles et récits comme:* Mes beaux Meurtres *(1961),* Ceux du Chemin Taché *(1963),* Le Mors aux flancs *(1966),* Contes des belles Saisons *(1968),* La Colère du père *(1974),* La Tête en fête *(1975) et du théâtre:* Les Rénégats *(1964). On lui doit encore plusieurs anthologies telles que:* Conteurs Canadiens-français *(1967),* L'Humour au Canada français *(1967),* Mon Encrier de Jules Fournier *(1960),* Ignace Bourget, écrivain *(1975).*

L'Enchantement" *est un conte inspiré du terroir québécois dont les personnages ruraux et le style poétique rappellent les plus belles pages de Giono.*

La nouvelle "Pour vivre cent Ans" *est tirée du recueil* La Tête en fête. *Le héros, ou plutôt l'héroïne, de cette histoire est la bicyclette dont le culte devint intense parmi les habitants d'un certain quartier après l'apparition d'un nouveau médecin, amateur dévôt de "la petite reine".*

Si vous aviez visité le Chemin-Taché il y a cinquante ans et que vous y repassiez aujourd'hui, vous ne vous y reconnaîtriez plus.

Tout a changé!

Car il faut vous dire que le pays d'où je viens n'était pas un pays fertile. Situé sur une montagne, une montagne qui devenait un plateau quand on y arrivait, un large plateau qui avait mauvaise figure et présentait d'abord ses crans,[1] ses collines tortueuses et mêmes ses bas-fonds où les pieds s'enlisaient[2] dans la mauvaise terre, il semblait défier les horizons, défier tous les humains qui s'y aventuraient.

Je n'ai pas connu ce temps et j'ai peine à imaginer une chose pareille. Mais les vieux de chez nous parlent encore de cette époque avec une sorte de vague horreur dans les yeux, un regret mal défini fait de contentement et d'orgueil. Parce que c'est d'eux qu'est venu le bouleversement! Ou plutôt ils ont été les témoins du bouleversement qui a changé tout le pays. Et si vous voyiez leurs yeux, un soir qu'ils sont en mal de souvenirs,[3] vous pourriez vous imaginer ce que fut autrefois le Chemin-Taché.

Pays dur, aux abords[4] difficiles, il avait été ouvert à la colonisation très tard. Pendant longtemps un mauvais chemin le traversait qui permettait seulement aux plus aventuriers d'atteindre les villages voisins sans faire de grands détours.

Un jour, des arpenteurs[5] vinrent, divisèrent le plateau en lots[6] et peu après offraient ces nouvelles terres aux premiers venus. On promettait même une aide pour la construction de maisons et dépendances.[7] Mais tout le monde était prévenu et les colons se firent rares. Trois la première année! De peine et de misère,[8] ils mirent à nu quelques arpents de terre. Mais le découragement les prit et ils s'enfuirent, laissant une maisonnette inachevée, un bout d'étable aux portes grandes ouvertes qui ressemblaient à des gueules[9] géantes d'où s'échappait un flux de malheur qui couvrait tout le pays. La terre qu'ils avaient labourée ne leur avait donné que des roches et tout le fond semblait pavé de la même fortune.

—Pardieu, dirent-ils jamais on n'arrivera à faire pousser du grain, dans ce pays du diable! Les roches,[10] les roches et toujours les roches!

L'année suivante, d'autres vinrent qui prirent la place des premiers. Ils avaient au moins un abri pour eux et une étable pour leurs quelques bêtes. Suivant l'exemple, attirés aussi par la subvention[11] offerte à ceux qui défrichaient un morceau de terre, d'autres vinrent prendre posses-

---

[1] *le cran*—entaille dans un corps dur.
[2] *s'enliser*—s'enfoncer.
[3] qu'ils revivent leurs souvenirs.
[4] *aux abords difficiles*—à l'accès difficile, peu accueillant.
[5] *l'arpenteur*—celui qui mesure la superficie des terres.
[6] *le lot*—portion qui convient à chaque personne dans un partage, terrains.
[7] *la dépendance*—tout ce qui dépend d'une maison.
[8] avec peine et misère.
[9] *la gueule*—bouche des animaux carnassiers.
[10] *les roches*—Can. les pierres.
[11] *la subvention*—secours d'argent, subside fourni par l'Etat.

sion des lots voisins. En quelques années, on vit apparaître au bord de la route étroite qui traversait le pays, une trentaine de mauvaises petites maisons.

Cependant, les habitants du Chemin-Taché ne pouvaient s'habituer à cette contrée stérile. Chaque année, sept ou huit familles disparaissaient, heureuses de partir, de quitter une terre aussi avare et qui n'avait pour récompenser les meilleurs efforts que des cailloux bons seulement à casser les pointes de charrues.

Jusqu'au climat qui s'en mêlait. L'hiver, les tempêtes étaient si fréquentes et le vent soufflait avec une telle rage que plusieurs maisons en perdaient leur toit. L'été, jamais le soleil n'y déversait toute sa douceur. On eût dit que la vue seule du pays lui faisait grise mine.[12]

Alors les gens devenaient maussades,[13] maugréaient[14] contre la température, la pluie, le vent, la neige; maugréaient contre les crans nus, les roches qui ne cessaient d'apparaître sous leur soc;[15] contre les bas-fonds qui se trouvaient là on ne savait comment et qui ne voulaient, jamais s'assécher; maugréaient contre le destin, l'œil dur et sévère. Parfois, ils allaient même au milieu de leurs souches et de leurs abattis[16] jusqu'à lancer des imprécations contre le mauvais sort qui s'attachait à eux.

Oui, ils faisaient cela, les gens du Chemin-Taché!

Quand ils avaient mâchonné trop longtemps les mots de malchance, ils partaient. Sans un regret. Sans même tourner la tête pour voir une dernière fois l'abattis qui fumait encore.

On ne les revoyait plus. D'autres prenaient la place et, peu à peu, s'habituaient à grogner contre la mauvaise fortune qui se collait à toute la montagne. Au bout de quelques années, quand ils jugeaient que leur "vie de chien" avait assez duré et qu'il était temps de mettre un peu de soleil sur leur figure durcie, ils partaient à leur tour, maudissant les alentours avec des jurons de leur invention.

Presque subitement tout changea!

Ce fut d'abord dans les esprits que la transformation s'opéra. Puis, on s'aperçut que les cailloux étaient moins nombreux, que le climat était plus amène[17] et que le plateau prenait figure nouvelle.

Ce bouleversement, ce fut l'œuvre d'un homme arrivé au Chemin-Taché depuis peu. Cet homme s'appelait Laurentin—longtemps, on ne sut que son prénom—et s'était établi sur une ferme désertée l'année pré-

---

[12] *faisaient grise mine*—étaient maussades.
[13] *maussades*—d'humeur chagrine, désagréable.
[14] *maugréer*—s'emporter, pester contre.
[15] *le soc*—fer large et pointu, partie de la charrue.
[16] *l'abattis*—quantité de choses abattues, telles que bois, arbres.
[17] *amène*—agréable, doux.

cédente, à l'écart de tout le village, sur une route transversale menant au canton Raudot.

Laurentin était un homme comme les autres. Quand il allait à ses affaires, les gens disaient simplement comme ils auraient dit de Pierre et de Charles:

—C'est Laurentin qui passe.

C'était tout. Laurentin entrait au magasin, en sortait, prenait la route et filait chez lui, Là, il faisait comme ses voisins: abattait les arbres, tassait les abattis, essouchait, ramassait les roches et semait la terre neuve. Tout le jour, il travaillait dur. Le soir, après souper, il s'asseyait sur le perron et de là contemplait tout le village, sans un mot, content de la journée finie, fier d'entendre les cris des enfants qui jouaient aux alentours.

A la nuit tombante, il rentrait à la maison et quelques secondes plus tard, il revenait s'asseoir au même endroit, tenant un violon dans ses mains.

C'était alors un bruit sec de cordes pincées, une courte plainte dont les sons étaient faux. Soudain, la plaine devenait un chant, un chant que l'on reconnaissait sans peine, né plusieurs générations auparavant et conservé par tout le peuple.

De longues soirées de printemps, Laurentin fit chanter son violon. Il repassait tous les airs connus. Les gens du village écoutaient, s'attendrissaient parfois, chantaient les mots qui allaient avec l'air et quand la musique s'éteignait, ils s'en allaient dormir rassérénés.

Ces airs, qui appartenaient à tout le monde, aidaient les gens à oublier leurs tourments mais ne les empêchaient pas de quitter le Chemin-Taché. Un bon matin, le découragement s'infiltrait comme un serpent au milieu des crans et des terres mal essouchées. On apprenait le soir que deux ou trois familles avaient quitté le pays. C'était la rançon d'une fatalité qui s'acharnait à coller son ventre nu aux entrailles du grand plateau qui formait depuis quelques années un village assez piteux.

Mais Laurentin avait une idée.

Dans l'hiver qui suivit son arrivée au Chemin-Taché, il y travailla sans relâche.[18] Pendant que ses enfants travaillaient à leurs devoirs et que sa femme filait la laine, lui, les yeux fermés, il essayait des airs sur son violon.

—T'as désappris de jouer! lui disait quelquefois sa femme.

—Comment ça, désappris?

—Depuis que tu joues plus pour le village, on entend jamais les airs connus.

---

[18] *sans relâche*—sans arrêt.

—J'compose un air! Tu sais, ça prend du temps!

Sa femme le regarda, ne sachant trop si elle allait rire de[19] lui ou rire de contentement. Lui, Laurentin, il composait un air! Avait-on déjà vu ça? Jamais, elle n'avait pris la peine de penser que les airs qu'elle connaissait, quelqu'un les avait composés. Et voilà qu'une seule parole de son mari lui faisait voir soudain une longue file de violonistes qui essayaient leur archet de façon différente. Le bruit lui en arriva aux oreilles dans une telle confusion qu'elle ne put reconnaître aucune des chansons qu'elle savait si bien. Maintenant, elle commençait à comprendre ce que Laurentin lui avait dit.

—Toi qu'as jamais été à l'école, tu pourras jamais!

—Pas besoin d'aller à l'école pour jouer du violon.

—Pour jouer, non, mais pour composer, c'est différent!

—On verra bien!

Laurentin avait continué de faire aller son archet de façon indécise, essayant une note, se reprenant, glissant sur toute la gamme, ouvrant un crescendo;[20] puis, il déposait son violon, fermait les yeux, essayait de capter un bout de mélodie, un accent de valse. Subitement, il reprenait l'instrument et les cordes vibraient pendant qu'un éclair de joie apparaissait dans son œil attendri.

A la fin de l'hiver, la mélodie était née! Au printemps, quand il put s'asseoir sur le perron, il recommença à jouer les airs connus. Pour sa mélodie, il attendait. Il fallait que le jour fût propice.

Un soir de juillet chaud, alors que tout le village reposait dans le calme, qu'une sorte de voile poreux, doux comme du velours, s'étendait sur les foins mûrs et qu'un parfum inaccoutumé envahissait toute la montagne, Laurentin crut le moment venu.

Il sortit sur le perron, tenant d'une main son violon, de l'autre son archet. Il resta debout. Et soudain, de ses doigts tremblants, il fit courir l'archet sur les cordes sensibles.

Ce fut d'abord un chant mol et doux, une valse troublante dont l'accent semblait sourdre de la terre; ce fut un refrain à vive allure plein de notes gaies qui entraient par les fenêtres et soulevaient l'enthousiasme; ce fut un crescendo frémissant terminé par une explosion de joie triste, une espèce de large effluve qui s'étendait sur le Chemin-Taché, s'identifiait à lui, racontait ses misères, en prenait possession, le caressait.

Les gens comprirent qu'une chose extraordinaire se passait et que cette mélodie qui enveloppait le village dans une étreinte amoureuse avait un sens particulier.

---

[19] *rire de*—se moquer de.
[20] *le crescendo*—augmentation graduée des sons.

Tous prêtèrent l'oreille. Les cordes du violon vibrèrent de nouveau. Un long frémissement qui s'infiltrait partout, dans les foins mûrs, autour des abattis, sous les toits des maisons, qui pénétrait au cœur des habitations, envahissait les régions secrètes de l'âme et changeait subitement une façon de penser acquise depuis des années!

Un besoin de joie qui s'emparait de tout le plateau! Une joie immense, sorte de grand hamac tissé de labeur fécond où s'entassaient les milliers de souvenirs rappelant la dureté du pays, les découragements, les peines, les misères endurées en commun et qui se balançait dans la nuit douce et chaude.

Alors les gens devinèrent que les longues inquiétudes et les obstacles d'hier allaient porter leurs fruits; que le pays, de stérile qu'il avait toujours été, deviendrait prospère; qu'on ne pourrait plus maudire ses crans et le quitter en lui jetant un regard haineux.

Au loin, le violon chantait toujours. Dans la nuit, c'était comme un chavirement[21] complet qui s'opérait dans l'esprit des gens. Le rythme de la musique était si nouveau et convenait si bien au pays que les habitants se demandaient s'ils n'étaient pas tous plongés dans un rêve qui allait bientôt finir.

Là-bas, le violon s'était arrêté. Presque aussitôt, une voix d'homme, forte, sans déraillement,[22] pleine et ronde comme les arbres du pays, laissait couler un chant dont les paroles se moulaient sur l'air qui venait de mourir dans les cordes du violon. C'était Laurentin qui expliquait maintenant avec des mots le sens de la musique. Ces mots, c'était le grand plateau du Chemin-Taché lui-même; c'était sa route tortueuse, ses maisons modestes, ses pâtis[23] roussis au soleil, ses crans nus et arrogants, ses souches brûlées, ses abattis fumants; c'était le regard dur des hommes qui avaient fait le pays et la voix contrefaite des femmes qui n'avaient plus l'habitude de la douceur et de l'accent féminin. Toute l'âme du pays vibrait dans ces paroles et c'était un enchantement, un délire inexplicable de bonheur qui gonflait les poitrines.

Quand la nuit fut partout, le chant cessa. Et le sommeil des gens fut peuplé de rêves où s'enroulaient à la façon de nuages des airs d'incantation qui provenaient du violon à Laurentin.

Les soirs suivants, Laurentin reprit son violon. Quand il voulut jouer les airs connus, on vint lui demander de recommencer la chanson du pays. Tout l'été, Laurentin joua sa chanson. Un soir d'automne, les bois de son instrument se brisèrent dans ses mains et Laurentin

---

[21] *chavirement*—bouleversement.
[22] *sans déraillement*—avec justesse.
[23] pâturages.

demeura longtemps seul, debout, à caresser les cordes divines et le bois sacré d'où avait jailli l'air inoubliable.

C'en fut fini de Laurentin et de son violon. Mais les gens savaient la chanson. Ils ne l'oublièrent jamais. De ce moment, le Chemin-Taché était devenu un tout autre pays.

Rares sont les jours où le soleil ne s'y montre pas maintenant; rares sont les personnes dont le visage ne respire pas la joie quand vous les rencontrez sur le chemin nouveau qui a remplacé la vieille route tortueuse.

Pour chasser le malheur, on n'a plus qu'à siffler un air, un air connu de tous les gens du Chemin-Taché et qui fut autrefois composé par Laurentin.

Vous ne vous étonnerez plus maintenant, si je vous dis que le Chemin-Taché est devenu une contrée prospère, un large plateau qui présente de longues belles terres, unies, vertes au soleil du printemps, jaunes au soleil d'été, roussies à l'automne et que c'est à peine si l'on peut encore voir quelques crans ici et là.

On ne peut plus quitter le pays sans y revenir. Quand l'absence se fait trop longue, un appel soudain sourd de votre cœur, un appel qui devient un chant large comme un fleuve et fait vibrer toute votre sensibilité.

Plusieurs générations ont passé depuis le grand soir. Même si une famille nouvelle a remplacé Laurentin sur sa ferme, on dit toujours en passant par là: "Chez Laurentin". C'est une façon de se souvenir.

Si vous y allez un jour, arrêtez-vous un moment sous les arbres en bordure de la route, vis-à-vis de "Chez Laurentin", et vous entendrez sûrement vibrer les cordes d'un violon et chanter l'âme de tout un pays....

ADRIEN THERIO

— ◆ —

Pour vivre cent Ans

Pendant longtemps, la banlieue où je demeure a été considérée comme un quartier normal. J'entends par là que les voitures y circulaient comme partout ailleurs pendant la journée et que le trafic devenait plus intense aux heures de pointe.[1] De temps en temps, une motocyclette s'y aventurait. Beaucoup d'enfants se promenaient à bicyclette dans la rue, autour des maisons mais ils n'auraient jamais eu l'idée de se rendre jusqu'à la Montagne dans le seul but de faire de l'exercice. Enfin, il y avait les piétons que l'on voit encore aujourd'hui mais moins nombreux qu'autrefois.

En somme,[2] je le redis, un quartier normal, habité par de petits bourgeois normaux. Les gens se saluaient sans se connaître, se connaissaient sans se saluer, engageaient quelquefois la conversation pour des riens. Et nous vivions heureux sans nous poser trop de questions.

Arriva, un jour, un médecin dans le quartier. Il acheta une maison et y installa son bureau dans le sous-sol. Petit à petit, les gens des alentours commencèrent à lui rendre visite, qui pour un mal de ventre, qui pour une boursouflure au bras, qui pour un tour de reins. Ce docteur Martineau n'était probablement ni meilleur ni plus mauvais qu'un autre de son espèce et personne ne songea à se plaindre de ses services. En fait, j'ai eu l'impression, à deux ou trois reprises, que c'était un plaisir pour mes voisins de ce découvrir une maladie quelconque afin de pouvoir rendre visite à cet homme savant. Je me suis même laissé raconter que quelques-uns, attendant vainement la maladie, s'inventèrent un mal quelconque pour pouvoir regarder cet homme dans le blanc des yeux. Quant à moi, j'avoue que je n'ai

---

[1] *heures de pointe*—heures de la journée où la circulation des piètons et des véhicules est le plus intense.

[2] *en somme*—loc. adv. enfin, en résumé.

jamais frappé à sa porte et que je n'en ai jamais eu l'envie. Cela ne veut pas dire que je n'ai pas subi son influence comme beaucoup d'autres qui n'ont jamais passé le seuil de son bureau.

Le docteur Martineau pratiquait donc la médecine consciencieusement mais il y ajoutait un petit quelque chose qui finit par changer toutes nos manières de vivre. Mine de rien,[3], à la fin de chaque consultation, il suggérait—"à votre discrétion, vous savez"—un brin d'exercice physique. Et il se donnait en exemple. Il faisait au moins cinq milles en vélo, chaque jour. "Cinq milles, en vélo, tous les jours, ça raffermit les muscles et ça tient en forme."

Il disait la vérité. A sept heures du matin, il était déjà à cheval sur sa bicyclette et paradait, torse nu, dans les rues du quartier. A six heures du soir, avant de rentrer chez lui pour le dîner, il retrouvait sa bécane et continuait ses exercices. Il faut dire, à son avantage, qu'il avait l'air solide et en forme au milieu de ses quarante ans. Etait-ce le sport qui le faisait marcher si droit, qui lui avait donné ce torse de jeune travailleur agricole, ces jambes souples, cette démarche sautillante? Bien malin qui aurait pu le dire. A quelques reprises, en causant avec les voisins, il insista sur le fait que, sans la bicyclette, il ne serait pas ce qu'il était. Mais cela faisait peut-être partie de sa propagande. Qui aurait pu nous assurer que son père n'était pas encore mieux planté que lui à soixante ans? N'était-il pas le grand responsable de la belle arrogance de son fils?

Foin d'observations, passons aux faits.

La propagande du docteur porta des fruits. Deux mois après son arrivée dans le quartier, les premières bicyclettes firent leur apparition. Des hommes qui commençaient déjà, au seuil de la trentaine, à prendre de l'embonpoint, se dirent que l'idée du docteur n'était pas mauvaise. Ils allaient reprendre, disaient-ils, leur forme d'antan. Ces propos étaient pleins de sens. L'exemple entraîne. Quelques jeunes gens bien musclés et qui voulaient le rester, mirent leur bagnole de côté et s'achetèrent une bicyclette. Il n'en fallait pas plus pour inciter les femmes à tâter de cette forme de sport. "Le docteur en fait, les Jodoin en font, Jean-Louis en fait, Ghislain en fait, pourquoi les filles n'en feraient-elles pas?" Raisonnement on ne peut plus à propos dans un quartier où la bicyclette commence déjà à se faire un nom.[4] Six mois après l'arrivée du médecin, toute la population de la Côte bleue se promenait à bicyclette, pour aller au travail, pour en revenir, pour faire des courses, pour rendre visite aux parents et le samedi et le dimanche pour l'amour du sport. Si bien que les voitures se mirent à

---

[3] *mine de rien*—en faisant semblant de rien. Sans rien changer à son expression.
[4] *se faire un nom*—se faire connaître.

éviter notre quartier. L'une d'elles ayant eu le malheur de renverser un de nos cyclistes et de lui casser le nez, la nouvelle fut dans tous les journaux. Et le chroniqueur finissait son article en conseillant à tout le monde d'éviter dorénavant de passer par la Côte bleue où les cyclistes s'entraînaient à cœur de jour.[5]

Après ce léger incident, nous pûmes nous promener en paix sans craindre de nouvelles cassures de nez. Malheureusement, l'hiver arriva et nous obligea à remiser nos moyens de transport. Plutôt que de nous servir d'automobiles, nous apprîmes à voyager en autobus et à marcher. La marche était, selon le docteur, presque aussi bonne que le vélo pour la santé.

A tant faire, nous aurions dû nous refaire la santé très vite. Mais nous avions commencé à pratiquer le vélo à un moment où nous étions tous en bonne santé. L'étions-nous d'avantage au bout de six ou huit mois qu'au moment où nous nous étions lancés à l'assaut[6] des rues, des routes et des collines? Nous n'étions peut-être pas en meilleure santé mais nous étions sûrement en meilleure forme. Il suffisait de nous regarder pour s'en rendre compte. La bicyclette nous avait mis de l'ardeur dans les yeux, de la souplesse dans les épaules. Et tout le monde s'entendait pour répéter que nous avions un fameux docteur. Pendant ce temps-là, lui, il faisait un peu plus d'argent chaque jour. A cause des nouvelles qui marchent toutes seules, à cause du jeune homme à qui un automobiliste avait cassé le nez, à cause de je ne sais plus quel programme de radio, le docteur commença à se faire une clientèle dans les quartiers voisins. Un moment, le maire de la ville et quelques conseillers s'alarmèrent. La pratique de ce sport qu'on ne nommait pas allait-elle s'étendre à plusieurs quartiers, à toute la ville? "Ils demandent déjà des pistes spéciales dans la Montagne et en bordure de certaines routes. Si tout le monde se met de la partie, c'est l'économie qui va en prendre un coup! Les garagistes n'auront plus de travail, les mécaniciens vont passer leurs journées à se tourner les pouces,[7] les pompistes ne vendront plus d'essence. Pensez donc un peu aux répercussions de ce manque à gagner sur toute la population!"

Mais les dieux veillaient sur la ville. Ils l'avaient peuplée, ils ne voulaient pas la dépeupler. Il y avait déjà plus d'un mois—depuis l'arrivée du printemps—que tout le quartier était remonté sur son vélo et s'en donnait à cœur joie quand le docteur Martineau mourut de sa belle mort, à quarante-quatre ans, d'une crise cardiaque.

Ce fut la consternation.

---

[5] *à cœur de jour*—au milieu du jour.
[6] *lancés à l'assaut*—Fig. partis par les rues, les routes et les collines comme pour une attaque.
[7] *se tourner les pouces*—rester inoccupé, ne rien faire.

Comment pouvait-il nous lâcher, sans préavis, aux abords de l'été, au moment où tout le monde préparait ses vacances en se promettant de magnifiques randonnées en groupes, en famille, grimpé sur nos deux-roues? Il aurait bien pu attendre six mois de plus avant de nous laisser seuls, désemparés, en face de notre destin! Il aurait pu attendre l'hiver, saison où l'on marche!

Il fallut se rendre à l'évidence.[8] Le docteur Martineau était bien mort. Qui plus est,[9] certains—des mauvaises langues sûrement—commencèrent à raconter que c'était peut-être à cause du vélo qu'il était parti si vite. Deux semaines après son enterrement, mon voisin de droite arrêta sa tondeuse à gazon pour me dire que c'était certainement la bicyclette qui avait tué le docteur. Un mois plus tard, presque toute la population du quartier était convaincue de la vérité de ce dire. C'était clair pour tout le monde maintenant: le docteur pratiquait trop un seul et même sport.

Il n'en fallait pas plus pour inciter les notables à délaisser ce moyen de locomotion. Des plus jeunes se dirent qu'après tout, une vraie voiture, même quand elle est vieille, vaut mieux qu'une machine à deux roues. Un soir, on vit le Jean à Poléon partir avec sa voiture. Il allait, disait-il, faire un tour au garage sous prétexte qu'on ne laisse pas une voiture aussi longtemps à ne rien faire sans qu'il y ait risque de rouille. Le deuxième soir, il assura que la vérification commencée la veille n'était pas terminée. Le troisième, il ne donna aucune raison pour aller faire de la poussière sur les routes. Déjà, plusieurs l'avaient imité. Les voitures avaient bel et bien fait leur réapparition et on entendit de nouveau des voix crier: "Attention, y a une automobile qui s'en vient!" Les bicyclettes, elles, se faisaient de plus en plus rares. Un vieux professeur de Cégep continua à faire le trajet entre son domicile et le collège avec une bécane. On lui laissa entendre qu'il pouvait lui aussi avoir une crise cardiaque. Pour toute réponse, il retroussa le nez et fit une sorte de grimace. Quelques jeunes filles continuèrent à se promener le soir, à bicyclette, pour se faire voir des garçons. Enfin, une vieille fille qui pratiquait le vélo depuis des années ne voulut rien entendre et continua à pédaler. Mais, à toutes fins pratiques, le temps de la bicyclette était terminé. Personne ne voulait mourir d'une crise cardiaque à l'âge de quarante ans.

Mais le destin n'avait pas dit son dernier mot.

Il pouvait y avoir deux mois que la vie avait repris son cours normal quand Jasmin Bilodeau mourut après une courte maladie sans avoir eu le temps de nous dire ce qui l'avait emporté. Il n'avait que

[8] *se rendre à l'évidence*—se rendre compte et accepter le fait.
[9] *qui plus est*—en plus de cela.

trente-sept ans. Il avait pourtant l'air solide! Il n'était pas aussitôt enterré que Jos Michaud, chauffeur de camion qui chantait toujours un air d'opéra quand il se promenait dans la rue, partit lui aussi pour l'autre bord,[10] en répétant que ça lui faisait mal dans la poitrine. Les commentaires allèrent bon train: peut-être valait-il mieux continuer la bicyclette, tout au moins, ne pas arrêter d'un coup sec, comme ça! Autrement, pourquoi Jos se serait-il laissé mourir?

Tout le monde était perplexe. Fallait-il remettre la bicyclette à l'honneur ou ne fallait-il pas?

La discussion dura quelques semaines. On n'en était arrivé à aucune conclusion que mon voisin d'en face leva les pieds à son tour. Cette fois, un médecin avait eu le temps de venir. Il avait prescrit des calmants. Mais Désiré Saindon s'éteignit dans la nuit en se plaignant de crampes à l'estomac.

Nous n'eûmes pas besoin de longs entretiens pour savoir ce qui nous restait à faire. Et quelques jours après les funérailles de Désiré, les bicyclettes réapparurent un peu partout dans le quartier. Il valait mieux mourir en pleine forme, si cela devait se produire, que de mourir en bonne santé sans aucune raison. Les jeunes, les vieux, tout le monde remonta sur son vélo.

* * *

Il y a déjà plus d'un an que nous nous sommes remis au sport et nous nous en trouvons bien aise. Nous travaillons comme tout le monde pendant le jour, mais le soir, nous partons sur les routes. Quand nous rentrons, nous ne pensons qu'à une chose, dormir. Et nous nous réveillons frais et dispos le lendemain. La télévision ne nous manque pas, la radio non plus. Les fins de semaines, nous organisons des courses et nous donnons des prix à nos meilleurs cyclistes. Presque tous nos jeunes gens participent au Tour du Québec et, il y a quelques mois, trois des nôtres ont remporté les honneurs de cette course. Pendant nos vacances, nous partons en groupes. Ceux qui nous voient passer savent que la joie de vivre nous habite. Nous avons appris des centaines de chansons de folklore et nous égrenons ainsi notre joie[11] sur les routes du pays.

J'admets qu'il y a des jours où j'aimerais mieux écouter une musique de jazz, regarder un programme à la télévision. Mais je me fais une raison.[12] Quand je commence à douter de la valeur de notre

---

[10] *l'autre bord*—Fam. l'autre monde.
[11] *égrenons notre joie*—par ext. répandons, disséminons notre joie.
[12] *me fais une raison*—me résigne à l'inévitable, accepte le fait.

sport national, j'entends une voix en moi qui dit: si tu veux vivre jusqu'à cent ans, cesse de rechigner et vas-y! En avant!

C'est en montant les côtes que je me pose des questions. Mais j'oublie tout quand vient le moment de la descente. Pris par le vertige, je vois des villes entières sortir dans les rues, grimper sur des vélos et courir à l'assaut des routes. Je me dis qu'un jour, cette vision de milliers et de milliers de cyclistes roulant autour de la terre deviendra bien réelle, quoi qu'en pensent nos détracteurs, et qu'à ce moment-là, nous serons beaucoup moins obligés d'aller voir le médecin. Toutes ces bicyclettes roulant à mes côtés, toujours à l'affut d'un horizon lointain, c'est une sorte d'envol vers un paradis que nous finirons tous par atteindre.

Depuis quelque temps, je fais un rêve, presque toujours le même d'ailleurs: je suis en train de descendre une côte toute droite, une côte qui n'en finit plus, au bout de laquelle je vois surgir une rivière. Je descend, je descends et soudain, sans le vouloir, je saute dans la rivière. Je remonte à la surface avec mon vélo. Des centaines de figures du quartier où j'habite sont là qui m'indiquent la route de leur main droite. Une route toute dorée de soleil où il fait bon s'en aller à bicyclette alors que tout le monde se hâte de faire des affaires. J'ai retrouvé l'air pur de la campagne, la beauté du paysage non pollué, j'ai compris ce qu'il fallait faire pour vivre cent ans.

N'est-ce pas merveilleux?

THERESE THIBOUTOT

Mon Tour du monde en Acadie

Thérèse Thiboutot est née à Louiseville, le premier décembre, 1928, dans le Comté de Maskinongé. Elle a commencé ses études dans une école laïque qui était, dit-elle, unique en son genre, car dirigée par une seule institutrice, elle n'avait que deux élèves: une fille, la jeune Thérèse, et un garçon, Gilles Boyer. Ensuite la jeune fille a continué ses études dans différents pensionnats tenus par les sœurs à Louiseville, Lachine, Québec, Saint-Hyacinthe, Joliette et Burlington, Vermont où elle a fait la classe des Belles-Lettres.

En 1961 elle a publié une longue nouvelle intitulée: "Mon Tour du monde en Acadie" et en 1962, un conte: "Les Loups." En 1965, elle a remporté le grand prix du "Canadian Women's Club" pour son reportage "Les Juifs de ma rue."

Thérèse Thiboutot a vécu à Montréal où elle collaborait au journal Le Travail, écrivait pour la télévision et la radio, et occupait un poste de secrétaire médicale à l'hôpital Sainte-Justine. Elle est décédée en juin 1968.

"Mon Tour du monde en Acadie" évoque l'agrément d'une petite ville acadienne et détaille le charme exotique de ses habitants dont les récits d'aventures émerveillent une fillette pleine de curiosité, avide de nouveauté et prompte à se passionner pour ce qu'elle ne connaît pas encore.

Dans une petite ville du Nouveau-Brunswick, le malin génie[1] des choses voulut me consoler, me faire oublier le voyage autour du monde que je m'étais proposé. Il ne s'agissait pourtant pas d'un rêve mal ébauché, d'un caprice passager; non, dans tous mes agendas de couventine c'était écrit en grosses lettres sérieuses: "Aller faire le tour du monde."

---

[1] *le malin génie*—esprit mauvais qui s'attache à la destinée de quelqu'un.

Les contrées lointaines m'ont toujours fascinée, et même si le pensionnat avait pour mission de tenir en boîte nos folles imaginations de séquestrées, plus d'une parvenait à glisser un œil vers le monde. Quand, chaque année à la même époque, une religieuse nous arrivait de Chine, un enchantement métamorphosait la communauté. Même la supérieure, toujours si digne, rigide et guindée,[2] semblait flotter dans les couloirs comme une âme libérée. La messagère de la Sainte-Enfance tombait comme une lumière dans la communauté, parvenant à exciter les imaginations les plus endormies. Comme les autres religieuses, elle avait un bandeau bien serré autour du front, mais cela ne retenait nullement les idées qui se cachaient derrière. D'ailleurs, son devoir à elle n'était pas de renier son existence propre, mais de vivre chez les Chinois pour ensuite traverser[3] au Canada raconter des choses extraordinaires, fantastiques. Elle jouait merveilleusement bien son rôle de commis-voyageur et repartait chargée de commandes de Chinois. Même si je n'achetais pas de païens,[4] j'avais toujours hâte de voir arriver la déléguée d'une organisation que l'on devinait puissante; je lui étais reconnaissante de nous ouvrir une porte sur la Chine tout entière. La religieuse avait toujours un joli visage, et les récits qu'elle nous servait étaient filtrés par une voix douce disciplinée, entraînée aux langues étrangères. Sa robe noire était coupée à la taille par une large ceinture bleue: cela ajoutait de la douceur aux récits parfois horribles, et nous rendait la vertu moins austère. Avant de repartir, l'envoyée spéciale nous débitait des prières en chinois et nous demandait des sous pour la Sainte-Enfance.

Peut-être à cause de ces incursions en pays de mission, d'année en année mes agendas se renvoyaient le projet comme un écho incertain: "Aller faire le tour du monde." Si au moins il y avait eu dans ma famille des gens de couleur,[5] des immigrés venus, de loin, le projet eût été moins impérieux; malheureusement, la famille n'était composée que de Canadiens français dans la campagne environnante il n'y avait que des Canadiens français et partout dans la ville on parlait de français tout étant de souche[6] paysanne avec des manies et des tics très proche parent. Dans la dernière rue de la ville de mon enfance, il y avait bien quelques Anglais qui vivaient à l'ombre de la grosse manufacture dont ils étaient les patrons, mais ils avaient une école à eux, ne venaient pas à l'église le dimanche, et semblaient gênés d'être tombés dans ce petit coin de province, comme par inadvertance. Ils ne se mêlaient pas aux autres,

---

[2] *guindé*—affecté.
[3] venir.
[4] *les païens*—ceux qui adorent les idoles.
[5] *les gens de couleur*—ceux qui ne sont pas de race blanche.
[6] *de souche*—d'origine.

boudaient ou complotaient—Dieu seul le sait—bien à l'écart dans leur rue, et jamais un enfant canadien-français n'aurait eu le courage d'aller repêcher sa balle, si par malheur elle était allée atterrir sur une des pelouses de cette république indépendante. Je me consolai tant bien que mal de ne pouvoir entrer de plain-pied[7] dans la vie de ces gens différents... ils faisaient si peu de bruit qu'ils ne devaient pas avoir grand-chose à raconter.

Le temps du couvent passa, de grandes passions m'entraînèrent bien loin de ma place natale, mais jamais autour du monde.

Le jour où je me vis échouée dans une petite ville du Nouveau-Brunswick, la mer m'apparut différente de celle de mon rêve, et dessus, il n'y avait pas de gros bateaux. Je l'avais souvent admirée sur des cartes postales, je la voulais éclairée d'un beau soleil avec de grandes mouettes blanches, je lui posais un dos lisse sur lequel il était facile de passer pour atteindre l'autre rive. Elle me démontra qu'on ne l'enjambe pas si facilement et fit de son mieux pour m'emplir de terreur. Elle était tumultueuse, agitée, et ses mouettes n'étaient jamais en paix. Peut-être parce que bien des fois elle s'était permis d'avaler des goélettes,[8] avec équipage au complet,[9] les pêcheurs ne l'aimaient pas non plus. S'ils puisaient en elle leur subsistance, elle ne leur rendait pas pour autant la vie facile.... Quelle misère que ces pêches en haute mer! Et puis, elle laissait libre cours au vent qui fonçait en fou sur les villages riverains et causait mille dégâts. Pour les touristes, elle se faisait chatoyante, pittoresque, mais n'en était que plus méchante pour ceux qui avaient grandi en guettant ses traîtrises. Malgré son mauvais caractère elle était ensorcelante, envoûtante, et plus d'une fois je me surpris à l'épier, à imaginer tout ce qu'elle contenait: elle me volait mon temps et ne me rendait que de la tempête.

Je lui tournais le dos et regagnais la rue principale de la petite ville fantôme. Ancien chef-lieu de canton, l'endroit avait eu son temps de splendeur. Jadis, les bateaux s'arrêtaient dans la baie toute proche et le commerce y était florissant. La beauté des lieux eut vite fait d'inciter les riches Anglais à s'y bâtir d'imposantes résidences. Mais sournoisement, à quelques milles de là, une ville se mit à pousser à l'intérieur des terres, bien à l'abri du vent. On y construisit une gare pour les trains et un point de repère pour les avions. Peu après un immense aérodrome fut complété, puis un gros magasin Eaton vint confirmer l'importance de cette ville grandissante. Par un malencontreux hasard, les navires cessèrent de mouiller dans la baie et peu à peu, tous les

---

[7] *de plain-pied*—tout à fait au même niveau.
[8] *les goélettes*—petits bateaux à deux mâts aux formes élancées.
[9] *au complet*—sans que rien n'y manque.

riches Anglais déménagèrent, abandonnant la mer pour s'installer dans la grande ville artificielle et laide.

La petite ville n'en mourut point et conserve encore sa grande rue, ses grandes pelouses au bout desquelles trônent les grandes maisons majestueuses, froides et abandonnées. Un seul Anglais résista à l'exode, ce fut le propriétaire du magasin général. Vieux riche de vieille famille, il devint très vite l'acquéreur de tout ce qui était payant. Les grandes maisons, si belles soient-elles, demeurent impossibles à louer. Elles sont là, magnifiques, inaccessibles, comme les manoirs de contes de fée.

Quand je me vis perdue dans cette petite ville du Nouveau-Brunswick, je désirai ardemment une de ces belles maisons, mais comme les Acadiens je dus me contenter d'une petite demeure en bois blanc, tranquille l'été mais tremblant de toutes ses planches au premier vent d'automne. Désespérée de la grande mer sans bateau, me méfiant des tempêtes qu'elle déclenchait en moi, je me pris d'affection pour la rue. L'ombre du riche Anglais planait sur tout mais au bout de l'ombre, l'Anglais n'y était jamais. Parfois, une voiture luisante, conduite par un chauffeur en livrée,[10] s'arrêtait près du magasin et une grosse forme ronde et voûtée en sortait pour foncer vers la porte de service; c'était sans doute le riche Anglais. Comme les bandits des histoires à faire peur, il portait son chapeau très bas sur les yeux: le plaisir de découvrir son visage ne me fut jamais accordé.

Dans cette rue je fis connaissance avec les Acadiens, leur parler exquis me séduisait, même si, au début, je n'y comprenais à peu près rien. Leur accent enchantait mon oreille, c'était pour moi comme une mélopée[11] douce et joyeuse. Quand j'approchais des Acadiennes dans les magasins ou quand je les suivais dans la rue, elles causaient si joliment qu'elles me semblaient toujours gaies, peut-être parce que j'avais fort envie d'être triste, à cause de tous les chômeurs[12] que je voyais sur les trottoirs. Peu à peu ce langage chantant prit un sens, et j'en vins à comprendre tout ce que les Acadiens se racontaient. Parfois, de vieux termes français me sautaient à la tête et me grisaient[13] comme une liqueur rare. Rentrée à la maison, je retrouvais ces mots momifiés dans mon dictionnaire, mais si vivants dans la bouche des Acadiens. La rue m'attirait de plus en plus. La gaieté des Acadiennes, leur voix claire et chantante, leurs 'd' et leurs 't' déposés délicatement sur le bout de la langue et non pas écrasés au palais. Tout me réjouissait et me faisait oublier les hommes inactifs. Les tournures

[10] *en livrée*—dans les habits distinctifs que portent les domestiques d'une maison.
[11] *une mélopée*—un chant rythmé.
[12] *les chômeurs*—ceux qui manquent d'ouvrage.
[13] *grisaient*—rendaient ivres.

anciennes, les vieux mots mis au rancart,[14] devenaient le bateau qui me traversait[15] dans la France ancestrale. Les "j'étions," les "j'avions" me rapprochaient de la Bretagne de la Bécassine endormie de mon enfance. Seuls les mots anglais, qui tombaient comme des marteaux-pilons[16] dans la conversation, se frayant des routes dans la jolie langue française d'Acadie, tels de gros béliers mécaniques,[17] puissants et assommants, me ramenaient à la réalité, à la présence anglaise si monstrueusement lourde à côté de la fragilité acadienne.

Quand la "tawaye" venait vendre des paniers au village—car l'ancienne ville résidentielle rapetissait à mesure que l'autre ville, en grandissant, lui happait[18] ses quelques petits commerces—elle me fascinait elle aussi. J'eus aimé m'en faire une amie. Toujours elle me regarda avec indifférence, d'un visage absolument éteint, un visage qui ne se rallumait que le soir quand d'autres Indiens venaient de la réserve la chercher. Ils arrivaient nombreux, entassés dans une Ford démantibulée.[19] Ils descendaient sur le trottoir, échangeaient un tas de mystères dans un dialecte absolument incompréhensible et alors seulement, la "tawaye" semblait revivre. Par les portières demeurées ouvertes, les Indiens s'enfournaient[20] de nouveau dans la vieille voiture qui repartait en pétaradant; souvent la "tawaye" rapportait au complet sa charge de paniers. Le jour où j'appris que ces Indiens ne parlaient ni le français ni l'anglais, je cessai ma cour à la "tawaye" ... mais chaque fois que je regarde les nombreux paniers qu'elle m'a vendus, c'est à-dire que je lui ai enlevés après avoir mis quelques sous dans sa main, je la revois, impassible, totalement étrangère, sous sa charge de paniers multicolores et magnifiques.

Si les Acadiens étaient plutôt distants envers l'intruse que j'étais dans leur rue, le Chinois du café devint très vite mon ami. Pas un seul instant je ne vis en lui un grand Chinois de la Sainte-Enfance. Je rougissais de honte à l'idée que j'aurais pu "acheter" un Chinois si j'avais été plus économe pendant mes années de couvent. Les grands yeux bridés de M. Tchou me donnaient l'impression qu'il riait de moi poliment. Si la religieuse de mon enfance m'avait ouvert une porte sur l'Orient, je m'empressai de la lui refermer sur les talons, sur son argent et sur ses achats de Chinois. Monsieur Tchou, lui, me fit entrer d'emblée[21] dans son Céleste Empire. Bien sûr, il ne connaissait pas la

---

[14] *au rancart*—de côté, au rebut.
[15] transportait.
[16] *un marteau-pilon*—gros marteau de forge qui fonctionne à la vapeur.
[17] *le bélier mécanique*—machine pour renverser les murailles.
[18] *happait*—prenait.
[19] *démantibulé*—en mauvais état.
[20] *s'enfournaient*—montaient.
[21] *d'emblée*—du premier coup.

Chine tout entière, mais il me transmettait si gentiment ce que ses oncles s'étaient passé d'une génération à l'autre. Monsieur Tchou était au Canada depuis dix ans et je fus envahie de tristesse quand il m'annonça, avec mille ménagements,[22] qu'il retournerait vivre "Là-Bas," dès qu'il aurait amassé suffisamment d'argent pour faire vivre toute sa famille de Chine.

J'avais encore tant de choses à lui acheter, tant de voyages à faire en sa compagnie aux environs de Canton...

Même s'il m'était resté un agenda, je n'y aurais sans doute plus inscrit: "Aller faire un voyage autour du monde." Le malin génie des choses me faisait oublier ma pauvreté en m'offrant des voyages magnifiques. J'étais coincée[23] dans une petite ville à peu près abandonnée et pourtant, je découvrais un univers bigarré et merveilleux. Pour comble de délicatesse, le destin m'offrit aussi un ami anglais et—si incroyable que cela puisse être au Nouveau-Brunswick—même s'il était Anglais, il était pauvre. Pourtant, c'était le seul médecin dans la place.[24] L'autre médecin, celui qui était à sa retraite,[25] vivait dans un véritable château; encore jeune, il s'offrait une revanche étonnante. Il avait soigné ses riches concitoyens pendant de nombreuses années, et quand ceux-ci optèrent pour l'exode vers la grande ville qui croissait à quelques milles de là, le riche médecin ne les suivit pas: il prit sa retraite.[26] Enfermé dans son beau château, il s'inventa des maladies. Il se dorlotait avec délices, se soignait amoureusement, tout ce qui l'environnait était du plus grand raffinement. Deux belles infirmières diplômées montaient la garde dans sa chambre dorée.

Un jeune médecin vint donc prendre la relève,[27] un Anglais de l'Ile-du-Prince-Edouard. Il se prit d'affection pour les Acadiens. Dans sa petite auto qu'il payait par versements,[28] il les visitait tous sans exception, et comme tous étaient plutôt pauvres, peu lui payaient ses honoraires. Ce jeune médecin honorable devait se contenter d'une humble demeure et d'une petite auto. Il faisait partie[29] de la rue lui aussi; il en était le seul Anglais. Malheureusement, on peut difficilement dire qu'il y représentait sa race...Pour bavarder avec les chômeurs, chemin faisant,[30] ou pour économiser l'essence, le docteur se rendait toujours à pied à la pharmacie. Il causait avec le pharmacien

[22] les ménagements—les précautions.
[23] étais coincée—étais retenue.
[24] l'endroit.
[25] être à la retraite—ne plus travailler.
[26] prendre sa retraite—cesser de travailler.
[27] prit la relève—le remplaça.
[28] payait par versements—payait une certaine somme d'argent par mois ou par an.
[29] faisait partie de—appartenait à.
[30] chemin faisant—en route.

acadien, les jours où celui-ci n'avait pas trop pris de drogue, ou échangeait quelques plaisanteries avec le commis qui se faisait un devoir de lui répondre en anglais.

Si le curé de l'endroit ne sortait jamais autrement que dans sa grosse Packard noire, l'aumônier[31] de l'hospice, lui, allait à pied, beau temps, mauvais temps. Quand il faisait chaud, l'aumônier était jovial, commentait les nouvelles venues de Kouchibouguac, Cocagne, Malakoff ou Shemogue, parlait de la nouvelle école du Cap-Pelé ou de la chaussée de Canso, oubliant le virus qui l'habitait depuis son séjour en brousse haïtienne. Dès les premiers froids de l'automne, l'aumônier devenait moins loquace et s'il ouvrait la bouche, c'était pour parler du merveilleux climat des Antilles. Tout en réchauffant les cœurs acadiens frileux et décontenancés par le grand vent du large, les récits fantastiques de l'abbé semblaient exorciser le virus. Obsédé par les attaques sournoises de la malaria, l'aumônier n'en parlait jamais mais s'en rapprochait dangereusement en se retrempant dans l'atmosphère incandescente des Antilles. Ainsi étroitement associé à son mal, il parvenait parfois à traverser les périodes critiques sans trop de souffrances. Plus l'angoisse envahissait l'abbé, plus ses récits devenaient fantasmagoriques,[32] et au bout de la rue cafardeuse[33] de l'automne, Port-au-Prince semblait vouloir surgir!

... La brousse[34] était luxuriante; les petits nègres vifs et intelligents mémorisaient le catéchisme en un rien de temps; les négresses accouchaient sans peine, parfois sur le bord de la route en allant au marché; les enfants se gardaient seuls, en suçant un morceau de canne à sucre; la croyance au culte vaudou[35] multipliait les embûches[36] sur la route du prêtre catholique, cavalier solitaire dans cette brousse parfois hostile. Par contre, le rhum était si réconfortant...

J'étais devenue une habituée de la rue au même titre que le Chinois, l'abbé, le médecin anglais, mais je dus enfin comprendre que je ne pourrais jamais devenir une Acadienne. Ma langue trop dure ne parvenait pas à traiter avec délicatesse les 't' et les 'd'. Le doux langage acadien me ravissait[37] mais mon accent demeurait celui de la province de Québec. Les chômeurs avaient beau me tolérer parmi eux, je n'en restais pas moins une étrangère, même si je n'étais plus étrangère à leurs problèmes et à leur vie.

... Je compris que j'avais beaucoup changé. Je ne regardais plus les

---

[31] *l'aumônier*—prêtre attaché à un établissement.
[32] *fantasmagoriques*—surnaturels ou extraordinaires.
[33] *la rue cafardeuse*—la rue triste, mélancolique.
[34] *la brousse*—étendue couverte d'épaisses broussailles.
[35] *le culte vaudou*—le culte des sorciers nègres.
[36] *l'embûche*—le piège.
[37] *ravissait*—saisissait vivement l'âme.

choses sous le même angle. Au début, je m'amusais à bâtir des histoires en voyant passer les gens, jusqu'au jour où je fus entraînée dans leur sillage. Finalement la rue m'avala. Un peu plus et je me serais assise sur le trottoir, comme les autres, histoire de vivre de l'air du temps, histoire de me chauffer au soleil et d'attendre que les difficultés disparaissent en fumée. Chez moi, je devais me faire violence pour ne pas sombrer dans la paresse. Les Acadiens, retrouvaient leur nichée[38] eux aussi, mais au tableau: pas d'espoir. Ils se contentaient d'un peu de "soupe à la baillarge",[39] de quelques "poutines râpées"[39] les jours de fête, puis allaient se coucher pour clore[40] une journée de chômage avant d'en recommencer une autre le lendemain.

J'étais peut-être la seule à chercher des solutions. Par réflexe de défense, redoutant ce flot de fatalisme qui entraînait les Acadiens à la dérive,[41] j'inventai un vaste plan d'action, tel un général solitaire, face à ma batterie de cuisine...

D'abord, je dus décréter un embargo: défense aux quelques Acadiens instruits de s'évader de cette terre ingrate. C'était bien beau d'aller à l'université, de chanter la survivance des Acadiens et de "se pousser"[42] au loin sitôt le savoir obtenu! En ce cas, mieux valait se taire et laisser sombrer les autres en silence. Une fois les gens instruits attelés à la tâche, j'encourageais le médecin honorable: il lui fallait continuer à guérir les malades, même ceux qui n'avaient pas d'argent; je jetais un sort au médecin riche et le faisais mourir en paix après avoir légué sa fortune au médecin pauvre. L'aumônier de l'hospice devait continuer à parler des pays chauds, les jours où le vent était trop froid. Le curé était poussé hors de sa grosse Packard, je lui faisais abréger ses prônes.[43] mais l'obligeais à fraterniser avec ses paroissiens, à faire partie de la rue. Tout cela venait en premier lieu, était indispensable, car la réorganisation économique allait peut-être prendre beaucoup de temps. Il faudrait trouver de nouvelles formules pour utiliser le charbon, rouvrir les mines, apprendre au monde entier à aimer le poisson; il faudrait surtout construire beaucoup d'écoles où Français et Anglais, entassés pêle-mêle, apprendraient à se connaître. Les Acadiens ne se sentiraient plus des esclaves, et les Anglais, débarrassés de leur fausse supériorité et de leurs préjugés apprendraient à être intelligents.

A peine acclimatée à l'air marin, je dus revenir habiter dans la

[38] *leur nichée*—chez eux.
[39] plats régionaux.
[40] *clore*—terminer.
[41] *à la dérive*—à l'abandon.
[42] s'en aller.
[43] *ses prônes*—ses sermons.

province de Québec. Quelques années plus tard, je reçus la visite de l'aumônier. Il attendait son visa, il retournait vivre dans les pays chauds et m'apportait des nouvelles de là-bas, du Nouveau-Brunswick que j'avais appris à aimer.

Malheureusement, elles n'étaient pas très bonnes. Le curé roulait toujours en Packard et le riche médecin était mort, mais avait légué tous ses biens à de riches cousins de Sydney. Le jeune médecin avait dû abandonner la partie,[44] bien malgré lui; surmené[45] et insatisfait, il avait sombré dans une profonde dépression et continuait sa vie dans une maison dite "de santé", condamné à la réclusion totale. L'une après l'autre, les mines de charbon fermaient leurs portes et abandonnaient aux génies de la terre les trésors inutilisables. *L'Evangéline* claironnait toujours la survivance des Acadiens... mais il y avait de l'espoir dans l'air puisqu'un Acadien venait de réussir un coup de maître en se faisant élire ministre.

Je n'ai plus d'agenda, mais avant d'aller faire le tour du monde, je retournerai au Nouveau-Brunswick et qui sait? La petite ville du bord de la mer sera peut-être revivifiée, ses grandes maisons ranimées par des enfants de pêcheurs prospères, les gnomes[46] mis en déroute et les mines agrandies. M. Tchou aura fait venir de Chine son épouse lointaine, et tous deux serviront de nombreux clients dans un vaste restaurant moderne, distribuant leurs richesses intérieures et déposant sur l'arôme de leurs mets exotiques toute la sagesse orientale. L'aumônier de l'hospice sera revenu avec de nouveaux récits, la fille de la "tawaye" me racontera des légendes merveilleuses en français et les Anglais seront heureux de servir les Acadiens.

Mon voyage autour du monde n'aura peut-être jamais lieu. Mais même le temps passé où je pouvais avoir des aventures imprévues, que me serait-il encore donné qui ne m'appartienne déjà!

---

[44] *abandonner la partie*—renoncer à ses efforts.
[45] *surmené*—excédé de fatigue.
[46] *les gnomes*—nom donné à des nains difformes et surnaturels qui habitent le sein de la terre où ils gardent des trésors.

Exercices

sparadrap

L'Emplâtre -plaster

I. EXERCICES DE CONVERSATION

1. Pourquoi M. Denaud avait-il fini par accepter de s'installer chez son fils? donner une chambre.
2. Que resterait-il au jeune couple s'il faisait déménager les meubles?
3. Pourquoi répugnait-il au vieillard de demander de l'aide à un passant pour traverser la rue Sherbrooke?
4. Pourquoi était-il hors de question pour lui d'aller à son club?
5. Pourquoi ne voulait-il pas non plus aller au restaurant?
6. Quel problème urgent réclamait M. Denaud?
7. Quels hommes se trouvaient dans la taverne? De quoi parlaient-ils?
8. Comment le petit-fils de M. Denaud était-il tombé malade?
9. Qu'avait recommandé M. Denaud à sa belle-fille dès les premiers symptômes du mal?
10. Pourquoi s'était-on moqué de lui? De quoi est-il question aujourd'hui?
11. Que pense le vieil homme des jeunes médecins de nos jours? incompétent
12. Qu'est-ce que M. Denaud avait décidé en voyant que la pénicilline n'avait rien donné?
13. Comment fait-on un emplâtre? moutarde
14. Comment s'est réalisé le projet de M. Denaud?
15. Qu'ont fait les deux types qui se sont assis à la table de M. Denaud?
16. Que s'est-il passé au retour de Léon?
17. Quelle opinion Shirley avait-elle de l'action de son beau-père?
18. Qu'est-il arrivé au vieillard lorsqu'il s'est levé pour sortir de la taverne?
19. Comment allait le petit Richard au retour du vieillard? Que pensait celui-ci?
20. Quelles réflexions s'est-il faites avant de succomber au sommeil?

II. EXERCICES DE LANGUE

A. *Lisez ces phrases en employant un synonyme au lieu du mot en italique:*

1. Il s'imaginait qu'un poste *lucratif* allait lui tomber dans le bec.
2. Il n'avait jusqu'ici songé qu'à *s'évader.*
3. L'îlot de sûreté lui permettait de *franchir* la rue en deux étapes.
4. Il avait reproché à Léon et à Shirley leur *prodigalité.*
5. Le *vieil homme* soupira en promenant ses yeux brouillés dans la salle.

B. *Ecrivez le contraire de chaque phrase:*

1. Ils ne me reverront plus.
2. M. Denaud, lui, n'avait rien vu.
3. Il n'avait jamais eu de talent pour se caser.
4. Cette pensée lui insuffla du courage.
5. Un verre de bière lui ferait peut-être du bien.

C. *Trouvez cinq mots de la même famille:*

1. osseux   3. raviné   5. le sommeil
2. tutelé   4. le sifflement

D. *Etudiez ces exemples tirés du texte:*

Il faut que j'aille respirer à l'extérieur.
Il faudra que je leur laisse le divan.

Ecrivez correctement le verbe entre parenthèses:

1. Il faut que le vieillard (venir) s'installer chez son fils.
2. Il faut qu'ils (vivre) ensemble.
3. Il faudra que je (se décider) à consulter le médecin.
4. Il faut que monsieur Denault (s'appuyer) sur sa canne.
5. Il faudrait que ses amis le (ramener) chez lui.

E. *Trouvez les questions pour les réponses suivantes:*

Exemple:
Le vieillard a fait claquer la porte derrière lui.
Qui est-ce qui (qui) a fait claquer la porte?

1. C'était *le petit Richard* qui couchait sur le divan.
2. Il lui fallait ménager *ses forces.*
3. *Les voitures* filaient à des vitesses folles.
4. M. Denaud évitait toujours *cette intersection dangereuse.*
5. *Le thé et le café* lui donnaient des palpitations.
6. Le vieillard a avalé *une gorgée de bière.*
7. Ils s'étaient moqués *du vieillard.*
8. Il s'était rendu chez *l'épicier du coin.*
9. Il se contenterait de n'appliquer *l'emplâtre* qu'une dizaine de minutes.
10. *Le vieillard* s'en voulait maintenant de s'être humilié ainsi.
11. *Le premier des deux types* avait le front dégarni.
12. Tout à coup il a pensé à *Richard.*
13. Il se rend compte *de son erreur.*
14. Je veux dire *que je lui pardonne.*

F. *Ecrivez des phrases en employant ces verbes suivis d'un infinitif:*

aller, venir, laisser, devoir, pouvoir, vouloir, falloir, faire et sentir.

G. *Rédaction:*

1. M. Denaud raconte au petit Richard comment il lui a sauvé la vie avec son emplâtre et lui fait part de son opinion sur les médicaments modernes.
2. Faites ressortir les problèmes de la vie moderne que l'auteur nous présente dans cette nouvelle.

III. PRATIQUE ORALE, OU COMPOSITION ECRITE

1. Faites le portrait physique et moral d'un vieillard que vous connaissez bien et dont vous respectez l'expérience sans toutefois être d'accord avec lui sur certaines de ses idées qui vous semblent trop arriérées.
2. Montesquieu dans les Pensées déclare: "Je pardonne aisément par la raison que je ne sais pas haïr. Il me semble que la haine est douloureuse". Commentez cette réflexion. Peut-elle s'appliquer à M. Denaud? Qu'est-ce que le vieillard pardonne à sa belle-fille?
3. Décrivez l'art d'être grand-père ou comment être le parfait grand-père.

IV. THEME

Richard's Diary

November 16 Came home from school today with a very bad cough. Grandfather is very unhappy because I am ill. He keeps coming into my room to visit me.

November 17 My cold is getting worse. Mother sent for the doctor. Dr. LeBlanc wanted to send me to the Children's Hospital but mother persuaded him to let me stay at home. She insists on looking after me herself.

November 18 Dr. LeBlanc called again today and gave me a shot of penicillin. At first my temperature went down but now the fever is returning and I feel really rotten. This afternoon grandfather couldn't contain himself any longer. He made a mustard plaster and when mother was busy he popped it on my chest. Father came home early from the office and found out what had happened!

November 19 I am feeling a little better . . . Perhaps it's thanks to the "wonder drugs" or maybe it's that horrid mustard plaster that burned nearly all the skin off my poor chest! No matter, grandfather rented a small TV and I can sit up and look at my favorite programs. Also grandfather has taught me how to play checkers and as a result we are spending many happy hours together. Grandfather really takes a lot of pleasure in being with me. I can't help wishing I could go outside!

November 21 Great news! The doctor says I can go out tomorrow. Grandfather is pleased that I am nearly better but I know he will miss me. I must continue to play checkers with him. You can't imagine how hard he tries to help me! I guess he knows what it is like to have to stay inside when he would prefer to go to his club.

Les Mots qu'il faudrait . . .

I. EXERCICES DE CONVERSATION

1. Où se trouvent les jeunes gens au début de l'histoire et que font-ils?
2. Pourquoi Sébastien accepte-t-il de bon gré *willingly* que sa compagne aille danser avec un bellâtre? *macho*
3. Comment Sébastien se rend-il indispensable à ses amis?
4. Comment Sébastien se remémore-t-il sa mère?
5. En quoi n'est-il pas comme ses camarades?
6. D'après vous, *your opinion* quelles sont les raisons pour lesquelles Sébastien n'a pas écrit à sa mère? Pourquoi ne lui a-t-il pas rendu visite non plus?
7. Que fera Sébastien en arrivant chez lui?
8. Pourquoi la mère de Sébastien ne sera-t-elle pas étonnée d'avoir des nouvelles de son fils?
9. Quel était le métier du père de Sébastien?
10. Que faisait le père de Sébastien le samedi et le dimanche?
11. Que pensez-vous de l'absence de plusieurs jours de ce chef de famille?
12. Sans l'école comment était le samedi pour les enfants?
13. Comment Sébastien s'y prend-il pour écrire à sa mère?
14. Que gribouille-t-il sur le papier blanc?
15. Quels visages apparaissent à Sébastien au lieu des mots?
16. Pourquoi cette lettre n'est-elle pas possible?
17. Que décide de faire Sébastien après avoir remis sa lettre à une autre fois?
18. Qu'est-ce que Sébastien aurait dû écrire à sa mère?
19. A quoi rêve Sébastien en conduisant?
20. Quels détails de l'histoire montrent que l'autoroute pouvait être dangereuse?

hand in

II. EXERCICES DE LANGUE

A. *Remplacez les mots en italique par un synonyme:*
1. Le violoniste était trop *obséquieux*.
2. Le couple applaudit à son *insolence*.
3. L'asphalte était d'un noir *luisant*.
4. Il se *consacrait* aux petites tâches du dimanche.
5. Le chemin *s'étirait* devant lui.

B. *Mettez le numéro du mot de la liste 2 à côté du mot de la liste 1 dont c'est le contraire:*

1		2
_____ répondre		1. vérité
_____ analogue		2. se souvenir
_____ mensonge		3. absence
_____ présence		4. interroger
_____ oublier		5. différent

C. *Trouvez cinq mots de la même famille que:*
1. lumineux   3. chaleureux   5. la compagne
2. blanchir   4. s'attabler

D. *Complétez les phrases suivantes par un mot trouvé dans le texte:*
1. Un petit appareil dans lequel une certaine quantité de sable mesure le temps est un _____ .
2. Une histoire plaisante imaginée pour tromper est une _____ .
3. Un jeune homme qui a des prétentions à la beauté est un _____ .
4. Un étui de cuir dans lequel on met des billets de banque est un _____ .
5. Une boîte grillée où l'on enferme des oiseaux est une _____ .
6. Une veste croisée ou droite faisant partie du costume masculin est un _____ .
7. _____ est un liquide coloré dont on se sert pour écrire.
8. Un groupe de lettres initiales constituant l'abréviation de plusieurs mots est un _____ .
9. Un verre poli et métallisé qui réflète la lumière et donne les images des objets est un _____ .
10. Une supposition que l'on fait d'une chose possible ou non et dont on tire des conséquences est une _____ .

E. *Remplacez le tiret par une préposition:*

1. Le groupe applaudit _____ l'impertinence.
2. Un léger vertige s'empare _____ Sébastien.
3. Sébastien s'efforce _____ peindre des années sur le visage de sa mère.
4. Pourquoi n'a-t-il plus besoin _____ entendre une parole qui lui soit douce.
5. Sébastien le prie _____ se joindre au groupe.
6. Je vous invite _____ célébrer avec moi.
7. Sébastien refusait _____ danser.
8. Sébastien s'engage _____ l'autoroute.
9. Son père était plus doué _____ l'achat que _____ la vente.
10. Deux jours ce n'est pas trop long _____ enseigner la vie.
11. Leur mère ne permet pas _____ enfants _____ l'attendre.

F. *Rédaction:*

1. La mère de Sébastien va rendre visite à son fils à l'hôpital. Imaginez la conversation entre le jeune homme et sa mère en vous basant sur les réflexions de Sébastien dans le texte.
2. Vous n'avez pas donné depuis longtemps de vos nouvelles à une personne qui vous est chère. Ecrivez une lettre pour vous excuser et lui faire part de votre remords.

III. PRATIQUE ORALE, OU COMPOSITION ECRITE

1. Imaginez sous forme de dialogue, une conversation entre le père et la mère de Sébastien, au retour d'une de ses étapes où les affaires avaient été excellentes.
2. Etes-vous d'accord avec cette réflexion de Georges Duhamel? Donnez-en vos raisons. "L'automobile a l'étonnant pouvoir d'exagérer tous nos défauts et de les mettre en évidence".
3. "Il vaut mieux gâcher sa jeunesse que de n'en rien faire du tout". Expliquez cette citation de Georges Courteline.

IV. THEME

Sébastien was born in a small town in the Province of Quebec. Here he went to school and grew to adolescence. Doubtless he skated, went skiing in the winter, and played baseball during the summer. He seems to have made up his mind at a young age that he wanted to leave this town and make a lot of money so that he could enjoy what he considered the good things in life. He set his heart on fast cars and fine houses.

It is true that Sébastien was very much attached to his mother; he would have liked to write to her as well as to go back to the small town of his birth to visit her. When he first moved to the big city he was so busy making his way that he didn't find time to write, much less to visit. Later on, he didn't know what to say to her. He now had his sports car as well as his fine home. It is possible that he was not too proud of the life that he was leading and therefore hesitated to communicate with his mother. It was only when he was injured in a car accident that he was once more in touch with her.

Le Poisson rouge

I. EXERCICES DE CONVERSATION

1. Enumérez les ingrédients qui entrent dans la confection d'un "Château Champlain".
2. Décrivez l'attitude du père et de la mère de la petite fille lors de leur rencontre dans le restaurant.
3. Quels étaient d'habitude les sujets de leur conversation?
4. Quels mensonges la petite fille raconte-t-elle à ses amis?
5. Comment cette fillette imagine-t-elle le dîner?
6. Décrivez le monsieur qui accompagne la maman.
7. Pourquoi les livres de sa bibliothèque n'intéressent-ils plus la fillette? Lesquels préférerait-elle lire?
8. Qui était Elpénor et que lui est-il arrivé?
9. Décrivez le menu du dîner. Qu'est-ce qu'un "koulibiac"?
10. Comment s'est passé le repas? Où fallait-il d'après Franz manger les crevettes?
11. Dans quelle œuvre parle-t-on du plus gros saumon? Décrivez ce fameux poisson.
12. Pourquoi la fillette va-t-elle s'enfermer dans sa chambre?
13. Quelles réflexions fait sa mère à son sujet?
14. Que fait la petite fille pendant que ses parents l'attendent dans la voiture?
15. Pourquoi les voitures-sport ne conviennent-elles pas aux familles nombreuses?
16. A quoi Franz compare-t-il la petite fille? Pourquoi?
17. Quelles idées la nage inspire-t-elle à la fillette?
18. Pourquoi tout à coup ne peut-elle plus avancer dans l'eau?

19. Comment Franz s'y prend-il pour la sauver?
20. D'après vous, pourquoi la fillette dit-elle "Je suis condamnée à être heureuse"?

II. EXERCICES DE LANGUE

A. *Pour chaque adverbe, donnez l'adjectif qui correspond:*

1. évidemment
2. tellement
3. absolument
4. intérieurement
5. fièrement
6. impoliment
7. lentement
8. méchamment
9. librement
10. fortement

B. *Avec les adjectifs suivants formez des adverbes:*

1. difficile
2. seul
3. ordinaire
4. vif
5. doux
6. merveilleux
7. personnel
8. dangereux
9. brillant
10. parfait

C. *Trouvez les mots dont voici les définitions:*

1. espace sablé au centre des amphithéâtres, des cirques pour les combats.
2. pièce d'étoffe ou de cuir qu'on met devant soi pour préserver ses vêtements.
3. collection de livres, manuscrits classés.
4. coussin qui sert à soutenir la tête quand on est couché.
5. qui parle plusieurs langues.
6. qui n'a plus ou presque plus de cheveux.

D. *Suppléez les participes passés des infinitifs entre parenthèses:*

1. Mes amies de l'école ne m'ont pas (trouver) amusante.
2. Mon père s'apitoyait sur le sort de sa pauvre femme qui nous avait (quitter).
3. Une jolie fille n'a pas le droit de ne pas être (distinguer).
4. Il est (aller) jusqu'en Afrique.
5. Je leur ai (prouver) cet exploit.
6. Elles nous ont (croire).
7. Il préfère qu'elle soit (partir).
8. Elle est (devenir) une habile cuisinière.
9. Ma femme m'a (parler) de vous.
10. Elle s'est (étendre) sur le sable.

E. *Expressions utiles: Employez chacune dans une phrase:*

1. recevoir quelqu'un   2. faire attention à   3. tenir à

4. en tout cas   5. valoir mieux   6. se diriger vers
7. avoir envie de   8. se mettre en colère   9. ressembler à
10. s'habituer à   11. un maillot de bain   12. obéir à

F. *Rédaction:*

1. La fillette a invité une amie dont le père est pilote à venir passer l'après-midi chez elle. Naturellement chacun parle de son père. Imaginez sous forme de dialogue leur conversation.
2. Quel a été l'effet de la séparation des parents sur la petite fille? Montrez comment le divorce a changé le rôle du père dans la nouvelle que vous venez de lire.

III. PRATIQUE ORALE, OU COMPOSITION ECRITE

1. En vous appuyant sur des faits précis, empruntés à votre expérience personnelle, essayez de démontrer comment la pratique des sports peut développer de belles qualités physiques et mentales.
2. Discutez cette maxime de La Rochefoucauld en l'appliquant à l'histoire que vous venez de lire: "On s'ennuie presque toujours avec les gens avec qui il n'est pas permis de s'ennuyer".
3. "Les enfants sont hautains, dédaigneux, colères, envieux, curieux, intéressés, paresseux, volages, timides, intempérants, menteurs, dissimulés; ils rient et pleurent facilement; ils ont des joies immodérées et des afflictions amères sur de très petits sujets; ils ne veulent point souffrir de mal, et aiment à en faire: ils sont déjà des hommes". Quelles parties de ce jugement de La Bruyère pouvez-vous appliquer à la fillette du récit?

IV. THEME

Lucile arrived in Vancouver last Saturday to stay with her mother who now lives in an apartment overlooking English Bay. Our young traveller was delighted with the plane trip from Montreal. The hostess was charming and spoke both French and English to her to help make her feel comfortable. The most impressive part of the journey was the flight over the majestic Rocky Mountains and the landing at the International Airport in Vancouver.

Yesterday her mother took Lucile to Stanley Park which is just a short walk from the apartment. They skirted Lost Lagoon where they admired the graceful white swans swimming slowly about. Then they continued on through the underpass to the rose garden and to the zoo. The penguins were standing on their ramps looking like little old men in their dinner jackets. From there they went to look at the polar bears. As it wasn't too warm, the bears were in the pool playing with some old tires and a big log.

As Lucile and her mother had become a little tired, they bought an ice-cream cone each and a bag of peanuts. They went and sat down under a huge cedar tree to rest. While they were enjoying their ice-cream cones, a little black squirrel came hopping over the grass and begged for peanuts. Lucile was pleased that the squirrel came up to her and ate out of her hand. They returned to the apartment after a pleasant afternoon. They did decide, however, to return to Stanley Park in order to visit the gardens, the aquarium, and many of the other interesting things which they hadn't had time to see.

Le Mourant bien portant

I. EXERCICES DE CONVERSATION

1. Pourquoi Gaspard avait-il tant peur?
2. Qu'est-ce qui l'a soulagé? Pourquoi?
3. Quel temps faisait-il au dehors?
4. Comment se faisait-il que le bedeau n'ait pas reconnu tout de suite le voyageur?
5. Que faisait Mathias quand le prêtre et le bedeau sont entrés dans le bureau?
6. Selon le curé quels étaient les qualités et les défauts de Mathias?
7. Quels projets le vieillard faisait-il malgré son grand âge?
8. Comment Monsieur le Curé s'y est-il pris pour interroger le vieillard sur sa santé?
9. De quelle façon celui-ci a-t-il répondu et quelles raisons a-t-il données pour sa fatigue?
10. Comment les gens du village ont-ils appris ce qui s'est passé au presbytère?
11. Pourquoi les villageois ont-ils été plongés dans une profonde tristesse?
12. Quelle opinion le père Mathias avait-il des médecins? Sur quoi était fondée cette opinion?
13. Quel a été le diagnostic du médecin pour ceux qui se trouvaient dans la chambre?
14. Le père Mathias s'est-il laissé prendre à la comédie du médecin? Justifiez votre réponse.

II. EXERCICES DE LANGUE

A. *Donnez un synonyme des mots en italique:*

1. La neige *tournoyait* dans le grand vent.
2. Gaspard resta *abasourdi* quelques secondes.
3. Le vieillard se défendait avec *opiniâtreté*.
4. C'était le premier *moribond* qu'il voyait.
5. Les poules pondaient en dépit *du vent*.
6. Le moment sembla *favorable* à l'abbé.
7. Personne ne voulait *endurer* sa colère.
8. Le vieillard *se moquait* des médecins.

B. *Donnez un nom de la même famille avec un article indiquant le genre:*

1. haletait
2. tourbillonnait
3. poudroyait
4. espiègle
5. hérissent
6. providentiel
7. miraculeux
8. tonitruant
9. courroucer
10. foudroyaient

C. *Donnez un verbe de la même famille:*

1. la paleur
2. la main
3. le hasard
4. le geste
5. le mur
6. la volonté
7. la poche
8. le mépris

D. *Donnez un adjectif de la même famille:*

1. la vigueur
2. l'effroi
3. l'agression
4. mentir
5. le soleil
6. le drame
7. le bruit
8. le patriarche

E. *Mettez les verbes en italiques au passé composé:*

1. Le vieillard *ouvrit* la bouche.
2. Le bedeau *accourut*.
3. Il *leva* vivement le chassis.
4. Il *bénit* le hasard.
5. Il *quitta* précipitamment la pièce.
6. Son cri d'alarme *resta* inachevé.
7. Gaspard *se rendit* vite compte de sa méprise.
8. Les deux hommes *se précipitèrent*.
9. Il *se récria* d'une voix tonitruante.
10. Le bon curé n'*insista* point.
11. Le malade *mourut* guéri.

F. *Dans la première partie du texte le vocabulaire comprend des parties du corps humain:*

e.g. la bouche, la gorge, les poumons, la figure, le bras, les doigts, la main, la tête, la poitrine, les épaules.

Trouvez dans la dernière partie du texte (25 dernières lignes)
quatre nouveaux mots faisant partie du corps humain.
Employez-les avec l'expression a) avoir mal   b) faire mal e.g. a) J'ai
mal à la gorge.   b) Les épaules me font mal.

G. *Rédaction*

Expliquez l'expression "se soumettre à la ligne horizontale, conserver la ligne verticale."

III. PRATIQUE ORALE, OU COMPOSITION ECRITE

1. Discutez l'humour dans les paroles:
   a. "Je meurs en santé."
   b. "Le malade mourut guéri."
2. Développez cette pensée de Vauvenargues:
   "Pour exécuter de grandes choses il faut vivre comme si on ne
   devait jamais mourir."

IV. THEME

Old age comes to everyone but, like any other period of life, it can
be fruitful and rewarding. Those people who develop and maintain
strong interests appear to fare best as they grow older. Concert pianist
Artur Rubinstein and novelist Agatha Christie are both members of
such a group.

Artur Rubinstein's performances have completely captivated his
audiences for a good many years. His mane of white hair and strong
face add to a charisma which has only grown stronger with time. In
November 1975 he gave a concert in Seattle and two days later,
another in Vancouver. In both cases he played to halls filled to
overflowing. In the second city, extra seats were placed on the stage
itself to accommodate more of his enthusiastic devotees. At a time
when he was admitting to 88 years of age, he gave such superb
performances that his concert in Vancouver was acclaimed as one of
the season's musical highlights. There is an impressive list of concerti,
sonatas, duos and trios as well as a large number of Chopin's compo-
sitions recorded at different stages of his career. One of his most
famous releases is Brahm's Piano Concerto No. 2 with Eugene
Ormandy and the Philadelphia Orchestra.

On January 26, 1976, the author of the world's longest running
modern play "*The Mousetrap*" died at her home in Wallingford just
outside London, at the age of eighty-five. Dame Agatha Christie has
probably made more money from murder than any woman since

Lucrecia Borgia. Her literary career lasted fifty-five years and produced more than seventy detective novels and fifteen collections of short mysteries. The plots of eighteen of the above works were used for plays, including *The Mousetrap* now in the 23rd year of its run in London, and thirteen movies including *"Murder on the Orient Express."* More than four hundred million copies of her books have been sold and have been translated into more than one hundred languages. Interestingly enough, Hercule Poirot, her dapper Belgian detective, died several months before her in the novel *Curtain*. However, the elderly, frail spinster Jane Marple always remained Agatha Christie's favorite detective. She possesses an unpretentious country wisdom that makes her Agatha Christie's *alter ego*. *Sleeping Murder*, a manuscript which was locked in the Christie vault, has been published. In this story, Jane Marple appears for the last time.

Le bon Naufrage

I. EXERCICES DE CONVERSATION

1. Au commencement de l'histoire où se trouvait le jeune Loïc et que faisait-il?
2. Comment Maryvonne aurait-elle appelé l'Ile-du-Prince-Edouard?
3. Pourquoi n'oublie-t-on jamais la terre où on est né?
4. Pourquoi le père Yves pense-t-il que son île est "le jardin du Canada"?
5. Nommez les variétés de poissons et coquillages que l'on y trouvait dans la mer.
6. Quel était le conseil que donnait le vieux Breton pour que le poisson soit bon?
7. Que disait le curé au sujet des "bons naufrages"?
8. Que faisait autrefois le gardien de phare à l'Ile de Sein?
9. Pourquoi dans l'Ile d'Ouessant les femmes devenaient-elles chef de famille? Que faisaient les filles?
10. Quelle prière adressait le petit Loïc à Dieu avant de s'endormir?
11. Quelle était la seule consolation des femmes de l'Ile d'Ouessant après la mort de leur mari?
12. Quelles raisons la Maryvonne donne-t-elle pour que son mari ne parte pas en mer?
13. Connaissez-vous les industries de l'Ile-du-Prince-Edouard? A laquelle s'intéresse le petit Loïc?
14. Pourquoi n'est-ce plus dangereux de nos jours de naviguer jusqu'au Groënland?

15. Qu'est-ce qui cause la mauvaise humeur du capitaine de l'Aurore?
16. Que pense l'Anglais du radar? Où veut-il en venir avec sa remarque?
17. Pour quelles raisons la Maryvonne était-elle allée à la messe de six heures?
18. Qu'est-ce que la Toussaint? Connaissez-vous l'origine de cette fête?
19. Décrivez la table familiale ce matin-là.
20. Quelle nouvelle le père Yves apporte-t-il? Pourquoi dit-il de mettre un quatrième couvert?

II. EXERCICES DE LANGUE

A. *Complétez avec un des mots suivants et avec l'article nécessaire:*

1. *habiter, habitation, habitant, habitat, habitable*
   a. La renardière est _____ du renard.
   b. N'aimeriez-vous pas _____ à l'Ile-du-Prince-Edouard?
   c. _____ de cette île sont de grands pêcheurs.
   d. On nomme H.L.M. une _____ à loyer modéré.
   e. Un taudis est un logement misérable, malpropre et peu _____ .

2. *noir, noire, noirâtre, noiraud, noirceur, noircir*
   a. Le temps commencait à _____ ; il allait pleuvoir.
   b. Dimanche la mère Maryvonne mettra sa robe _____ .
   c. Les enfants appellent souvent leur petit chien noir: _____ .
   d. Les cheveux de Loïc étaient d'une _____ d'ébène.
   e. Ce qui tire sur le noir est _____ .
   f. Une personne pessimiste voit toujours tout en _____ .

3. *raison, raisonnable, raisonnablement, raisonnement, raisonner, raisonneur*
   a. Il compte acheter la ferme du voisin à un prix _____ .
   b. Avant d'arriver à la solution d'un problème il faut d'abord _____ .
   c. D'après Pascal, le cœur a des _____ que la _____ ne connaît point.
   d. Un _____ discute beaucoup trop et finit par ennuyer.
   e. Si cet enfant avait mangé _____ il ne serait pas malade.
   f. Un manque de _____ est parfois dangereux.

B. *Donnez les mots dont voici la définition:*

1. oiseau palmipède vivant sur les côtes et se nourrissant de mollusques.
2. petit caillou poli et arrondi par l'action de l'eau.
3. nom générique des animaux que l'on chasse.
4. femelle du bélier.
5. d'une façon très attentive aux plus petits détails.
6. récipient cylindrique et profond, de cuivre ou de fonte avec une anse mobile.
7. rocher ou écueil sur lequel la mer se brise et déferle.
8. petite galette légère cuite dans une poêle.
9. poterie de terre vernissée ou émaillée.
10. bateau à fond plat, servant à tendre des lignes sur les bancs morutiers de Terre-Neuve.

C. *Donnez le contraire des expressions suivantes:*

1. la plus grande des provinces
2. à voix basse
3. peu de gens semblables
4. il ne ment jamais
5. à la mauvaise saison
6. elle était très heureuse

D. *Complétez avec un pronom démonstratif:*

1. Loïc glissa sa main dans _____ de sa mère.
2. Le bateau du père Yves est _____ qui partira le premier.
3. Ces renardeaux sont _____ du fermier.
4. Les huîtres de l'Atlantique sont meilleures que _____ du Pacifique.
5. Abigweit signifie en indien " _____ que bercent les vagues".
6. Cette nappe-là est très jolie mais je n'aime pas _____ .
7. Prenez ceci et donnez-moi _____ .

E. *Rédaction:*

1. Quelles raisons la mère Maryvonne a-t-elle pour encourager son fils à élever les renards?
2. D'après le texte montrez comment la vie d'une femme de pêcheur peut être dure et difficile.

III. PRATIQUE ORALE, OU COMPOSITION ECRITE

1. Qu'est-ce qui, d'après vous, peut éveiller la vocation de marin chez les garçons? Pourquoi certains jeunes gens préfèrent-ils aujourd'hui la marine à l'aviation?

2. De nos jours, les sports aquatiques sont très en vue: natation, ski nautique, plongée sous-marine et cependant plusieurs personnes préfèrent les sports de la montagne à ceux de la mer. Discutez les avantages des uns et des autres.

3. Pendant ses vacances sur la côte normande, le grand poète Victor Hugo vit pour la première fois un orage qui lui inspira le célèbre poème "Océano Nox". Voici le premier couplet de ce poème:

> Oh! combien de marins, combien de capitaines
> Qui sont partis joyeux pour des courses lointaines
> Dans ce morne horizon se sont évanouis!
> Combien ont disparu, dure et triste fortune!
> Dans une mer sans fond, par une nuit sans lune,
> Sous l'aveugle océan à jamais enfouis!

Commentez ces vers en faisant ressortir les sentiments, les images et les idées.

IV. THEME

A generation ago when I was a young man and lived in Prince Edward Island, life was relatively simple. The people who lived there were either farmers or fishermen, or sometimes both. The fishermen fished for lobster, the famous big Atlantic lobster which has almost disappeared from the area, and for cod and herring. The farmers worked the red clay in order to produce their crops of potatoes. In the spring, the fishing fleets plied the waters around the shores, and in the fall, the sailing schooners put into the port of Charlottetown to load the potato crop. Sometimes as many as seventy schooners set sail in a single day, one after another, for Boston. From there the cargo soon found its way to the lucrative markets in the United States:

Young men and women also left for the United States and sometimes for the more distant Canadian West. Their dream was to make a fortune and then return to their native island, affectionately known as the "Garden of the Gulf". Often they did not make a fortune but they did instill in their children a love of their native province. Now, when I return to visit my relatives, I meet these young folk who come to see where their mother and father grew up. They journey to Rustico or Souris to see where the fishing fleets once flourished; they examine the harbours where their father raced his horses on the deep winter ice and where in summer he had wondrous tales to tell of sailing his boat. Usually they are so entranced that they leave the "island" vowing to return and spend their last years in this delightful rural province.

La Mémoire incertaine

I. EXERCICES DE CONVERSATION

1. Pourquoi l'auteur de ce conte a-t-elle rendez-vous avec son enfance?
2. Que faisait la petite citadine lorsqu'elle était en vacances?
3. Quels liens rattachent l'auteur au Point du Jour?
4. Comment la petite fille savait-elle qu'on arrivait au bout de l'expédition? Que disait la maman?
5. Qui recevait les voyageurs? Décrivez leurs actions.
6. A quels indices reconnaissez-vous que c'est une famille cultivée?
7. De quoi y parlait-on?
8. Qu'est-ce que la petite fille a fini par admettre au bout de plusieurs années?
9. Décrivez les actions du grand-père les matins de printemps.
10. Que se passait-il pendant les belles soirées de juin?
11. Que faisait-on les jours des élections? De quoi parlait-on d'habitude?
12. Quels changements se sont produits dans ce pays depuis l'enfance de l'auteur?
13. D'après vous, qu'est-ce qui rendait les gens de la ferme si heureux?
14. Pourquoi la vieille dame refuse-t-elle de voir tous les changements dans la ferme?
15. Comparez l'attitude de ses petits-enfants envers l'auteur avec l'attitude de la petite fille qu'elle était avec son vieux grand-père.

II. EXERCICES DE LANGUE

A. *Complétez avec un des mots suivants:*

   imagé, imaginable, imaginaire, imagination, imaginatif, imaginer.

1. D'après vous, quelle est la plus belle chose qu'on puisse _____ ?
2. Le style de cet auteur est plein de métaphores, c'est un style bien _____ .
3. Le Malade _____ est une comédie célèbre de Molière.
4. Il a fait une chaleur au plus haut degré _____ .
5. Les enfants ont d'habitude l'esprit très _____ .
6. Savez-vous pourquoi on appelle _____ la folle du logis? C'est facile à deviner.

B. *Mettez au féminin:*

1. Le cousin de mon père est ambassadeur.
2. Le grand-père de ce garçon était très savant.
3. Le gendre de notre concierge est un comte.
4. Le frère de mon camarade est étudiant à Grenoble.
5. Mon oncle qui est aussi mon parrain est médecin.
6. Le mari et le beau-père de notre propriétaire sont morts l'an dernier.
7. Son père a deux neveux et un beau-frère.

C. *Complétez par une forme de partir, quitter ou laisser:*

1. Elle est _____ pour Montréal la semaine dernière.
2. Ils ont _____ leurs bagages à la consigne.
3. _____ c'est, paraît-il, mourir un peu.
4. Il a _____ l'école à l'âge de seize ans.
5. Nous _____ quand vous serez prêts.
6. Elle a _____ son chapeau et l'a posé sur la chaise.
7. Ne _____ pas les enfants jouer avec le feu.

D. *Trouvez le mot dont voici la définition:*

1. une route conçue pour la circulation à grande vitesse des automobiles.
2. un accord entre deux ou plusieurs personnes de se retrouver au même endroit.
3. une substance sucrée produite par les abeilles.
4. celui qui fait l'élevage des abeilles.
5. une petite armoire dans un mur.
6. une science qui a pour objet la recherche de l'origine des familles.

E. *Donnez le contraire des mots en italique:*

1. Ces livres étaient *défendus*.
2. Il *allumait* le feu dans sa cafetière.
3. Le visiteur était *accepté*.
4. On y trouvait beaucoup de *richesse*.
5. La tante *remplissait* les paniers.

F. *Donnez un synonyme pour les mots en italique:*

1. La construction a *obligé* le chauffeur à ralentir.
2. Papineau et Laurier sont des Canadiens *illustres*.
3. Il y avait quelques troupeaux *égarés*.
4. Un tel changement est assez *curieux*.
5. Le souvenir nous permet de *poursuivre* le voyage.

G. *Rédaction:*

D'après les souvenirs que l'auteur évoque dans "La Mémoire incertaine" faites le portrait de la petite fille telle qu'elle était à cette époque-là.

III. PRATIQUE ORALE, OU COMPOSITION ECRITE

1. Décrivez un groupe de paysans, occupés aux travaux des champs, et dites ce qui fait l'intérêt et le charme de ce tableau.
2. Discutez ces vers de Voltaire:

> Du repos, des riens, de l'étude,
> Peu de livres, point d'ennuyeux
> Un ami dans la solitude;
> Voilà mon sort, il est heureux.

3. Commentez cette pensée de Proust en la rapportant au récit de Mariane Favreau:

> "La meilleure part de notre mémoire est hors de nous, dans un souffle pluvieux, dans l'odeur de renfermé d'une chambre ou dans l'odeur d'une première flambée".

IV. THEME

A child finds many simple and engrossing pleasures in a holiday spent on a farm. School is just out when the seeding and the heavy work of the early spring are finished. If the youngster is lucky enough to be visiting a relative's farm, he has the added pleasure of the company and interest of a grandfather, a favorite uncle or aunt. Little girls and boys are both attracted to the animals which are still to be found in the country. The tractor may have replaced the draught horses, but there is usually a pony or a riding horse kept for just such occasions. A cow, a pig, a few sheep, the ducks or geese and the chickens are all there to be observed. These animals provide him with hours of pleasure and amusement in addition to teaching him about life itself, its seasons and its purpose. All farms provide the companionship of a faithful dog to follow a child about on his forays into this strange new world. Children are given an understanding of life which is important to their formative years.

The children are delighted to wander into that portion of the farm kept in its natural woodland state. Here the farmer cuts poles for his own use and, in time not required for the normal farm tasks, cuts down some trees to sell for pulpwood. This area also produces wild fruit, strawberries, raspberries, and blueberries in season. The flavour of these fruits is made all the more exquisite because they are picked and eaten immediately. Wild flowers also serve to delight the children and brighten the large kitchen which so often serves as the family room in the farmhouse.

The children return home to city life and to school with rich memories and knowledge, acquired from their contact with the age-old miracles of life close to the soil.

Cœur de Sucre

I. EXERCICES DE CONVERSATION

1. Pourquoi est-il nécessaire de faire une entaille aux érables?
2. Le père voulait remettre à plus tard l'entaille; quelles raisons donnait-il pour cela?
3. Qu'était-il arrivé une fois à un érable qu'on avait trop "forcé"?
4. Qu'est-ce qui a rendu le père tout joyeux après ses craintes?
5. A qui appartenait les voix que l'on a entendues?
6. Où les jeunes gens sont-ils allés s'asseoir?
7. Pourquoi le père devient-il tout songeur une fois seul dans la cabane?
8. Quels ordres le père a-t-il donnés avant de s'en aller?
9. Quels bruits entend-on après le départ du père?
10. Que font les garçons après avoir bu une seconde tournée?
11. A quel moment Alice s'est-elle levée?
12. A quoi fait penser le thème musical?
13. Comment vous représentez-vous Alice? physiquement? moralement?

II. EXERCICES DE LANGUE

A. *Donnez un synonyme des mots en italique:*
1. Les chaudières étaient *à moitié* pleines.
2. La voix d'Alice l'*agace*.
3. Le père est devenu *songeur*.
4. Ses souvenirs sont presque *palpables*.
5. Un jeune homme se set à *giguer*.
6. Ils sont une dizaine qui *émergent* du bois.

B. *Donnez le contraire des mots en italique:*

1. Une gelée *imprévue* stimula la sève.
2. Ils étaient *debout* à l'arrière du tonneau.
3. Les voix approchent *lentement*.
4. *En avant* de l'appentis se trouve une grosse pierre.
5. La neige fondait *en surface*.
6. La musique *accélère* son rythme.

C. *Donner un nom de la même famille et indiquer le genre:*

1. manier
2. additionner
3. velouter
4. attendrir
5. multiplier
6. ouvrir

D. *Donner un verbe de la même famille:*

1. ordre
2. contradictoire
3. visage
4. froidement
5. bouteille
6. souple

E. *Donner un adjectif de la même famille:*

1. insouciance
2. audace
3. odeur
4. cheveux
5. la routine
6. sécher

F. *Donner un adverbe de la même famille:*

1. silencieux
2. craintif
3. profond
4. mou
5. indifférence
6. léger

G. *Montrez la différente signification du verbe venir suivi d'un infinitif, construit*

a. directement avec l'infinitif
b. suivi de la préposition
   à (exemple: s'il venait à mourir . . .)
   de (exemple: je viens de parler)
   pour (exemple: je viens pour étudier)

H. *Rédaction*

1. On dit que les arbres "contribuent largement à la protection, à la richesse et à la parure d'un pays."
   Pouvez-vous nommer quelques arbres qui contribuent à la richesse et à la parure du Canada (ou de votre pays) et expliquez comment.

III. PRATIQUE ORALE, OU COMPOSITION ECRITE

Commentez ces paroles ou développez le sujet:
1. Décrivez une vieille coutume de votre pays.
2. "En essayant de vivre dans la nature la vie simple des paysans

d'autrefois, bien des jeunes gens d'aujourd'hui cherchent à échapper à la vie trépidante et parfois malsaine des grandes villes."

3. A l'époque où le bruit a envahi la ville quel citadin jeune ou vieux ne rêve pas d'évasion vers ce havre de calme et de paix que semble offrir la campagne. Cependant que de conspirations contre la tranquillité tant recherchée. Racontez les déboires et les déceptions d'un de ces amateurs du silence.

IV. THEME

The many regions of Canada have their festivities at different seasons. As the climates vary markedly so do the times of merrymaking. People like to celebrate during that part of the year they enjoy the most:

The people who live in the coastal regions of British Columbia tend to enjoy the spring and summer; therefore, there are sea festivals and salmon barbecues. The bathtub race which begins in Nanaimo and ends in Vancouver at Kitsilano Beach has become very well-known. First, the bathtubs which are to come across the Straits of Georgia must be made seaworthy. The plans, the preparation of the tub, and the race itself are all occasions for gaiety. On the other hand, in the interior of the province, there are regattas on the lakes, and festivals at blossom time and during the harvest in the fruit-growing areas. As there is also a tendency to celebrate during cold weather, iceboat races and winter carnivals are springing up. In Vancouver the Polar Bear Swim takes place every year at English Bay on New Year's Day.

The world-famous Calgary Stampede takes place in the heart of the horse-and-cattle lands of Alberta. July provides the ideal warm days and evenings for the cowboys to gather and ride before enthusiastic crowds. Chuckwagon races add to the fun and turmoil. Many other small centers on the prairies and in the Cariboo have their own stampedes.

In Quebec City the high spirits of the participants in the Winter Carnival match those of the other regions of Canada. King Carnival wanders past the Ice Palace and adds fun and excitement to the happy crowds of holiday makers. The St. Lawrence River is the scene of a canoe race which, because of the time of year, sees the competitors pulling their entries over quite wide expanses of ice.

Chauffe, le Poêle!

I. EXERCICES DE CONVERSATION

1. Décrivez l'état d'esprit d'Amable lorsqu'il semble observer les choses du dehors.
2. Quel travail le frère cadet a-t-il déjà fait et pour quelles raisons?
3. Quels plats et quelles friandises la mère et la fille avaient-elles préparés pour le réveillon?
4. A quoi Marie-Amanda veille-t-elle?
5. Faites le portrait physique et moral de Marie-Amanda.
6. Pourquoi Alix taquine-t-elle sa grande sœur?
7. Quels souvenirs tourmentent Amable?
8. Qu'avait-il promis pendant la dernière messe de minuit?
9. Quelles personnes y avait-il sur le perron de l'église?
10. Qu'avait avoué Amable à Alphonsine au retour vers la maison?
11. Comment Alphonsine a-t-elle accueilli la proposition d'Amable?
12. De quelle façon Amable s'est-il comporté par la suite?
13. Quel genre d'homme est le père Beauchemin? Physiquement? Moralement?
14. Pourquoi se fâche-t-il?
15. Comment la famille Beauchemin accueille-t-elle le commerçant Sorel?
16. Quel changement se produit tout à coup dans l'attitude d'Amable?
17. Quelle opinion Alphonsine a-t-elle des gens de la ville?
18. Pourquoi est-elle revenue?
19. De quelle manière Amable montre-t-il son émotion?
20. La famille Beauchemin vous est-elle sympathique? Justifiez votre réponse.

II. EXERCICES DE LANGUE

A. *Remplacez les mots en italique par un synonyme:*

1. Le chien *aboie* sans raison.
2. La famille *se préparera* à partir pour la messe.
3. Marie-Amanda *se laisse aller* à la fatigue.
4. A toutes les veillées Amable *avait accompagné* Alphonsine.
5. *Personne* ne le revit de clarté.
6. L'aïeule *se presse* vers le poêle.
7. La mère *essaie* de la radoucir.
8. Chacun *s'applique* à ses occupations.

9. La ville, c'est plus beau de loin que de *proche.*
10. Elle *a souffert* à la ville pas de manger mais d'amitié.

B. *Plusieurs mots dans la langue française ont deux genres et un sens différent selon le genre, par exemple:*

a. *le poêle:* un appareil de chauffage à bois ou au charbon.
b. *la poêle:* un ustensile de cuisine pour frire.

Cherchez dans un dictionnaire le sens des mots suivants et faites les entrer dans une courte phrase.

1. le crêpe: la crêpe
2. le livre: la livre
3. le guide: la guide
4. le vase: la vase
5. le voile: la voile

C. *Complétez avec le mot qui convient:*

Eclair, éclairage, éclaircir, éclaireur, éclaircie, éclairer, éclaircissements, éclairé, éclaircies.

Amable avait raclé une _____ sur la vitre; dehors le temps était pluvieux avec des _____. Une auto passa rapide comme un _____. Dedans, on n'y voyait guère sous un _____ défectueux. Une bonne lampe doit bien _____.

Pourquoi Alphonsine est-elle partie? Il faut _____ ce mystère. Une action équivoque mérite des _____, mais Amable n'est pas un esprit- _____, pourtant lorsqu'il était enfant il a fait du scoutisme et était _____.

Saviez-vous qu'un _____ peut être un gâteau au chocolat, une décharge électrique ou quelque chose qui passe très vite comme le nu- _____ des étudiants.

D. *Parfois dans la langue littéraire on se sert d'un passé du subjonctif à la place du conditionnel comme dans la langue parlée, par exemple:*

Des maisons basses qu'on *eût* dites agenouillées.
Des maisons basses qu'on *aurait* dites agenouillées.

Dans les phrases suivantes remplacez le verbe en italiques par la forme convenable du conditionnel.

1. Elle n'*eût* pas commis cette erreur si on l'avait prévenue.
2. Son ami le *voulût*-il ou non, elle irait à Montréal.
3. Je n'aurais pas cru que vous *fussiez* si malheureux après mon départ.
4. Ils voulaient un guide qui *connût* bien le pays.
5. Elle ne croyait pas qu'il *sût* faire cet exercice.
6. Qui aurait cru qu'un chien *mangeât* des pralines!

E. *Rédaction*

1. Malgré leur attachement au modernisme, il y a certaines vieilles traditions que les jeunes ne voudraient pas voir se perdre. En connaissez-vous? Nommez-les.
2. Y a-t-il dans votre pays un plat régional que vous aimez tout particulièrement? Décrivez-le. A quelle époque de l'année, ou pour quelle fête est-il le plus populaire?

III. PRATIQUE ORALE, OU COMPOSITION ECRITE

1. Après une année passée à la ville, Alphonsine retourne au village où elle retrouve l'amitié et l'affection qui lui manquaient. Croyez-vous que les gens de la campagne soient, en général, plus accueillants et aimables que ceux de la ville? Opposez leur différent genre de vie et commentez.
2. Relevez les images du passage suivant et expliquez-les.
    "Une nuit à reflets bleus qui argentait le hameau. Des maisons basses qu'on eût dites agenouillées dans la neige autour du clocher, montait une fumée blanche, en colonnes droites et hautes à la façon des cierges pour une Chandeleur. Au loin la campagne pailletée brillait de mille feux jusqu'à la ligne noire du bois."

IV. THEME

Laval University is situated at Ste-Foy on a modern campus which serves a population of fifteen thousand full-time students. The buildings are large, modern and bear the names of notable citizens of Québec—Lemieux, Vachon and Lacerte, among others. When you have visited the library, the bookstore, the theatre, and those academic buildings which interest you, it is simple to board a bus and go to Quebec City, leaving the halls of academe behind you.

Catch a bus in front of the Biermans-Moraud residence and enjoy the half-hour ride through the suburbs, past the Grand Théâtre de Québec and get off at the Porte Saint Jean. Walk through the old gate down the slope into the old quarter of the city. If you are thirsty, stop at the Chantauteuil bar restaurant to quench your thirst or to stave off the pangs of hunger. Here you will find young people dropping in to say hello to their friends, quaff a glass of beer or wine and then leave. Others don't leave so quickly, but slowly savor a drink or eat a sandwich, write a letter or two, or even read a book.

Should you be really hungry, there is a large selection of restaurants to choose from. "Au petit coin breton, crêperie restaurant," you can order crêpes stuffed with seafood followed, if you are a real devotee of crêpes, by crêpes Suzette or raspberry crêpes for dessert.

Even hungrier than that? Choose another restaurant and order pea soup, a serving of tourtière, a special meat pie, and top off the meal with "tarte au sucre," maple sugar pie—all dishes for which the Québécois are famous.

The rest of the evening could be spent exploring the old streets up the hill to the Château Frontenac, the boardwalk overlooking the St. Lawrence, and the Plains of Abraham. If you have no energy left for walking, hail one of the horse-drawn carriages and experience the pleasure of a leisurely drive.

Le Coffre-fort

I. EXERCICES DE CONVERSATION

1. Décrivez les actions du caissier au début de l'histoire.
2. Pourquoi son livre de caisse est-il toujours irréprochable à la fin de la journée?
3. Que fait-il dès qu'un inconnu entre dans la banque?
4. Décrivez son état d'esprit à ce moment-là.
5. Quel système a-t-il imaginé?
6. Qu'a fait Laîné le jour où le risque s'est présenté?
7. Quel était le personnel qui se trouvait à la banque ce fameux jour?
8. Qu'ont fait les employés après le départ de l'individu?
9. Pourquoi à partir de ce moment-là allait-il si souvent au coffre-fort?
10. De quoi son directeur l'a-t-il accusé?
11. Quelle possibilité avait le caissier?
12. Qu'est-ce qui vous fait penser qu'il n'était pas physionomiste?
13. Qu'est-ce qui est arrivé un certain jeudi?
14. D'après vous, Laîné avait-il fait exprès de fermer le coffre-fort? Justifiez votre réponse.
15. Que s'est-il passé un certain après-midi d'été?
16. Quels ont été les résultats de cet incident?

II. EXERCICES DE LANGUE

A. *Expliquez la fonction du pronom lui dans les phrases suivantes:*

1. *Lui,* il avait cette possibilité: le coffre-fort.

2. Cela *lui* était arrivé deux ou trois fois.
3. Ce qui selon *lui* ne valait guère mieux.
4. Il *lui* livre le paquet sans discuter.
5. Ce n'est pas le directeur qui serait ennuyé mais *lui*-même.

B. *Complétez avec un pronom accentué:*

1. Nous allons en ville, voulez-vous venir avec _____ ?
2. Nous les avons vus tous deux, _____ et elle.
3. Il connaît bien les Martin, ce sont _____ qui l'ont élevé.
4. Eh bien _____ , vous n'êtes pas de bonne humeur aujourd'hui.
5. Si tu es chez _____ ce soir je te téléphonerai.
6. Mademoiselle Vincent, _____ n'était pas contente.
7. Les clients, _____ ne se doutaient de rien.
8. Evidemment Lainé, _____ n'était pas prêt.
9. Si mon nom est dans ce livre c'est qu'il est à _____ et non à vous.
10. Voici un vieux proverbe français "Chacun pour _____ et Dieu pour tous".

C. *Expliquez les tournures idiomatiques suivantes:*

1. Pour mieux faire le guet.
2. Il ne l'emporterait pas en paradis.
3. Mais elle avait beau.
4. Histoire de s'amuser.

D. *Combinez le verbe faire avec les mots entre parenthèses et faites une phrase au futur de l'indicatif:*

1. le directeur (secrétaire—demander—son bureau)
2. Mme Dupont (mains—laver—enfants)
3. La banque (voleur—sans tarder—rechercher)
4. Le médecin (potion—boire—malade)
5. André (maison—derrière—bâtir—garage)

E. *Combinez le verbe faillir avec les mots entre parenthèses et faites une phrase au passé indéfini:*

1. La cuisinière (dîner—hier soir—brûler)
2. Cet étudiant (l'an dernier—examen—échouer—de français)
3. Marcel (avec—chien—écraser—auto)
4. Robert (blonde—avec—se marier—jeune fille)
5. Elisabeth (riche—gros—épouser—veuf)

F. *Combinez le verbe faillir et faire d'après l'exemple:*

Exemple:
Le tabouret avait failli faire voler la vitre en éclats.

1. La fillette—tomber—vase.
2. Le détective—parler—criminel.
3. Ce garçon—mourir—sa mère—chagrin.
4. Le voleur—plaider—cause—mauvais—avocat.
5. La jeune fille—se moquer—d'elle—par ses amies.

G. *Rédaction:*

Dégagez les traits du caractère du caissier dans "Le Coffre-fort".

III. PRATIQUE ORALE, OU COMPOSITION ECRITE

1. Ecrivez une lettre à un ami parti en voyage, lui décrivant une attaque à main armée que vous avez vue soit à la télévision, au cinéma ou en réalité.
2. Comment comprenez-vous cette réflexion du Cardinal de Retz?
   "De toutes les passions, la peur est celle qui affaiblit le plus le jugement".

IV. THEME

Improbable news stories crop up from time to time. One that appeared this weekend comes close to the top of the list of such stories. The headline reads:

EMPLOYEE REWARDS FIRM

The employee is a certain Marj Heyduck, of Dayton, Ohio. The company is the Dayton Journal Herald. The reward is a gold watch.

It seems that twenty-five years ago when the company hired her as a reporter-columnist, some of the established reporters told her to stay around for twenty-five years in order to receive a gold watch for her faithful services. She retorted that she would never stay with one firm for that length of time and that if she did, she would give the firm a gold watch.

Well, Marj Heyduck has stayed with her company for twenty-five years and she has kept her word. This week she presented a wall clock made in the form of an old-fashioned pocket watch, complete with chain and fob, to her company. The engraving on the fob at the end of the chain reads: "Presented by Marj Heyduck to The Journal Herald in recognition of twenty-five years of faithful employment".

Le petit Homme

I. EXERCICES DE CONVERSATION

1. Quelle différence y a-t-il entre les trois trains qui entrent en gare le matin?
2. Quels sont d'habitude les gens qui prennent le train de 7 h. 48?
3. Qu'arriverait-il si les retardataires étaient plus matinaux?
4. A quels signes peut-on reconnaître les jeunes filles?
5. Quelles mauvaises habitudes n'ont pas les vieilles dames?
6. Qu'est-ce qui retarde les jeunes filles le matin?
7. Pourquoi les Anglais ont-ils la hantise de manquer le train?
8. A quoi l'auteur compare-t-il les bavardages des vieilles dames et des demoiselles d'âge mûr?
9. Décrivez l'arrivée à la gare des Canadiens-français.
10. Quel étrange événement se produisait chaque matin un peu avant l'arrivée du train de 7 h. 48?
11. A quoi l'auteur compare-t-il la locomotive?
12. Qu'arrivait-il toujours au moment où la locomotive allait engouffrer le petit homme?
13. Quelles confidences certains voyageurs faisaient à leurs voisins chaque matin?
14. Pourquoi les indifférents ou les distraits ont-ils un jour regretté leur indifférence?
15. Qu'ont prétendu certains témoins?
16. Quelle nouvelle s'est propagée de bouche en bouche?
17. Que criaient les voyageurs au chef de train?
18. De quoi s'est-on aperçu après avoir dégagé la voie?
19. Contre qui se tournaient les voyageurs et que disaient-ils?
20. Qu'est-il arrivé le lendemain?

II. EXERCICES DE LANGUE

A. *Donnez le contraire des mots en italique:*

1. Il fallait *quitter* le pyjama.
2. C'était le temps de *se vêtir*.
3. Elles arrivèrent un peu plus *tard*.
4. Le train n'avait pas son *retard* ordinaire.
5. On *finit par* emmener une pauvre femme.

B. *Etudiez ces expressions utiles et ensuite faites une phrase en les employant correctement:*

1. à cause de la ligne
2. à pied
3. en autobus
4. prendre le train
5. se brosser les dents
6. se maquiller ou se raser le visage
7. taper à la machine
8. actionner une additionneuse
9. il s'agit de
10. se dépêcher

C. *Etudiez ces exemples de l'emploi du participe présent:*

1. A la nervosité qui les habite lorsqu'elles arpentent le quai, *croyant* toujours ou *feignant* de croire que c'est le train qui est en retard.
2. Ce ne sont pas elles que l'on pourrait cueillir au lit, *grillant* une première cigarette, ou *buvant* placidement un jus d'orange, lorsque le réveil marque sept heures.
3. *Sautillant* d'une jambe, puis de l'autre, le petit homme marchait précipitamment vers le train.
4. Ils sortent du bureau, le bras *serrant* une serviette contre leur poitrine.
5. S'ils étaient plus matinaux, c'est-à-dire moins paresseux, ils pourraient en *se levant* un peu plus tôt, attraper ce train.

D. *Etudiez ces exemples de l'emploi du verbe manquer.*

Il y en a, au contraire, qui chaque matin ont la hantise de *manquer* le train.
Le petit homme finirait par *manquer* le pied.
Il *avait manqué* le saut.
Il *avait manqué* de prudence.

Remplacez les tirets par la forme correcte du verbe manquer:

1. Il courait vite de peur de _____ son train.
2. Le petit homme a failli tomber; le pied lui _____
3. Ce jour-là le courage _____ aux Anglais.
4. A la gare plusieurs vieilles dames _____ aujourd'hui.
5. Ce n'est pas très agréable de _____ d'argent.
6. Le chef de gare ne _____ pas de lui dire ce qu'il pense.
7. Beaucoup d'étudiants _____ à leur devoir.

E. *Etudiez ces exemples de l'emploi du verbe arriver:*

On les voit arriver.
S'ils leur arrivait la fantaisie d'enlever leurs lunettes, ils ne se reconnaîtraient plus.
Certains Anglais avaient fini par se désintéresser complètement de ce qui aurait pu arriver au petit homme.

Remplacez les tirets par la forme correcte du verbe arriver:

1. Le petit homme finit par _____ à l'heure.
2. Les passagers _____ à la gare à sept heures.
3. L'accident _____ comme on l'avait prévu.
4. Elles voulaient à tout prix _____ avant sept heures.
5. Qu'est-ce qui vous _____? Rien!
6. Il lui _____ un accident hier.

F. *Etudiez ces phrases tirées du texte:*

Le petit homme finirait par manquer le pied.
On finit par emmener cette pauvre femme.
Certains Anglais avaient fini par s'en désintéresser complètement.

D'après l'exemple transformez les phrases suivantes en vous servant de l'expression finir par:

Exemple:
Le train entre en gare à sept heures quarante-huit.
Le train finit par entrer en gare à sept heures quarante-huit.

1. On fait chauffer le café.
2. Les vieilles dames sont arrivées un peu plus tard.
3. Ils assumeraient leur masque de servitude.
4. Ces gens ont regretté leur indifférence.
5. Le petit homme revient le lendemain.

G. *Etudiez ces phrases tirées du texte:*

Peut-être se feraient-ils peur à eux-mêmes.
Car à peine le quai s'est-il vidé après le départ de ce train qu'on voit arriver les avant-coureurs du contingent pour le prochain.

D'après l'exemple, transformez les phrases suivantes en vous servant de l'expression entre parenthèses.

Exemple:
Ils sont eux-mêmes, avant d'être aux autres. (peut-être)
Peut-être sont-ils eux-mêmes, avant d'être aux autres.

1. Ils ne tournaient même plus la tête. (peut-être)
2. Il avait manqué le saut. (peut-être)
3. La sirène de la police eut retenti sur le boulevard, le chef de train quitta sa cage. (à peine)
4. Il eut à son bord tout son monde, le train de sept heures quarante-huit s'ébranla. (à peine)
5. Il y a les retardataires. (peut-être)

H. *Etudiez ces expressions négatives tirées du texte:*

ne......pas
Tous n'ont pas cette placidité.

Ils n'ont pas de journaux sous le bras.
Il n'y a pas de doute.
Il ne serait pas tombé.
La locomotive n'avait pu freiner à temps.
Le petit homme s'en venait sur la voie ferrée, attentif à ne pas
trébucher dans le ballast.
De lui, pas la moindre trace.

ne......rien
La foule n'avait rien vu.
Ils n'ont peur de rien.
Ils continuaient à ne penser à rien.

ne......jamais
Le train n'était jamais en gare avant sept heures quarante-neuf.
Ils ne lisaient jamais une ligne d'un journal.
Cela ne se produisait jamais.

personne......ne
Personne ne put dire exactement ce qui s'était passé.
Personne ne comprenait rien à rien.
Personne ne parlait plus du curieux événement.
Il ne parlait à personne.

ne......point
Il y a le train de huit heures vingt, dont l'importance n'est point à
dédaigner.
Les Canadiens-français ne sont point pressés.
Le petit homme n'y prenait point garde.

aucun......ne
Il faut dire que chez certains autres aucun sentiment de nervosité,
aucune mauvaise conscience ne sont discernables.
La police ne put tirer aucune conclusion de ce curieux événement.

ne......plus
Ils ne se reconnaîtraient plus.
Il ne restait plus trace de neige.
Le petit homme n'était plus là.

I. *Complétez les phrases suivantes en employant les expressions entre
parenthèses:*

1. Le train arrive au centre de la ville à huit heures douze (ne....
jamais)
2. Ils ont des affaires à traiter. (ne.... pas)
3. Ils se sont trouvés seuls. (ne.... point)
4. Le train était en gare avant sept heures quarante-neuf. (ne...
jamais)

5. Chacun se plaisait à dissimuler un sentiment d'angoisse sous une indifférence amusée. (personne. . . . ne)
6. Il semblait conscient du danger. (ne. . . . point)
7. Les Anglais lisaient une revue française. (ne. . . . aucun)
8. On peut dire ce qui s'est passé. (personne. . . . ne)
9. La foule avait tout vu. (ne. . . . rien)
10. Le petit homme était là. (ne. . . . plus)

J. *Rédaction:*

Décrivez la gare de votre ville un matin de bonne heure (l'arrivée des gens, les différents groupes évidents, leurs occupations ou préoccupations en attendant le départ du train, et le départ même du train.)

III. PRATIQUE ORALE, OU COMPOSITION ECRITE

1. Le petit homme risquait sa vie chaque matin afin de ne pas manquer son train. Il ne manquait pas d'audace. Donnez votre opinion sur le goût du risque. Est-il d'après vous une nécessité dans la vie ou une folie dangereuse? Illustrez votre opinion par des exemples.
2. Vous avez été témoin d'une altercation entre deux automobilistes chacun affirmant qu'il était dans son droit lors d'un léger accident de la circulation. Imaginez un dialogue entre les deux chauffeurs.
3. Expliquez et commentez cette pensée de Sainte-Beuve: "Il est bon de voyager quelquefois; cela étend les idées et rabat l'amour-propre".

IV. THEME

The suburbs of large towns have become very important in the present-day world. With the increased population, many young couples with children have moved outside the city limits. Here they are able to provide a comfortable house and a garden where their children can play. The father is within commuting distance of his work, while his wife and children have the advantages of country life. The head of the family is able to use his car to go to work provided that the traffic is not too heavy. However, he knows that he can rely on the bus or train to get him to his office on time if the need arises.

New housing developments are springing up just outside the main cities. For instance, to the north of Paris, there are many such areas which contain high-rise apartments, modern shopping centers, branches of all the principal banks, as well as facilities for the leisure time of the inhabitants. So many of the men leave every day to go to work in Paris that they are sometimes called cities without men.

Le Cosmonaute romantique

I. EXERCICES DE CONVERSATION

1. Qu'est-ce qu'un cosmonaute?
2. Comment Paulette passe-t-elle ses soirées à Paris en l'an 2001?
3. Quel cadeau Claude a-t-il offert à son amie pour son anniversaire? Comment s'en sert-elle?
4. Quelle est la situation du cosmonaute à l'usine? D'habitude combien d'heures travaille-t-il par semaine? Pourquoi travaille-t-il davantage?
5. Pourquoi suit-il des cours à la télévision?
6. Décrivez les fêtes de la planète Vénus.
7. Comment sont les Vénusiens et les Vénusiennes?
8. Pourquoi Paulette et Claude se sont-ils querellés?
9. Quels programmes de télévision Paulette préfère-t-elle?
10. Quel est l'effet de ces programmes sur Claude?
11. Pourquoi Paulette refuse-t-elle la demande en mariage de Claude?
12. Quelles raisons Paulette donne-t-elle pour ne pas vouloir demeurer sur la planète Mars?
13. D'après le cosmonaute décrivez la planète Mars.
14. Où mademoiselle Paulette veut-elle s'installer? Qu'est-ce qui l'y attire?
15. A quelle expérience se prêtera le cosmonaute, s'il n'arrive pas à oublier Paulette?
16. Qu'est-ce qu'on trouve dans le grand musée du Manicouagan?
17. Que veut dire "l'aliénation terrestre"?
18. Où et comment Claude avait-il fait la connaissance de Paulette Macdonald?
19. En l'année 2000 comment l'enseignement des langues s'était-il perfectionné?
20. Que prédit le professeur Martin au sujet de l'anti-homme?
21. Dressez une liste de mots et d'expressions qui montrent nettement le dédain que Claude éprouve pour le passé.
22. Lequel des personnages est le plus réfléchi? Servez-vous d'exemples bien précis.
23. Faites le portrait moral de chacun de ces personnages.

II. EXERCICES DE LANGUE

A. *Trouvez en chaque cas trois mots de la même famille:*

émettre	teindre	recevoir
valoir	soupirer	

B. *Etudiez cet emploi du subjonctif:*

Eh bien! qu'elle y aille.
Qu'elle y passe ses soirs et ses fins de semaine, sa vie entière.

D'après les deux exemples du texte, remplacez l'infinitif entre parenthèses par la forme du verbe qui convient:

1. Que ses parents (venir) à quatre heures demain.
2. Que Pauline (peindre) sa chambre elle-même.
3. Que l'étudiant (lire) ce bouquin la semaine prochaine.
4. Que le professeur (rendre) ces devoirs-là aujourd'hui.
5. Que Claude (être reçu) à l'examen d'astronaute, grade 7.

C. *Expliquez l'emploi du temps dans les phrases ci-dessous:*

a) S'ils se blessent, ils pleurent et crient.
b) Si je n'arrive pas à l'oublier, je me prêterai aux expériences du fameux souvenak.

a) Quand je parle à Paulette de mes amis vénusiens, elle hausse les épaules.
b) Quand j'aurai mon certificat, je ferai une demande pour aller travailler sur les quais satelisés.

D. *Il faut distinguer entre passer un examen et être reçu à un examen:*

L'étudiant va passer un examen le dix avril, il aura les résultats de cet examen vers le quinze mai; c'est-à-dire, il ne saura que plus tard s'il a été reçu.

E. *Rédaction:*

1. Après votre étude de Paulette et Claude, croyez-vous qu'un mariage entre deux personnes de leur tempérament puisse réussir? Expliquez en vous appuyant sur le texte.
2. Emission de télévision:
   Cosmonaute célèbre présente ses idées sur le Repeuplement Cosmique.
   Préparez son discours.
3. Conférence illustrée:
   Pauline MacDonald parle de ses recherches à Paris.
   Cherchez des diapositives pour illustrer le discours qu'elle présentera à la télévision.

III. PRATIQUE ORALE, OU COMPOSITION ECRITE

1. Que signifie l'expression "il faut être de son temps"?
   En vous rapportant au récit, expliquez l'importance de ce concept pour Paulette et Claude.
2. On a dit: "Le domaine de l'humanité s'élargit chaque jour" et on a

aussi dit: "Le monde devient petit." Montrez ce qu'il y a de vrai dans ces deux formules en apparence contradictoires.

Si vous avez lu un roman de Jules Verne, vous pouvez faire allusion à ses idées.

3. Imaginez la vie sur une autre planète que le cosmonaute n'a pas encore visitée.

IV. THEME

Paulette enjoys spending her evenings and weekends in Paris. She likes to walk along the quais looking at old books as she makes her way towards the Cathedral of Notre-Dame. Once inside the Cathedral she finds the stained glass windows truly magnificent. She wishes that Claude, her fiancé, would accompany her on these trips to France and that he would learn to appreciate the things which appeal to her. However she knows that he is a man of his times and that he is much interested in science and space travel.

Claude finds life on Mars very attractive and would like to go there to live. Paulette, on the other hand, cannot consider the life of a pioneer on another planet. This Canadian girl is afraid that she cannot marry Claude because she knows that their tastes and hopes are completely different. She spends her time looking at the museums of the French people—museums like the Louvre, the Cluny, the Carnavalet, to mention just a few.

During her holidays, Paulette can visit the libraries, the Institut de France, the University of Paris, and many other schools and institutes. In these institutions of learning, she finds copies of the books which learned men have written during the period of recorded history. She is interested in what man has accomplished up to the present, while Claude can see only the present day advances in learning and, less clearly, what the future holds for man in space.

Françoise Simard et l'Homme d'action

I. EXERCICES DE CONVERSATION

1. Décrivez le repas que Françoise Simard avait préparé pour son anniversaire. Qui attendait-elle?
2. Comment était Montréal à cette heure-là? Que voit Françoise dans la rue?
3. En pensant à Luc quel jeu de comparaisons Françoise établit-elle?

4. Françoise partage-t-elle les goûts de Luc, et comment les compare-t-elle avec les siens?
5. Pourquoi la jeune femme semble-t-elle si anxieuse?
6. Qui sont les deux types qui sonnent à la porte? Décrivez-les.
7. Que devra faire Françoise si elle tient à voir Luc?
8. Qu'est-ce que Françoise avait remarqué chez Luc depuis quelques mois, comment est-il devenu?
9. Contre qui Luc se fâche-t-il parfois?
10. Qu'aurait dû faire Luc ce soir?
11. Que pense Françoise en regardant ses deux visiteurs?
12. Pourquoi ces deux jeunes gens semblent-ils si mystérieux?
13. Décrivez les actions du jeune homme blond.
14. Que signifie l'expression "sortir les vers du nez de quelqu'un"?
15. Pourquoi, tout à coup, Françoise parle-t-elle à voix basse?
16. Décrivez les actions de Luc telles que Françoise les voit en imagination.
17. Pourquoi Françoise est-elle tout à coup fière de Luc?
18. Le père de Françoise était-il un homme d'action? Que pense-t-il de Luc?
19. A quel rôle se prépare la jeune femme?
20. Comment va-t-elle se conduire?
21. Décrivez la scène dans la salle de réception.
22. Pourquoi la jeune femme se sauve-t-elle en courant?

II. EXERCICES DE LANGUE

A. *Complétez avec ce que, ce qui, ce dont*:

1. La jeune fille voulait savoir tout _____ se passait.
2. Elle approuvait Luc dans tout _____ disait.
3. _____ nous faisons n'est pas toujours agréable à faire.
4. Savez-vous _____ arrivera aux territoristes?
5. _____ amuse les enfants n'amuse pas les parents.
6. Si je lisais tout _____ j'aime lire, je lirais sans m'arrêter.
7. Avez-vous tout _____ vous avez besoin pour votre voyage?
8. _____ j'ai besoin en ce moment c'est un cachet d'aspirine.
9. Elle ne sait jamais _____ on parle.
10. _____ plaît aux uns ne plaît pas toujours aux autres.

B. *Complétez avec le subjonctif ou l'indicatif du verbe indiqué*:

1. Je ne crois pas que Luc (vouloir) faire peur à Françoise.
2. Quoiqu'il (faire) elle l'aimera toujours.
3. Elle est contente qu'il la (croire) courageuse.

4. Que se passe-t-il pour qu'il (devenir) si irritable?
5. Il semblait que le temps (être) bien long.
6. Il lui semblait que le téléphone (refuser) de sonner.
7. Il doute qu'elle (pouvoir) attendre si longtemps.
8. Elle désirerait que les jeunes (s'en aller) au plus vite.
9. Bien qu'elle (avoir) peur d'eux, elle les suivra.
10. Je pense que vous (comprendre) très bien cet exercice.

C. *Remplacez les mots en italique par un synonyme ou expression synonyme:*

1. La télévision vient de *donner* sa série d'*entretiens* pour aujourd'hui.
2. C'était toujours *de même.*
3. Elle vérifie constamment, elle *mesure,* elle compare.
4. Ce fut une sortie *très rapide.*
5. Elle n'aime pas cette familiarité un peu *mordante* à l'égard de Luc.

D. *Expliquez les phrases suivantes:*

1. Une loi de la relativité à deux ponts, à deux plateaux.
2. Elle reconnaît la cotte de mailles épaisse de l'anxiété.
3. Françoise regarde l'heure au cadran du buffet.
4. Il vocifère de sombres imprécations contre Gaston Lahaie.
5. Ne passez pas votre temps à essayer de nous sortir les vers du nez.
6. Qu'est-ce que cela vous donnera de vous agiter, de piaffer.

E. *Faites une phrase en vous servant des expressions suivantes:*

1. appréhender le pire
2. aller de mal en pis
3. quelque chose de grave
4. se faire prendre
5. un coup de fil
6. être hors de soi

F. *Rédaction:*

1. Françoise rencontre Luc le lendemain de son anniversaire. Elle lui raconte ses pensées et ses sentiments de la veille. Ecrivez le récit.
2. Vaut-il mieux rester chez soi et "cultiver son jardin" en paix, ou tenter l'aventure et "vivre dangereusement" en risquant sa vie pour une idéologie ou une cause?

III. PRATIQUE ORALE, OU COMPOSITION ECRITE

1. Pouvez-vous raconter un incident où, comme Françoise Simard, vous avez été victime de votre imagination? Quelles ont été vos réactions face à la réalité?
2. Quelles sont, selon votre point de vue, les qualités que les hommes demandent aux femmes? La femme doit-elle faire preuve de qualités actives comme l'intelligence, ou l'esprit d'indépendance?

3. Pensée à commenter:

"Originellement nous ne pensons que pour agir. C'est dans le moule de l'action que notre intelligence a été coulée. La spéculation est un luxe, tandis que l'action est une nécessité". Henri Bergson

IV. THEME

A trip to Montreal introduces the visitor to the largest city in Canada and to a major business center. In this metropolis there are more French-speaking people than in any other city except Paris itself. The atmosphere of Montreal is at one and the same time very old and very modern. The ancient sections of the city are deeply influenced by their French origin, while even Place Ville Marie, modern as it is, owes a large debt to the taste and genius of the founders of the city.

The St. Lawrence River makes Montreal a great port of entry for the Province of Quebec and for Canada as a whole. People and products have for a long time arrived on the American Continent and left it by this river. Jean Drapeau conceived the idea of the beautiful mid-river site for "Expo 67"—the magic islands of the St. Lawrence. This extensive exhibition has delighted millions of visitors and has made Montreal and Canada much better known throughout the world.

The coming of the airplane changed the trade and transportation routes of the world. Montreal, however, has not suffered from these changes. Nowhere is the surging growth of air traffic more evident than at Dorval International Airport, about twenty-one kilometres from downtown Montreal, which has been followed by Mirabel International Airport, some fifty-five kilometres outside the city. Linked to the city by freeways, it is of as easy access as any airport can be. Huge jet liners take off for the four corners of the world, while others return from distant cities, circle and land, soon to disgorge exotic imports and visitors from faraway countries. Montreal, in fact, has become famous as an aviation center and a leader in the air cargo industry.

La Gloire du matin

I. EXERCICES DE CONVERSATIONS

1. Dans les vingt premières lignes quels détails indiquent que les Breton sont des gens riches?
2. Comment l'auteur établit-il le contraste entre l'adolescent et ses parents?

3. Décrivez l'attitude du financier lorsque le jeune garçon déclare qu'il lit l' œuvre de son père.
4. D'après Jean Breton quand fait-on de la littérature? Etes-vous de son avis? Pourquoi?
5. Selon le secrétaire pourquoi M. Breton ne peut-il pas perdre son temps à écrire?
6. De quelle façon le financier accueille-t-il les paroles du secrétaire?
7. Quels sentiments éprouve Mme Breton à la lecture d'une certaine page?
8. Quelle opinion Jean Breton a-t-il de lui-même après avoir quitté la table?
9. Pourquoi désire-t-il la clé de son bureau de travail? Selon vous qu'espère-t-il y trouver?
10. Quelle ironie discernez-vous dans la description des hommes de finance?
11. A votre avis pourquoi M. Breton n'avait-il pas le cœur à l'ouvrage ce jour-là?
12. Quel effet produit sa déclaration sur les occupants de la chambre du conseil?
13. Caractérisez les pensées qui viennent troubler la méditation du financier lorsqu'il se trouve seul dans son bureau?
14. Comment le roman de Jean Breton avait-il été accueilli par la critique et qu' avait-on prédit?
15. Qu'est-ce que le jeune écrivain avait fait avec l'argent de son livre?
16. Qu'est-ce qui est arrivé lorsqu'il a essayé de continuer le manuscrit abandonné pendant huit mois?
17. Pourquoi Jean Breton n'était-il plus retourné à son travail d'écrivain?
18. Que faisaient la mère et le fils lorsque le financier est entré dans sa chambre? Décrivez leur attitude.
19. Quelle opinion le jeune garçon a-t-il du roman commencé et que voulait-il surtout savoir?
20. Si le secrétaire n'était pas venu chercher le financier, pensez-vous qu'il aurait achevé son manuscrit? Justifiez votre réponse.

II. EXERCICES DE LANGUE

A. *Ecrivez les phrases suivantes au passé composé:*

1. La cuisinière se retira.
2. Madame Breton se leva.
3. Les regards de l'homme et de la femme se croisèrent.
4. Il sortit et s'arrêta longuement.
5. Douze hommes en noir s'animèrent quand il s'assit.

6. Ils se mettaient à tourner.
7. Madame Breton se frotta les mains.
8. Il s'était étourdi de gestes.
9. Les prix, les décorations s'abattirent sur lui.
10. Hélène s'accrocha aux revers de son mari et s'approcha de la table.

B. *Introduisez une subordonnée dans les phrases suivantes:*
   Ex. a. Il a des yeux *brillants*. Il a des yeux qui *brillent*.
      b. Il avait l'air d'un arbre *s'épanouissant*. Il avait l'air d'un arbre qui *s'épanouissait*.

1. Ses cheveux étaient *grisonnants*.
2. Ses doigts *frémissants* tournent la page.
3. La terreur martelait son cerveau *impuissant*.
4. Il avait été un paresseux *reculant* de jour en jour.

C. *Récrivez la phrase avec un gérondif pour indiquer une action simultanée:*
   Ex. a. Quelle comédie gronda-t-il *comme il arpentait* son bureau.
      b. Quelle comédie gronda-t-il *en arpentant* son bureau.

1. Quel supplice il avait éprouvé *comme il relisait* ce manuscrit.
2. Ils regarderaient la route *et apercevraient* des trophées.
3. Il s'est affalé dans son fauteuil *et a murmura*.
4. Le vice-président parlait *et se frottait* les mains.
5. Hélène pleurait *tandis qu'elle souriait* à Pierre.
6. Un ami lui a dit que *s'il misait* tout son argent sur la mine il décuplerait sa fortune.

D. *Faites quatre phrases en employant des participes présents et des adjectifs verbaux:*
   Ex. a. La vie montait en flèche *négligeant* le secrétaire.
      b. Le manuscrit aux pages *jaunissantes* restait ouvert sur la table.

E. *Rédaction*
   Essayez de faire un portrait moral et physique de Jean Breton d'après ses pensées et ses actions.

III. PRATIQUE ORALE, OU COMPOSITION ECRITE

1. Un grand philosophe a dit: L'argent est un bon serviteur et un mauvais maître. Cette maxime peut-elle s'appliquer à Jean Breton? En quoi l'argent a-t-il été pour lui à la fois un bon serviteur et un mauvais maître. Discutez ce point de vue à son sujet et aussi en général.
2. Quels sont les romanciers contemporains que vous préférez et pour quelle raison?

3. Comparez ou contrastez le monde de la littérature avec le monde de la finance.

IV. THEME

There are many ways of becoming rich, but the instinct for accumulation is probably the basis of all fortunes. This instinct is not usually found in combination with strong intellectual gifts. Merely to acquire money for the sake of acquisition is a stupid operation. Most intellectuals feel no great desire to accumulate massive riches. They come to dislike money matters when they exclude thoughtful conversation. They dislike money because it rules them. Yet the truth is that money is a strong protector of the intellectual life. The student who sits in the library may despise money. Ironically, only because of it is he able to study. Money should be used to preserve and protect time for productive pursuits; only then is it worthwhile.

Le Fichu de laine

I. EXERCICES DE CONVERSATION

1. Pourquoi Ambroise Robichaud s'est-il décidé à épouser Micheline Bourdages?
2. Quels travaux "la fille Bourdages" accomplissait-elle chez ses parents?
3. Décrivez le nouveau couple Micheline et Ambroise Robichaud.
4. Que se demandait-on à la Baie des Chaleurs? Savez-vous où se trouve cette baie?
5. Décrivez la première et la deuxième femme d'Ambroise.
6. Décrivez la vie gaspésienne vers la fin de mai.
7. Qui était le beau Louis? Qu'avait-il fait pendant longtemps?
8. Qu'est-ce qu'une femme devine toujours? Pourquoi?
9. Comment le premier doute est-il venu à Ambroise?
10. Que disait la lettre qu'Ambroise avait trouvée en rentrant chez lui?
11. Qu'est-ce que Micheline a pensé de cette lettre? Qu'en a-t-elle fait?
12. Comment Ambroise et Micheline passaient-ils leurs soirées?
13. Pour qui et pourquoi Micheline tricotait-elle un fichu?
14. Quelle certitude prenait peu à peu place dans l'imagination d'Ambroise?
15. Pourquoi Louis n'avait-il jamais révélé ses sentiments à Ambroise?

16. Quelle phrase maladroite de Louis a mis Ambroise hors de lui?
17. Quelles images surgissaient dans la tête du vieil homme pendant que Louis était sur le pont?
18. Quel drame avait failli se dérouler à bord du chalutier?
19. Comment à son retour Ambroise a-t-il passé la journée? Que pensait-il?
20. Quelles remarques Micheline fait-elle à son mari au sujet du tricot?

II EXERCICES DE LANGUE

A. *Complétez avec un des verbes suivants:*

amener, emmener, mener, ramener
1. Ambroise _____ vingt-cinq hommes au bois tous les jours.
2. Micheline avait _____ une vie tranquille.
3. Un jour son père l'avait _____ avec lui à Québec.
4. On ne pouvait pas dire que c'était un homme _____ par sa femme.
5. Un mari _____ par le bout du nez s'appelle une poule mouillée.
6. Ce jour-là Ambroise ne voulut rien _____ sur le tapis.
7. On dit que la jalousie _____ bien des maux.
8. Il aurait aimé _____ sa femme à la pêche.
9. Lucien a _____ son châle sur ses épaules.
10. Il ne savait pas comment _____ la conversation sur ce sujet.

B. *Complétez avec un des verbes suivants:*

apporter, emporter, porter, rapporter
1. D'habitude un homme ne _____ pas un fichu.
2. Les bateaux _____ les pêcheurs vers le large.
3. Les chalutiers _____ beaucoup de morue de Terre-Neuve.
4. Ce monsieur se _____ à merveille pour un homme de soixante-deux ans.
5. On peut dire qu'il _____ bien son âge.
6. De nos jours les journaux ne nous _____ pas de bonnes nouvelles.
7. Les époux ont _____ beaucoup de souvenirs de leur voyage.
8. Il paraît qu'un séjour à Ste-Anne de Beaupré _____ bonheur.
9. Ambroise s'est calmé aussi vite qu'il s'était _____.
10. Vous connaissez à présent tous les faits qui se _____ à cette histoire.

C. *Expliquez les expressions suivantes d'après le texte.*

1. La morue *vient dru* comme du hareng.
2. Il *a misé* sur deux femmes.
3. Un voyage de noces qui *en vaut la peine.*
4. *Il clignait de l'œil.*
5. Longue *d'une aune* et plus.
6. Une fois qu'il *faisait relâche* de deux jours.
7. *A pas feutrés, en tapinois.*
8. La fille Bourdage *abat de dures journées.*
9. Micheline a *une tête à chiffres.*
10. *Au détour de la semaine.*

D. *Complétez d'après le modèle donné:*

1. A la maison Micheline cousait, reprisait, tricotait, tissait, astiquait.
2. Au bois Ambroise _____, _____, _____, _____, _____.

E. *Donnez quatre mots de la même famille que:*

1. pêcher
2. côte
3. cœur
4. certitude

F. *Rédaction:*

1. Ambroise fait l'aveu à sa femme des soupçons qu'il avait eus à son égard, à cause du fichu de laine. Micheline lui répond; écrivez un petit dialogue.
2. Une jeune fille de vingt ans devrait-elle épouser un homme de soixante ans? Connaissez-vous parmi vos parents ou amis des époux d'un âge si disproportionné qui aient réussi à être heureux?

III. PRATIQUE ORALE, OU COMPOSITION ECRITE

1. Quelles sont d'après vous les qualités physiques et morales qu'un homme est en droit d'exiger d'une épouse moderne?
2. S'il faut toujours penser ce que l'on dit, faut-il toujours dire ce que l'on pense? Ambroise n'eût-il pas mieux fait d'avouer ses sentiments à Louis que de les dissimuler? Par contre connaissez-vous des cas où une trop grande franchise peut être dangereuse?
3. La Rochefoucauld a dit: "On n'est jamais si heureux ou si malheureux qu'on s'imagine". Discutez cette pensée en l'appliquant aux époux Robichaud.

IV. THEME

The background of this story is in the beautiful Gaspé Peninsula. Artists come here to paint the suntanned children who help their parents on the farms or on the fishing boats. The old fishermen are to be found sitting on the beaches mending their nets and telling stories to the young folk. The peninsula has become a favorite haunt of visitors who admire the unspoiled beauty of the scenery, especially the famous "Rocher Percé" and the magnificent Baie des Chaleurs. These visitors find excellent fishing in both the sea and the lakes. The mountains provide an opportunity for hiking and climbing. Camping is another pastime enjoyed by young and old alike. There is no lack of opportunity for everyone to enjoy the pleasures of the out-of-doors.

There are sometimes very bad storms on the waters around the coast such as the one described in "Le Fichu de laine". When there is a storm, the sky darkens, the wind howls, the waves rise and unleash their fury against any craft in its path. The men who fish in small boats must, of necessity, be fearless. The dangerous life of a seafaring man develops in him an independence which prevents him from ever again being happy on dry land. He can no longer stay ashore, he cannot do without the sea. Many of the inhabitants of the Gaspé have this great love of the sea based on an understanding of all its moods.

L'Enchantement

I. EXERCICES DE CONVERSATION

1. Où se trouve le Chemin-Taché?
2. Décrivez-le comme il était il y a cinquante ans.
3. Comment les vieux parlent-ils de cette époque?
4. Qu'ont fait les arpenteurs?
5. Que promettait-on aux colons?
6. Pourquoi chaque année quelques familles disparaissaient-elles?
7. Décrivez l'hiver dans cette région.
8. Pourquoi les gens qui restaient devenaient-ils maussades?
9. Quel changement a-t-on vu un jour?—et qui en est responsable?
10. Quels travaux Laurentin faisait-il toute la journée?
11. Comment se détendait-il le soir?
12. Que faisaient les membres de sa famille pendant ce temps-là?
13. Pourquoi n'entendait-on plus jamais les airs connus dans le village?
14. Que pensait la femme de Laurentin des efforts de son mari?

15. Distinguez les étapes de la composition de Laurentin.
16. Comment les villageois ont-ils compris la mélodie?
17. Quels changements se sont opérés dans le Chemin-Taché?—et comment les expliquer?
18. Commentez la chanson de Laurentin.
19. Qu'a fait Laurentin pendant tout l'été et qu'est-ce qui est arrivé un soir d'automne?
20. Pourquoi les gens ne quittent-ils plus le pays en ce moment?

II. EXERCICES DE LANGUE

A. *Etudiez l'emploi du passif dans ces phrases:*

Pays dur, aux abords difficiles, il *avait été ouvert* à la colonisation très tard.

Tous les habitants *étaient prévenus.*

Pour chasser le malheur, on n'a plus qu'à siffler un air, un air connu de tous les gens du Chemin-Taché et qui *fut* autrefois *composé* par Laurentin.

B. *Transformez les phrases suivantes d'après ce modèle:*

Un mauvais chemin traverse la vallée.
La vallée est traversée par un mauvais chemin.

1. Le fermier abat les arbres.
2. Laurentin avait ramassé les pierres.
3. Les gens du village chantaient les mots de l'air.
4. La femme a regardé son mari.
5. Un parfum inaccoutumé envahissait toute la montagne.
6. Laurentin a repris son violon.
7. Une nouvelle famille remplacera Laurentin sur sa ferme.
8. Laurentin a vendu sa ferme à une autre famille.

C. *Remarquez l'emploi du mot place:*

L'année suivante, d'autres vinrent qui prirent *la place* des premiers.
D'autres prenaient *la place* et s'habituaient à grogner contre la mauvaise fortune.

D. *Etudiez l'emploi des mots gens, personne et peuple:*

1. *Les gens* du village écoutaient, s'attendrissaient parfois.
2. Rares sont *les personnes* dont le visage ne respire pas la joie quand vous les rencontrez sur le chemin nouveau.
3. Soudain, la plaine devenait un chant, un chant que l'on reconnaissait sans peine, né plusieurs générations auparavant et conservé par tout *le peuple.*

E. *Etudiez les phrases suivantes:*

Les enfants jouaient autour de la maison.
Laurentin aimait beaucoup jouer sa chanson.
Pas besoin d'aller à l'école pour jouer du violon.
Ces jeunes gens savent jouer au tennis.

F. *Complétez avec la préposition nécessaire:*

1. La petite fille joue bien _____ piano.
2. Les adultes préfèrent jouer _____ cartes.
3. Aimez-vous mieux jouer _____ football ou _____ base-ball?
4. Le printemps venu, les tout petits enfants jouent _____ ballon dans le jardin.
5. Savez-vous jouer _____ l'orgue?

G. *Etudiez les phrases suivantes:*

Jamais on n'arrivera à faire pousser du grain dans *ce* pays.
Cet homme s'appelait Laurentin.
Les vieux nous parlent encore de *cette* époque.
Des arpenteurs offraient *ces* nouvelles terres aux premiers venus.
Ces airs aidaient les gens à oublier leurs tourments.

H. *Complétez avec la forme correcte de ce, cet, cette, ces:*

1. Je n'ai pas connu _____ montagne.
2. _____ colons laissaient une maisonnette inachevée.
3. _____ année, sept ou huit familles disparaissaient.
4. _____ bouleversement fut l'œuvre d'un homme arrivé au Chemin-Taché depuis peu.
5. Laurentin a composé _____ air.
6. _____ gens ont deviné que les obstacles d'hier allaient porter leurs fruits.
7. Le musicien a cassé _____ archet.

III. PRATIQUE ORALE, OU COMPOSITION ECRITE

1. Racontez une histoire de pionnier que vous tenez d'un vieux cultivateur ou d'un membre de votre famille.
2. Que pensez-vous de l'exode de la campagne vers les villes? A votre avis faudrait-il chercher à l'arrêter, ou du moins, à le ralentir? Justifiez votre réponse.
3. Si vous avez lu la fable de La Fontaine "Le Laboureur et ses enfants", établissez une comparaison entre les personnes de ce texte et les "colonisateurs du Chemin-Taché".

IV. THEME

When the natural resources of a district are exhausted, the inhabitants move away. The most dramatic example of this phenomenon occurs in mining areas. When the mineral deposits run out, it is no longer possible to earn a living and so the only alternative is to leave. There are many such mass movements of citizens away from a mining town. For instance, during the 1860s Barkerville was a thriving mining town in British Columbia. Billy Barker, an old prospector, found a rich vein of ore and took hundreds of thousands of dollars in gold from his mine. Barkerville, named after him, was the largest town west of the Rocky Mountains with the exception of San Francisco. Then the gold ran out and Barkerville became a ghost town.

Several years ago the Government of British Columbia decided to restore the buildings and preserve Barkerville as a tourist attraction. Now the visitor approaches the town and finds the atmosphere of an old-time mining community. The buildings are once more bearing signs, such as laundry, blacksmith, bar, general store and assay office[1]. Inside the stores, wax models dressed in the costume of the period appear to carry on the normal business of the enterprise. In the theater, actors put on a music hall production full of life and fun. The sounds of music, dancing and the laughter of the audience drift out into the main street. In the restaurant waitresses in long gingham dresses and white aprons serve substantial meals to the customers. Most of these young women are university students working for the summer to earn sufficient funds to return to their studies in the autumn.

Not all ghost towns are restored in this way; others are completely or almost completely abandoned. These little communities waste away and a chapter of the history of our country disappears forever.

Pour vivre cent Ans

I. EXERCICES DE CONVERSATION

1. D'après le narrateur qu'est-ce qu'un "quartier normal"?
2. Que fait le nouveau médecin en arrivant dans le quartier?
3. Décrivez l'attitude des voisins envers le Dr Martineau.
4. Comment ce nouveau médecin pratiquait-il la médecine et que suggérait-il toujours?

---

[1] bureau des garanties.

5. Quel était l'état physique du médecin et à quoi l'attribuait-il?
6. Montrez comment la propagande du Dr Martineau a réussi à convaincre les gens.
7. Pourquoi les voitures se sont-elles mises à éviter le quartier?
8. Nommez les raisons pour lesquelles le maire et les conseillers se sont alarmés.
9. Qui accuse-t-on d'avoir tué le médecin et pourquoi?
10. Après la mort du médecin qu'est-ce qui a réapparu et comment?
11. Qu'est-ce qui est arrivé peu de temps après?
12. Que restait-il à faire aux gens du quartier?
13. Décrivez l'état d'esprit des cyclistes un an après avoir repris leur sport favori.
14. Qu'est-ce que le narrateur aimerait mieux faire certains jours, et pourquoi ne le fait-il pas?
15. Quel rêve fait-il depuis quelque temps?

II. EXERCICES DE LANGUE

A. *Complétez avec une des expressions ou un des mots suivants:*

médical—médication—la médecine—en médecine—médecin—remède—médicamenteux(euse)—médecins—médicinale—remédier—de médecine—médicaments.

Le Docteur Martineau était un bon _____ qui exerçait _____ avec beaucoup de zèle.

De nos jours, il y a beaucoup de femmes- _____ mais autrefois il n'y avait guère d'étudiantes _____ dans les facultés _____ .

Après une longue absence pour cause de maladie un étudiant doit se procurer un certificat _____ pour ses professeurs.

La _____ de la grippe n'est pas chose facile, cependant on a découvert toutes sortes de _____ contre le rhume.

Pour _____ à l'inflation monétaire, il faudrait trouver un bien grand _____ .

La camomile est une plante _____ avec de grandes propriétés _____ .

B. *Trouvez pour chaque mot de la colonne 1 un ou plusieurs synonymes pris dans la colonne 2:*

1	2
___ la bicyclette	1. le devoir
	2. l'examen
___ la voiture	3. la grimace
	4. le vélo

_____ exercer

_____ se pavaner

_____ la mimique

_____ la vérification

_____ la responsabilité

_____ dispos

_____ la discrétion

_____ la manière

5. se montrer
6. la bagnole
7. la bécane
8. la modération
9. l'obligation
10. la méthode
11. la simagrée
12. l'automobile
13. parader
14. l'inspection
15. le camion
16. reposé
17. la façon
18. pratiquer

C. *Dans les deux phrases suivantes remplacez* quelconque *par une forme de* n'importe quel:

1. Ils se découvrirent une maladie *quelconque*.
   Ils se découvrirent _____ maladie.
2. Ils s'inventèrent des maux *quelconques*.
   Ils s'inventèrent _____ maux.

D. *Complétez avec:* il y a, depuis, pendant, dans, pour *ou* en *selon le cas:*

_____ l'arrivée de ce médecin tout le monde fait de l'exercice. Les uns _____ font le matin, les autres _____ font le soir. _____ le quartier, on pratique surtout le vélo. _____ ce temps, les autos restent _____ les garages. Quand on s' _____ sert c'est _____ renverser un cycliste ou deux. _____ bien longtemps qu'on n'avait vu pareil enthousiasme. Un jour les cyclistes deviendront de plus _____ plus rares, car il _____ faut très peu _____ inciter les gens à abandonner le sport, mais pendant les vacances, _____ bien des vélos qui réapparaîtront car les jeunes savent à présent ce qu'il faut faire _____ vivre cent ans.

E. *Rédaction:*

Ecrivez sous forme de dialogue une discussion entre deux jeunes gens, l'un un fanatique du cyclisme, l'autre de hockey. Le premier critique la violence du jeu, vante le plaisir des promenades dans la nature et l'exaltation du Tour du Québec, etc. Le second décrit l'enthousiasme collectif des foules, nomme ses héros favoris tels que Guy Lafleur, Rick Martin, Bobby Schautz.

III. PRATIQUE ORALE, OU COMPOSITION ECRITE

1. Développez la pensée suivante: *Un esprit sain dans un corps sain.*
2. Octave Mirbeau à l'occasion d'un voyage qu'il accomplit dans les Alpes au temps des premières automobiles parle du cycliste en ces termes: "Il ne faut pas qu'on embête le cycliste. Son importance tracassière, sa dignité agressive s'en prend à tout le monde, aux piétons, aux voitures, aux autos, aux bêtes..."
Ce jugement est-il admissible de nos jours? Commentez et discutez.

IV. THEME

In France the Tour de France, a bicycle race held annually in July, is one of the highlights of the year. The contestants become national heroes as they follow the route which passes not only through France, but also Belgium, Spain and Italy. Early in the morning, crowds gather along the roads to watch for the arrival of the cyclists. Sometimes enthusiasts wait all day and picnic beside the road at mealtimes. The sound truck arrives first, followed by the motorcyclists leading the racers. Excitement mounts among the bystanders. Some of them even run beside their hero to encourage him and share for a brief moment in his glory. At times it almost seems as if they expect to receive some magic power from him. Great interest is manifested on radio and television, as reports come in from the arrival points. There is much discussion of the heroic qualities of the contestants as they face the obstacles of the route, such as the mountainous passes in the Alps and Pyrenees, bad weather, punctured tires and just plain fatigue. As the winner crosses the finish line, a champion is acclaimed to reign until he is deposed the following year.

Mon Tour du monde en Acadie

I. EXERCICES DE CONVERSATION

1. Pourquoi l'auteur de ce récit désirait tant faire le tour du monde?
2. Qui est-ce qui arrivait de Chine tous les ans et comment la communauté religieuse se transformait-elle?
3. Qu'aurait désiré voir dans sa famille la jeune Thérèse et pourquoi?
4. Comment vivaient les Anglais de la ville acadienne?
5. Comment la petite Thérèse a-t-elle vu la mer à son arrivée au Nouveau-Brunswick?

6. Pourquoi les riches Anglais avaient-ils déménagé de la ville fantôme?
7. Qui est-ce qui avait résisté à l'exode et qu'a-t-il fait?
8. Comment et pourquoi la jeune Thérèse s'est-elle intéressée au langage des Acadiens?
9. Qui était la "tawaye"? Décrivez son attitude envers Thérèse.
10. Comment Thérèse Thiboutot nous présente-t-elle monsieur Tchou? Quel caractère particulier lui donne-t-elle?
11. Etablissez un contraste entre le vieux médecin du château et le jeune médecin de l'Ile-du-Prince-Edouard.
12. Comparez les caractères respectifs du curé et de l'aumônier.
13. Comment l'aumônier présentait-il la vie aux Antilles? Quel aspect particulier lui donnait-il?
14. Qu'est-ce qui fait dire à la jeune Thérèse qu'elle ne pourrait jamais devenir Acadienne?
15. A quels indices a-t-elle compris qu'elle avait changé?
16. Qu'a-t-elle fait pour éviter de sombrer dans le fatalisme des habitants de la petite ville?
17. Que rêvait-elle de faire "une fois les gens instruits attelés à la tâche"?
18. Pourquoi la réorganisation économique allait-elle prendre plus de temps?
19. Quelles nouvelles l'aumônier a-t-il apportées à l'auteur quelques années plus tard au Québec?
20. Comment Thérèse Thiboutot imagine-t-elle à présent la petite ville acadienne?

II. EXERCICES DE LANGUE

A. *Donnez le contraire des mots en italique:*

1. Un caprice *passager.*
2. Les contrées *lointaines.*
3. La *douceur* des récits.
4. *Oublier* le voyage.
5. Les imaginations *endormies.*
6. Tous ces gens si *différents.*
7. La ville *rapetissait* de jour en jour.
8. Ils vivaient *à l'ombre.*
9. On complotait *à l'écart.*
10. Il *n'avait pas grand-chose* à dire.

B. *Composez des phrases en employant chacun de ces mots:*

1. naître, la naissance, natal
2. faciliter, la facilité, facile
3. grandir, la grandeur, grandissant
4. chanter, la chanson, chantant
5. rêver, le rêve, rêveur

6. débuter, le début, débutant
7. fleurir, la fleur, florissant

C. *Donnez un synonyme ou une expression synonyme des mots en italique:*

1. Un enchantement *métamorphosait* la communauté.
2. Les vieux termes l'enivraient comme une liqueur rare.
3. Les riches citoyens *optèrent* pour l'exode.
4. Le doux langage acadien *l'enchantait.*

D. *Lisez à haute voix les phrases suivantes, en remplaçant, s'il y a lieu, les tirets par une préposition ou un article ou tous les deux:*

1. Une religieuse nous arrivait _____ Chine.
2. Son devoir à elle était de venir _____ Canada raconter des choses extraordinaires.
3. Je lui étais reconnaissante de nous ouvrir une porte _____ Chine tout entière.
4. Le jour où je me vis échouée _____ une petite ville _____ Nouveau-Brunswick, la mer m'apparut différente de celle de mon rêve.
5. Les 'j'étions' me rapprochaient _____ Bretagne, _____ Bécassine de mon enfance.
6. Tous les riches Anglais déménagèrent pour s'installer _____ ville artificielle et laide.
7. Monsieur Tchou me fit entrer d'emblée _____ son céleste Empire.
8. Il était _____ Canada depuis dix ans.
9. Le destin m'offrit aussi un ami anglais et—si incroyable que cela puisse être _____ Nouveau-Brunswick—il était pauvre.
10. Un jeune médecin vint donc prendre la relève, un Anglais _____ Ile-du-Prince-Edouard.
11. Le vieux curé habitait autrefois _____ Antilles.
12. Port-au-Prince se trouve _____ baie du même nom.
13. Mon accent demeurait celui de la Province _____ Québec.
14. Le curé m'apportait des nouvelles de là-bas, _____ Nouveau-Brunswick que j'avais appris à aimer.
15. Je retournerai _____ Nouveau-Brunswick.
16. Monsieur Tchou sera allé _____ Chine pour retrouver son épouse.
17. Quand j'approchais des Acadiennes _____ magasins ou quand je les suivais _____ rue, elles me semblaient toujours gaies.
18. Les tournures anciennes, les vieux mots mis au rancart devenaient le bateau qui me transportait _____ France ancestrale.

19. Le médecin anglais avait légué sa fortune à des cousins qui demeuraient _____ Sydney.
20. L'auteur a fait un voyage _____ Acadie.

E. *Rédaction:*

1. Caractérisez en quelques phrases chacun des personnages. Puis faites voir les difficultés auxquelles chacun d'entre eux a dû faire face. Ensuite expliquez ce que l'auteur a réussi à faire dans cette nouvelle.
2. Imaginez la conversation entre Thérèse Thiboutot et l'aumônier quand celui-ci lui a rendu viste à Québec. Rappelez-vous ses intérêts pendant qu'elle vivait en Acadie.
3. Expliquez en employant des exemples précis ce que Thérèse Thiboutot veut dire par:

    J'étais coincée dans une petite ville à peu près abandonnée et pourtant, *je découvrais un univers bigarré et merveilleux.*

III. PRATIQUE ORALE, OU COMPOSITION ECRITE

1. De nos jours le thème de l'Evasion envahit la littérature. Quelles peuvent être d'après vous les causes de cet appel vers l'Ailleurs?
2. Que pensez-vous de ces paroles de Madame de Staël: "Voyager est quoiqu'on en dise un des plus tristes plaisirs de la vie; entendre parler un langage que vous comprenez à peine, voir des visages sans relation avec votre passé ou votre avenir, c'est l'isolement sans repos et sans dignité". Ne serait-il pas injuste de les appliquer à notre siècle? Commentez.
3. Discutez ces mots de Victor Hugo: "On s'en va parce qu'on a besoin de distractions, et l'on revient parce qu'on a besoin de bonheur".

IV. THEME

Young people dream of travelling to distant places and often, like the author of "Mon Tour du monde en Acadie", have a great desire to go around the world. In these days of air travel and charter flights, this dream is often realized. Fifty years ago a return trip to Europe took at least a month in travel time; now it is a matter of eight hours or so in each direction.

This year the student association of our university has a charter flight leaving for London on June 8 and returning on August 22. In this way almost two hundred students have the opportunity to spend two and a half months in England, France, Italy, Germany or perhaps in the Balkan or Scandinavian countries. Students are able to visit countries which interest them particularly, and practise the languages which they have been studying; they can make friends with whom they can discuss the problems of the country and become acquainted with a culture other than their own.

A trip to another continent is a broadening experience. People learn that there are other points of view than their own, other languages and ways of expressing themselves. They learn, too, that other nations are proud of their country, government, history, and achievements in arts and science. Travellers also come to appreciate the customs and manners of the people they are visiting. Students return to their campus with a greater understanding of other cultures and peoples, and with a greater incentive to learn foreign languages in order to communicate more easily and effectively with students in other countries.

Vocabulaire

A

abaisser *v.t.* Faire descendre, mettre à un niveau bas.

abasourdi e *adj.* Etourdi par un grand bruit.

abattis *n.m.* Amas de choses abattues telles que bois, arbres.

abattre *v.t. Fam.* Accomplir avec rapidité.

abattre (s') *v.pr.* Tomber, s'effondrer.

abhorrer *v.t.* Détester.

abondant e *adj.* En quantité plus que suffisante.

abonder *v.i.* Etre, avoir ou produire en abondance.

abonné e *adj. et n.* Personne qui a pris un abonnement. Habitué.

abri *n.m.* Lieu où l'on peut se mettre à couvert de la pluie, du danger, etc. *Fig.* Refuge.

acajou *n.m.* Arbre d'Amérique dont le bois est rougeâtre, très dur, et susceptible d'acquérir un beau poli. *En anglais:* mahogany.

accaparer *v.t.* S'emparer de.

accort e *adj.* Gracieux, avenant.

accoster *v.t.* En parlant d'un navire, s'approcher bord à bord.

accoucher *v.t.* Mettre un enfant au monde.

accrocher *v.t.* Suspendre à un crochet, à un clou.

accueillant e *adj.* Qui fait un bon accueil, bonne réception. Qui invite.

accueillir *v.t.* Recevoir quelqu'un bien ou mal. *Fig.* Agréer, accepter.

acerbe *adj.* Sévère, mordant.

achalandé e *adj.* Qui a des clients (vieilli).

acharner (s') *v.pr.* S'attacher avec passion à quelque chose.

âcre *adj.* Piquant, irritant au goût, à l'odorat.

adosser (s') *v.pr.* Appuyer le dos contre.

advenir *v.i.* Arriver par accident, survenir, échoir.

affable *adj.* Qui se montre accueillant envers autrui.

affairé e *adj.* Qui a ou paraît avoir beaucoup d'occupations.

affaissé e *adj. Fig.* Accablé, bien fatigué.

affaler (s') *v.pr.* Se laisser tomber.

affecté e *adj.* Qui n'est pas naturel, feint, prétend de ne pas comprendre.

affermir (s') *v.pr. Fig.* Rendre fort, assurer.

affolé e *adj. et n.* Se dit d'une personne rendue comme folle.

affolement *n.m.* Etat d'une personne rendue comme folle.

affrontement *n.m.* Action d'affronter, d'attaquer avec intrépidité, braver.

agacer *v.t.* Causer une irritation. *Fig.* Provoquer, tourmenter.

âge (mûr) Age qui suit la jeunesse.

agenouillé e *adj.* A genoux, les genoux sur le sol.

agenouiller (s') *v. pr.* Se mettre à genoux.

agir (s') *v. pr. impers.* Etre question.

agiter *v.t.* Remuer, secouer en divers sens.

agonie *n.f.* Etat juste avant de mourir.

agrément *n.m.* Qualité par laquelle quelque chose plaît.

agricole *adj.* Adonné à l'agriculture.

ahuri e *adj. et n. Fam.* Qui a perdu la tête. Abasourdi.

aïeul e *n.* Grand-père, grand-mère.

ail *n.m.* Plante potagère à odeur forte utilisée comme condiment.

ailleurs *adv.* En un autre lieu.

ailleurs (d') *loc. adv.* Pour une autre raison.

aimant *n.m.* Oxyde naturel de fer qui attire le fer et quelques autres métaux. *En anglais*: magnet.

aîné e *adj. et n.* Le premier-né. Qui est plus âgé qu'un autre.

aisselle *n.f.* Cavité qui se trouve au-dessous de l'épaule, entre l'extrémité supérieure du bras et du thorax.

ajouter *v.t.* Joindre une chose à une autre. Dire en plus.

alarmer (s') *v. pr.* S'effrayer.

alentours *n.m. pl.* Lieux qui sont autour.

algue *n.f.* Végétal qui vit dans l'eau de mer, dans l'eau douce, ou au moins dans l'air humide.

aliter (s') *v. pr.* Se mettre au lit par maladie.

alléchant e *adj.* Appétissant. *Fig.* Attrayant.

alléger *v.t.* Rendre moins lourd.

aliéné e *adj. et n.* Qui a perdu la raison, dément.

allumer *v.t.* Mettre le feu. Contraire d'éteindre.

allure *n.f.* Façon de marcher. *Par. ext.* Vitesse d'une personne, d'un véhicule.

alouette *n.f.* Oiseau passereau commun dans les champs.

amadouer *v.t.* Flatter quelqu'un de manière à l'apaiser, à obtenir ce qu'on désire.

amarre *n.f.* Câble, cordage, pour retenir en place un navire.

aménagement *n.m.* Action d'aménager. Transformation en vue de rendre plus confortable.

amène *adj.* D'une courtoisie aimable, affable.

ananas n.m. *En anglais;* pineapple.

ancien enne *adj.* Qui existe ou qui date depuis longtemps. Qui n'est plus en fonction.

ancre *n.f.* Pièce en acier à deux ou plusieurs becs suspendue à un câble ou à une chaîne pour fixer un navire.

ancré e *adj.* Fixé avec une ancre.

angoisser *v.t.* Causer de l'angoisse. Etre plein d'angoisse.

anguleux euse *adj.* Qui a, qui présente des angles. Dont les traits sont fortement prononcés.

anicroche *n.f. Fam.* Petit obstacle, ennui.

animer (s') *v.pr.* Prendre de la vivacité, de l'éclat.

annonce *n.f.* Avis verbal ou écrit donné à quelqu'un ou au public.

antan *n.m.* L'année passée. *Par ext.* D'autrefois, du temps jadis.

antenne *n.f.* Organe allongé, mobile, situé sur la tête des insectes et des crustacés, siège du toucher et, parfois, de l'odorat.

antiquaire *n.m.* Commerçant qui vend des objets anciens.

anxiété *n.f.* Grande inquiétude.

apéritif *n.m.* Liqueur alcoolique prétendue favorable à l'appétit.

apiculteur *n.m.* Personne qui élève des abeilles.

apitoyer (s') *v.pr.* Compatir, être touché de pitié.

apostrophe *n.f. Fam.* Interpellation brusque et peu courtoise.

appareiller *v.i.* Partir, se préparer.

apparence *n.f. Can.* Il semble, il paraît.

appât *n.m. Fig.* Tout ce qui attire.

appentis *n.m. Can.* Petit bâtiment ouvert d'un ou de plusieurs côtés où l'on met à l'abri le bois de chauffage.

apprêter (s') *v.pr.* Se préparer, se disposer.

apprivoiser *v.t.* Rendre un animal moins sauvage. *Fig.* Rendre une personne plus sociable, plus docile.

araignée *n.f.* Animal articulé à quatre paires de pattes et à abdomen non segmenté. *En anglais:* spider.

archet *n.m. Musique.* Baguette le long de laquelle sont tendus des crins et qui sert à jouer du violon.

arène *n.f.* Espace sablé, au milieu des amphithéâtres, où combattaient les gladiateurs.

argent *n.m.* Métal blanc, brillant. *En anglais:* silver. Toute sorte de monnaie. *Fig.* Richesse.

argenté e *adj.* Recouvert d'argent.

argenterie *n.f.* Vaisselle et autres ustensiles d'argent.

arpenter *v.t.* Mesurer la superficie des terres. Parcourir à grands pas rapidement.

arpenteur *n.m.* Professionnel chargé d'effectuer les relèvements de terrains et des calculs de surface.

arracher *v.t.* Détacher avec effort. *Fig.* obtenir avec peine.

arrogance *n.f.* Fierté qui se manifeste par des manières hautaines.

arrondir *v.t.* Rendre rond. *Fig.* Accroître, augmenter.

artificier *n.m.* Celui qui tire des feux d'artifice.

aspérité *n.f.* Etat de ce qui est inégal.

aspirer *v.i.* Emettre un son en soufflant.

assaillir *v.t.* Tourmenter, importuner, harceler.

assoiffé e *adj.* Qui a soif. *Fig.* Avide.

assommant e *adj. Fam.* Fatiguant, ennuyeux à l'excès.

assombrir *v.t.* Rendre sombre.
Fig. Attrister.

assommer *v.t.* Etourdir en
frappant avec un corps pesant.
Fig. et fam. Importuner.

assourdi e *adj.* Rendu moins
éclatant, amorti, affaibli.

assoupir *v.t.* Endormir à demi.

assertion *n.f.* Affirmation,
proposition qu'on soutient
comme vraie.

astiqué e *adj.* Bien propre.

astuce *n.f.* Finesse, ruse en vue
de se procurer un avantage.
Fam. Plaisanterie, jeu de mots.

astucieux euse *adj.* Qui a de
l'astuce, habile. Qui dénote de
l'ingéniosité.

atelier *n.m.* Lieu où travaillent
des ouvriers ou des artistes.
En anglais: workshop.

atmosphère *n.f. Fig.* Milieu qu'on
considère comme exerçant
une influence.

atourner (s') *v.pr. Can. Fam.* Se
parer, se couvrir d'atours.

attachant e *adj.* Qui intéresse,
qui fixe l'attention.

attarder (s') *v. pr.* S'arrêter à,
rester longtemps.

atteindre *v.t.* Parvenir, arriver à.

atteler *v.t. Fam.* Appliquer.

attendant (en) *loc. adv.*
Provisoirement, jusqu'à la
réalisation de . . .

attendrir (s') *v. pr.* Devenir
tendre, être ému.

attisée *n.f. Can.* Bon feu produit
par une quantité de bois
qu'on met en une seule fois.

aucuns (d') *pr. ind. pl.* Quelques-
uns.

audace *n.f.* La hardiesse.

aumônier *n.m.* Prêtre attaché à
un établissement, à une unité
militaire.

aune *n.f.* Ancienne mesure de
longueur.

autour de *loc. prep.* Dans l'espace
environnant.

autrui *pr. ind.* Les autres, le
prochain.

avaler *v.t.* Faire descendre dans
le gosier.

avé *Prière à la vierge dont les
premiers mots sont AVE
MARIA.*

avent *n.m.* Temps fixé par
l'Eglise Catholique pour se
préparer à la fête de Noël.

aventurer (s') *v. pr.* Courir le
risque, se hasarder.

averti e *adj.* Instruit, avisé.

aveu *n.m.* Déclaration.

aveugle *adj. et n.* Privé de la vue.

avouer *v.t.* Reconnaître comme
vrai

B

babillage *n.m.* Action de
babiller, c'est-à-dire de parler
beaucoup et à propos de rien.

bagarre *n.f.* Tumulte causé par
une querelle, par des
personnes qui se battent.

bagnole *n.f. Fam.* Automobile.

bahut *n.m.* Buffet long et bas.
Coffre de bois servant à serrer
les vêtements.

bai e *adj.* Se dit d'un cheval à
robe brune dont la crinière et
les extrémités sont noires.

baignade *n.f.* Action de se
baigner.

baignoire *n.f.* Cuve où l'on se baigne.

balade *n.f. Fam.* Promenade.

balader (se) *v. pr. Pop.* Se promener sans but.

balancier *n.m.* Pièce dont le balancement règle le mouvement d'une machine.

ballast *n.m.* Pierres qui maintiennent les traverses d'une voie ferrée et les assujettissent.

banlieue *n.f.* Ensemble des agglomérations qui environnent une ville et participent à son existence.

banlieusard e *n. Fam.* Personne qui habite la banlieue de Paris.

baril *n.m.* Petit tonneau.

barre *n.f. Emploi marin.* Organe de commande du gouvernail.

bas-côté *n.m.* Voie latérale.

basculer *v.t.* Renverser

basse *n.f.* Partie, voix, instrument faisant entendre les sons les plus graves.

bastingage *n.m.* Partie de la muraille d'un navire qui dépasse le pont.

bâtiment *n.m.* Construction en maçonnerie. Navire de grandes dimensions.

battement *n.m.* Choc d'un corps contre un autre. Mouvement alternatif.

batterie de cuisine *n.f.* Ensemble des ustensiles de métal employés dans une cuisine.

baume *n.m.* Médicament. *Fig.* Consolation, apaisement.

bavard e *adj. et n.* Qui aime parler et parle sans mesure.

baver *v.i.* Jeter de la bave, salive qui découle de la bouche.

bec *n.m. Fam.* Bouche.

bécane *n.f. Fam.* Bicyclette.

bedeau *n.m.* Personne laïque travaillant dans une église.

bée *adj. f.* Etre, rester, bouche bée: rester frappé d'admiration, d'étonnement.

bègue *adj. et n.* Qui articule mal les mots, les prononce avec peine. Personne qui bégaie.

beigne *n.f.* Pâtisserie. Nom canadien dérivé de beignet.

bélier *n.m.* Mouton, mâle de la brebis. Chez les anciens, machine de guerre pour enfoncer les murailles des villes assiégées.

bellâtre *adj. et n. m.* Qui a une beauté fade ou des prétensions à la beauté.

benêt *n.m.* Jocrisse, personne facile à duper.

bercer *v.t.* Balancer un enfant dans son berceau.

bernard l'hermite *En anglais:* hermit crab.

besogne *n.f.* Travail, ouvrage.

bestialiser *v.t.* Devenir bestial.

bête *adj.* Sot, stupide.

bêtise *n.f.* Défaut d'intelligence. Action sotte ou maladroite.

biberon *n.m.* Petite bouteille munie d'une tétine et servant à l'allaitement des nouveaux-nés.

bien *adv.* D'une manière avantageuse ou satisfaisante. **Quelque chose de bien**: quelque chose d'avantageux.

bien-fondé *n.m.* Conformité au droit de la prétention

soutenue par une personne.

bifurquer *v.i.* Se diviser en deux à la façon d'une fourche.

bigarré e *adj.* Qui a des couleurs ou des dessins variés.

bigorneau *n.m.* Petit coquillage comestible. *En anglais:* winkle.

bille *n.f.* Tronçon d'un corps d'arbre que l'on coupe pour débiter le bois.

bise *n.f.* Vent.

bizarrement *adv.* De façon bizarre, étrange.

blague *n.f. Fam.* Plaisanterie, farce, attrape.

blanchâtre *adj.* D'un blanc douteux.

blasé e *adj. et n.* Dégoûté de tout.

bleuissant *part. pres. du verbe bleuir,* rendre bleu.

blottir (se) *v. pr.* Se replier sur soi.

boîte *n.f.* Coffret de bois, de carton, de métal, ou de matière plastique. Tenir en boîte, restreindre.

boiteux se *adj. et n.* Qui boite, qui n'est pas d'aplomb.

bolide *n.m.* Véhicule qui va très vite.

bondance *Can. interj.*

bondé e Rempli autant qu'il est possible. Se dit surtout d'un train.

bondir *v.i.* Faire un ou plusieurs bonds, sauter.

boni *n.m.* Bénéfice.

boomick Mot inventé.

borne *n.f.* Pierre ou autre marque qui sépare un champ d'un autre. *Fig.* Pierre qui sur les routes indique les

distances kilomètriques. *En anglais:* milestone.

bosseler *v.t.* Déformer par des bosses, des grosseurs anormales.

bouder *v.i.* Marquer du dépit, de la mauvaise humeur par une attitude renfrognée.

bouée *n.f. Emploi marin.* Corps flottant fixé par une chaîne au fond de la mer, et servant à indiquer les écueils ou à répérer un point déterminé.

bouffi e *adj.* Boursouflé, gonflé.

bouger *v.i.* Se mouvoir.

bougie *n.f.* Chandelle de cire à mèche tressée. *En anglais:* candle.

bougonner *v.i. Fam.* Murmurer.

bouillant e *Fig.* Emporté, ardent, animé.

bouillonner *v.i.* S'élever en bouillons. *Fig.* S'agiter.

boule *n.f.* Corps sphérique.

boulette *n.f.* Petite boule de viande.

bouleversement *n.m.* Trouble violent, grand désordre.

bouleverser *v.t.* Mettre en désordre. *Fig.* Agiter violemment, mettre dans la confusion.

bourbe *n.f.* Amas de boue telle que celle des marais, des étangs.

bourbeux euse *adj.* Plein de bourbe.

bourgeois e *n.* De nos jours personne qui appartient à la classe moyenne, ou dirigeante *(par oppos.* à la classe ouvrière et paysanne).

bourrasque *n.f.* Tourbillon de

vent, impétueux et de peu de durée.

bourrée *n.f. Can.* Travail forcé et rapide.

boursouflé e *adj.* Enflé, bouffi, gonflé. *Fig.* Vide et emphatique en parlant du style.

boursouflure *n.f.* Enflure.

bousculer *v.t.* Mettre sens dessus dessous.

bout *n.m.* Morceau, fragment.

braconnier ère *n.* Personne qui chasse ou pêche sans permis et dans les endroits réservés.

braise *n.f.* Bois réduit en charbons, ardents ou éteints.

brassée *n.f. Can.* Chaudronnée en parlant du sucre d'érable. Ce que contient le récipient.

brebis *n.f.* Femelle du bélier. *En anglais*: ewe.

bredouiller *v.t.* Parler de manière peu distincte.

bridé e *adj.* En parlant des yeux dont les paupières sont étirées latéralement.

brin *n.m. Fam.* Petite quantité.

brioche *n.f.* Pâtisserie.

briquet *n.m.* Petit appareil servant à produire du feu.

brisant *n.m.* Rocher ou écueil sur lequel la mer se brise et déferle.

broncher *v.i. Fig.* Murmurer, bouger.

brouillard *n.m.* Amas de gouttelettes d'eau, en suspension dans l'air.

brouiller (se) *v.pr.* Devenir trouble.

broussaille (en) *n.f.* En désordre.

brousse *n.f.* Paysage de steppes, des régions tropicales, parsemé d'arbustes. *Pop. et péjor.* Campagne.

bru *n.f.* Femme du fils. Belle-fille.

bruissant e Plein d'un son confus.

bruit *n.m.* Ensemble de sons sans harmonie.

brûlement *n.m.* Action de brûler, consumer par le feu. *Fam.* Sensation de brûlure.

brûler *v.t. Fig.* Désirer ardemment. *Fam.* Etre sur le point de trouver.

brume *n.f.* Brouillard épais sur la mer.

brusquement *adv.* De façon brusque, avec rudesse et sans ménagement.

bûche *n.f.* Morceau de bois de chauffage.

bûcher *v.t. et i.* Travailler sans relâche.

button *n.m.* Petite eminence de l'arbre.

C

cachette *n.f.* Petite cache. En cachette *loc. adv.* En secret, à dérobée.

cadenasser *v.t.* Fermer avec une petite serrure mobile, nommée cadenas.

cadet ette *adj. et n.* Se dit d'un enfant qui vient après l'aîné, et du dernier-né d'une famille.

cadran *n.m.* Surface portant les chiffres des heures, sur laquelle courent les aiguilles d'une montre, d'une pendule.

cahot *n.m.* Saut que fait une voiture sur un chemin raboteux.

cahoteux euse *adj.* Qui provoque de petits sauts.

caisse *n.f.* Coffre à argent. Bureau où il se trouve.

caissier *n.m.* Personne qui tient la caisse d'un établissement.

caillou *n.m.* Pierre de petite dimension.

calmant *n.m. Fam.* Médicament pour apaiser, calmer.

camarade *n.* Compagnon.

camion *n.m.* Gros véhicule automobile pour le transport de lourdes charges.

camouflé e *adj.* Dissimulé à l'aide d'un camouflage.

camoufler *v.t.* Déguiser de manière à rendre méconnaissable ou inapparent.

canaille *n.f.* Personne méprisable.

canne *n.f.* Bâton pour s'appuyer en marchant.

caprice *n.m.* Décision subite, irréfléchie, changeante.

cardiaque *adj.* Qui appartient au cœur.

carnet *n.m.* Petit cahier. Assemblage de tickets, de timbres, etc. attachés ensemble.

carriole *n.f.* Petite charrette couverte et suspendue.

carrossable *adj.* Que les voitures peuvent parcourir.

caser (se) *v. pr. Fam.* Se placer.

casserole *n.f.* Ustensile de cuisine à fond plat et à manche.

cassure *n.f.* Endroit où un objet est cassé. Brisure.

catalogne *n.f.* Au Canada étoffe multicolore servant à faire des tapis.

cauchemar *n.m.* Rêve pénible avec sensation d'oppression, d'étouffement.

cavalier ère *adj.* Destiné aux cavaliers. *Par ext.* un peu trop libre.

caverneux euse *adj. Fig.* Sourd, grave.

ceinture *n.f.* Bande d'étoffe, de cuir, etc., serrant la taille.

célibataire *adj. et n.* Qui vit dans l'état d'une personne non-mariée.

censé e *adj* Supposé, considéré comme.

cependant *conj.* Pourtant, toutefois.

cerveau *n.m.* Centre nerveux situé dans le crâne. *Fig.* Esprit, intelligence, jugement.

chair de poule *En anglais:* goose flesh, goose pimples.

chalumeau *n.m.* Tuyau de paille de roseau. Flute champêtre. Appareil produisant un jet de flamme.

champêtre *adj.* Qui appartient aux champs.

chalutier *n.m.* Bateau de pêche qui traine le chalut (filet de pêche).

chambrée *n.f.* Ensemble de personnes logeant dans une même chambre.

Chandeleur *n.f.* Fête catholique.

chape *n.f.* Sorte de grand manteau, en général d'église qui s'agrafe par devant. Cape.

chapelet *n.m.* Object de piété. *Fig.* Série d'objets.

charnier *n.m.* Mis pour le cimetière, le lieu où l'on enterre la chair.

charroi *n.m.* Transport par chariot ou par charrette.

charrue *n.f.* Instrument pour labourer la terre.

chasse d'eau *n.f.* Appareil à écoulement d'eau rapide. *En anglais:* flusher (of toilet).

châssis *n.m. Can.* Fenêtre.

châtiment *n.m.* Peine, correction sévère.

chatoyant e *adj.* Qui a des reflets brillants.

chaud *n.m.* Chaleur.

chaudière *n.f. Can.* Vaisseau en métal où l'on fait chauffer, bouillir ou cuire.

chaudron *n.m.* Petit récipient métallique où l'on fait chauffer, cuire, etc.

chauffer *v.t.* Rendre chaud.

chaume *n.m.* Paille longue dont on a relevé le grain.

chaussée *n.f.* Route, rue.

chauve *adj.* Dont la tête est complètement ou presque complètement dépouillée de cheveux.

chavirement *n.m.* Action de chavirer.

chavirer *v.i.* Etre renversé, se retourner sens dessus dessous. Vaciller. Etre vivement ému, bouleversé.

chef d'œuvre *n.m.* Œuvre parfaite.

cheville *n.f.* Partie inférieure de la jambe.

chevrier ère *n.* Personne qui garde les chèvres.

chiffonner *v.t.* Froisser.

chômeur euse *n.* Personne qui se trouve sans travail.

choquer *v.t.* Donner un choc, heurter. *Fig.* Offenser, blesser.

choyer *v.t.* Entourer de soins affectueux.

chronique *n.f.* Article de journal où sont rapportés les faits, les nouvelles du jour.

chute *n.f.* Action de tomber.

cierge *n.m.* Grande chandelle de cire à l'usage des églises.

circulation *n.f.* Mouvement de ce qui circule. Action de se mouvoir en usant des voies de communication, des routes, des rues.

circuler *v.i.* Se mouvoir de façon continue.

claironner *v.i. et t. Fig.* Annoncer avec éclat.

clairvoyance *n.f.* Vue claire et pénétrante des choses.

claquer *v.t.* Faire entendre un bruit sec. Fermer une porte avec violence et bruit.

clavigraphe *n.m. Can.* Machine à écrire.

cligner *v.t. et i.* **(de l'œil)** Faire signe de l'œil à quelqu'un.

clignotant e *adj.* Qui s'allume et s'éteint par intermittence. Scintillant en parlant des étoiles.

cloison *n.f.* Mur léger servant à former des divisions intérieures d'un batiment.

clocher, *n.m.* Tour élevée au-dessus ou à proximité d'une église pour abriter les cloches.

clore *v.t. Fam.* Arrêter, déclarer terminé.

clôturé e *adj.* Entouré d'une muraille ou d'une haie.

cocu e *n. et adj. Fam.* Trompé.

coffre-fort *n.m.* Coffre d'acier, à serrure de sûreté, pour enfermer de l'argent, des valeurs.

coffrer *v.t. Pop.* Mettre en prison.

coiffé e *adj.* Dont les cheveux sort arrangés. *Fam.* Dont la tête est couverte.

coincer *v.t.* Mettre dans l'impossibilité de se déplacer.

colère *n.f.* Irritation. Mouvement agressif à l'égard de ce qui offense.

collège *n.m.* Etablissement d'enseignement secondaire.

collègue *n.* Personne qui remplit la même fonction publique ou qui fait partie d'un même établissement qu'une autre.

coller *v.t. et i.* Adhérer.

combattant *n.m.* Homme, soldat qui prend part directement à un combat.

combinaison *n.f.* Vêtement de travail réunissant blouse et pantalon.

combine *n.f. Pop.* Moyen peu scrupuleux pour parvenir à ses fins.

consortium *n.m.* Groupement d'entreprises.

comble *n.m.* Ce qui peut tenir au-dessus des bords d'une mesure déjà pleine. *Fig.* Le sommet, le dernier degré.

commande (de) Artificiel, simulé.

commentaires *n.m. pl.* Remarques. Interprétation

malveillantes des actes ou des paroles de quelqu'un.

commode *adj.* Qui est d'un caractère facile.

comploter *v.t. et i.* Préparer secrètement et de concert.

compréhensif ive *adj.* Capable de comprendre les autres, bienveillant, indulgent.

concert (de) *loc. adv.* Avec entente, conjointement.

concours *n.m.* Action d'entrer en concurrence avec d'autres pour prétendre à quelque chose.

confectionner *v.t.* Faire, fabriquer.

confier (se) *v.pr.* accorder sa confiance.

confins *n.m.pl.* Limites, extrémités d'un pays, d'un territoire.

confrérie *n.f.* Association de personnes d'une même société.

confusément *adv.* De façon confuse, manquant de clarté, vague.

connaître (se) *v. pr.* En, à quelque chose, être habile, expert en quelque chose.

conquérir *v.t.* Acquérir par les armes. *Fig.* Gagner.

consacrer *v.t.* Employer, destiner.

conseil *n.m.* Avis donné ou demandé sur ce qu'il convient de faire.

considéré e *adj.* Estimé, apprécié. *Fig.* Regardé comme.

consoler (se) *v. pr.* Mettre fin à ses regrets.

consommation *n.f.* Action de consommer. Boisson demandée dans un café, etc.

contenté e *adj.* Satisfait.

contourner *v.t.* Dessiner, façonner les contours de.

contrecarrer *v.t.* S'opposer directement à.

contrôleur euse *n.* Personne chargée d'exercer le contrôle des billets. *En anglais:* conductor.

convaincu e *adj. et n.* Profondément persuadé.

convenir *v.t. (à)* Etre approprié.

copain *n.m. Fam.* Camarade.

coque *n.f.* Enveloppe solide et dure de l'œuf. Carcasse d'un navire, d'un avion.

convive *n.* Qui prend, ou doit prendre part à un repas avec d'autres personnes.

corneille *n.f.* Oiseau voisin des corbeaux mais plus petit.

corvée *n.f.* Travail gratuit qui était dû par le paysan à son seigneur. Travaux domestiques et d'entretien exécutés par les soldats. *Fig.* Travail fastidieux.

coterie *n.f.* Petit groupe de personnes qui soutiennent ensemble leurs intérêts.

côtoyer *v.t.* Aller le long de.

couche *n.f.* Linge dont on enveloppe les nourrissons. *En anglais:* diaper.

coudre *v.t.* Attacher, joindre par une suite de points faits au moyen d'une aiguille et d'un fil. *En anglais:* to sew.

couler *v.i.* Passer en parlant du temps. S'engloutir, glisser.

coulis *adj.* Qui se glisse à travers une fente, en parlant du vent.

coup *n.m.* Choc de deux corps.

coupe *n.f.* Sorte de verre à boire, généralement plus large que profond.

coupure *n.f.* Extrait d'un article de journal. Incision faite dans un corps par un instrument tranchant.

coureur *n.m. et adj.* Personne ou animal qui court.

courir *v.i.* Aller rapidement. *v.t.* (un risque) Etre exposé à un danger, à un inconvénient possible.

courroucer *v.t.* Mettre en colère.

course *n.f.* Epreuve de vitesse.

coutumier ère *adj.* Que l'on fait habituellement.

couventine *n.f.* Jeune fille élevée dans un couvent.

couverture *n.f.* Tissu quelconque servant à couvrir et à protéger du froid.

craintif ive *adj.* Ayant peur. Dans le texte dangereux.

cramais Mot inventé.

cramponner (se) *v. pr.* S'accrocher, s'attacher fortement.

cran *n.m. Can.* Rocher nu à fleur de terre.

crèche *n.f.* Etablissement où on reçoit pendant le jour les enfants en bas âge dont la mère travaille. *Can.* Institution où l'on garde les bébés illégitimes pour adoption. Mangeoir où fut déposé Jésus à sa naissance. Représentation de cette crèche pour Noël.

crémone *n.f. Can.* Cache-nez en laine tricotée.

crépitement *n.m.* Bruit sec et fréquent.

creux *n.m.* Cavité.

crevette *n.f.* Nom donné à plusieurs crustacés. *En anglais:* shrimps, prawns.

crissement *n.m.* Son maigre et aigu.

crispé e *adj.* Contracté. *Fig.* Impatient.

croasser *v.i.* Crier en parler de la corneille.

croiser *v.t.* Disposer en croix. Rencontrer en venant d'une direction opposée.

croissant e *adj.* Qui croît, s'augmente.

croupion *n.m. Fam.* Queue.

croûte *n.f.* Partie extérieure du pain, durcie par la cuisson. Pâte cuite qui renferme certains mets.

cueillir *v.t. Fig.* Prendre.

cuisant e *adj:* Qui fait mal, douloureux, âpre, aigu, blessant.

cuisinière *n.f.* Appareil muni d'un ou de plusieurs foyers pour cuire les aliments.

cuisse *n.f.* Partie du membre inférieur qui s'étend de la hanche au genou.

culbuter *v.t.* Tomber à la renverse.

culinaire *adj.* Relatif à la cuisine.

culpabilité *n.f.* Etat d'une personne coupable.

cure *n.f.* N'avoir cure de, ne pas se préoccuper de.

D

dactylographier *v.t.* Ecrire en se

servant d'une machine. Taper (à la machine).

dames (Le club de) *n.f.* Pièce du jeu d'échecs.

déballer *v.t.* Défaire une caisse et en ôter le contenu.

débiter *v.i. Fig.* Réciter, déclamer, dire, dire sans réfléchir.

déborder *v.i.* Dépasser les bords, se répandre par-dessus les bords.

déboucher *v.t.* Débarrasser de ce qui bouche.

débourser *v.t.* Tirer de sa bourse, de sa caisse pour faire un paiement.

début *n.m.* Commencement.

déchiffrer *v.t. Fig.* Comprendre, deviner ce qui est obscur.

déchirure *n.f.* Rupture ou division faite par un effort violent.

déclamatoire *adj.* Qui relève de l'emphase, pompeux.

déclencher *v.t. Fig.* Mettre en mouvement.

déclencheur *n.m.* Organe destiné à séparer deux pièces réunies par un mécanisme.

déclic *n.m.* Dispositif destiné à couper la liaison entre deux parties d'un même mécanisme. Bruit provoqué par son déclenchement.

déclivité *n.f.* Etat de ce qui est en pente.

décollé e *adj.* N'adhérant pas à un autre corps.

décontenancer *v.t.* Faire perdre contenance, embarrasser.

décor *n.m.* Paysage.

décrocher *v.t.* Détacher ce qui était accroché ou suspendu. *Fig.* Commencer, déclencher.

déculotter *v.t.* Oter la culotte, le pantalon.

décupler *v.t.* Multiplier par dix. *Fig.* Augmenter considérablement.

dédaigner *v.t.* Repousser, négliger comme indigne de soi.

défaillant e *adj.* Affaibli.

déferent e *adj.* Respectueux.

défié e *adj.* Provoqué. *Fig.* Bravé, affronté.

défier *v.t.* Provoquer au combat.

défoncer *v.t.* Oter le fond de quelque chose.

défricher *v.t.* Rendre propre à la culture un terrain inculte.

défunt e *adj. et n.* Qui est mort.

dégât *n.m.* Dommage occasionné par quelque cause violente.

dégivrer *v.t.* Faire fondre le givre déposé sur quelque chose.

dégouliner *v.i.* Qui coule lentement goutte à goutte.

dégrafer *v.t.* Décrocher l'agrafe, le crochet de métal qui réunit les deux bords d'un vêtement.

déjouer *v.t.* Faire échouer. *Can.* Détruire l'effet des actions ou des paroles de quelqu'un. N'être pas à son jeu.

délaisser *v.t.* Sortir, quitter.

délavé e *adj.* D'une couleur fade, pâle.

délayer *v.t.* Mélanger avec un liquide.

délibérément *adv.* Après avoir réfléchi.

délices *n.f. pl.* Plaisir extrême.

démantibuler *v.t. Fam.* Démonter

maladroitement, rendre impropre à fonctionner ou à servir.

déménager *v.t.* Transporter des meubles d'une maison dans une autre. *v.i.* Changer de logement.

démentiel elle *adj.* Qui caractérise la démence, la folie.

demeurant (au) *loc. adv.* Au reste, tout bien pesé.

dénicher *v.t.* Trouver à la suite de longues recherches.

dénoué e *adj.* Terminé.

densité *n.f.* Qualité de ce qui est compact, lourd relativement à son volume.

déplorer *v.t. Fam.* Trouver mauvais, regretter.

déployé e *adj.* Rire à gorge déployée, rire aux éclats.

dépouiller (se) *v. pr.* Se défaire de.

dérailler *v.i.* Sortir des rails. *Fig. et fam.* Déraisonner, divaguer.

dérangé e *adj. Fam.* Dément.

déranger *v.t.* Oter une chose de sa place. *Fig.* Gêner quelqu'un dans ses occupations, importuner.

dérive (à la) *n.f.* Etre sans énergie, sans volonté.

dérougir *v.t.* Effacer de quelque chose la couleur rouge.

dérouler *v.t.* Etendre, étaler sous le regard.

déroute *n.f. Fig.* Mettre en déroute: faire changer de direction, décontenancer.

désaccord *n.m.* Manque d'harmonie, d'accord; mésentente, contradiction.

désagrément *n.m.* Sujet de contrariété, ennui.

désemparé e *adj. Fig.* Privé de ses moyens, ne sachant que dire ou que faire.

désertique *adj.* Qui appartient au désert.

désinvolte *adj.* Qui a l'allure dégagée. *Fig.* Trop libre, impertinent.

désinvolture *n.f.* Tournure remplie d'aisance. *Par ext.* Sans-gêne, impertinence.

désœuvrement *n.m.* Etat d'une personne désœuvrée, qui n'a rien à faire.

désormais *adv.* Dorénavant, à l'avenir.

destin *n.m.* Puissance surnaturelle qui fixerait le cours des événements.

détraquer *v.t.* Déranger le mécanisme. *Fig. et fam.* Troubler.

détriment *n.m.* Dommage, tort.

détroit *n.m.* Bras de mer resserré entre deux terres.

deuil *n.m.* Profonde tristesse causée par la mort de quelqu'un.

dévaler *v.t.* Parcourir en descendant. *v.i.* Descendre rapidement.

devancer *v.t.* Venir avant, précéder.

déverser *v.t. Fig.* Répandre, épancher.

deviner *v.t.* Prédire ce qui doit arriver. Découvrir intuitivement ou par conjecture.

devoir *v.t.* **(dû)** Etre tenu de payer. *Fig.* Etre redevable.

Dieu *n.m.* Etre supérieur à l'homme chargé de certaines attributions dans l'univers.

diffus e *adj.* Répandu dans diverses parties.

dinde *n.f.* Oiseau gallinacé originaire d'Amérique.

divan *n.m.* Sorte de sofa, de canapé sans dossier.

dodu e *adj. Fam.* Bien en chair, potelé. *En anglais:* plump.

doré e *adj.* Jaune, de couleur d'or.

dorénavant *adv.* A partir du moment présent; désormais.

dossier *n.m.* Ensemble des papiers concernant une personne, une affaire.

douceur *n.f.* Qualité de ce qui est doux au goût. *Pl.* Friandises.

doué e *adj.* Qui a des dons naturels.

douleur *n.f.* Souffrance physique.

doux douce *adj.* En douce *Fam.* Discrètement, sans bruit.

drame *n.m.* Action théâtrale, ou générale. *Fig.* Evénement tragique, catastrophe.

drap *n.m.* Grande pièce de lingerie recouvrant le matelas d'un lit ou doublant les couvertures.

dressé e *adj. Can.* Disposé, étendu.

drôlement *adv.* D'une façon drôle. *Fam.* Très, extrêmement.

dû *n.m.* Ce qui est dû à quelqu'un.

durcir *v.t.* Rendre dur.

E

ébauche *n.f. Fig.*
Commencement, début.

ébène *n.f.* Bois dur et pesant.

éblouir *v.t.* Troubler la vue par
un éclat trop vif.

ébranler (s') *v.pr.* Se mettre en
mouvement.

ébrouer (s') *v.pr.* Souffler de
frayer, d'impatience
généralement en parlant de
cheval, s'agiter, se secouer.

ébruiter *v.t.* Rendre public.

ébullition *n.f.* Mouvement, état
d'un liquide qui bout,
effervescence passagère.

écaler *v.t.* Oter l'écale de.

écarquillé e *adj.* Tout grand
ouvert, surtout en parlant de
l'œil.

écarquiller *v.t.* Ouvrir tout
grand les yeux.

écart (à l') *loc. adv.* Dans une
sorte d'isolement.

échine *n.f. Syn.* de colonne
vertébrale. *Par ext.* Dos.

échinée *n.f. Can.* Quartier du
dos d'un cochon.

échouer *v.i. Fam.* S'arrêter en un
lieu.

éclair *n.m.* Vive lumière de
courte durée. *Fig.* Lueur, éclat.

éclaircie *n.f.* Endroit clair dans
un ciel brumeux. Espace
dégarni d'arbres dans un bois.

éclairer *v.t.* Répandre de la
lumière.

éclairer (s') *v. pr.* Devenir
compréhensible.

éclat *n.m.* Fragment d'un objet
brisé, cassé. Lueur vive.

écœurant e *adj.* Qui soulève le
cœur. *Fig.* Qui inspire de la
répulsion, du dégoût.

écorce *n.f.* Partie superficielle et
protectrice des troncs.

écorce-peau *n.f.* Peau qui
ressemble au liège.

écrabouillé e *adj. Fam.* Ecrasé.

écraser *v.t.* Aplatir et briser par
une compression, un choc.

écraser (s') *v. pr. Fam.* Tomber.

effacé e *adj.* Presque disparu de
la vue.

effectuer *v.t.* Mettre à exécution,
accomplir.

effervescence *n.f.* Agitation
extrême.

effet (en) *loc. conj.* Marque une
explication.

effets *n.m. pl.* Vêtements. Pièces
de l'habillement.

effleurer *v.t.* Toucher à peine,
légèrement.

effluve *n.m.* Sorte d'émanation
qui s'exhale du corps de
l'homme et des animaux.

efforcer (s') *v. pr.* Faire tous ses
efforts.

effriter (s') *v. pr.* Tomber en
poussière.

effroi *n.m.* Grande frayeur,
épouvante terreur.

effroyable *adj.* Qui cause de
l'effroi, une grande peur.

égaré e *adj.* Troublé, qui a perdu
la raison.

égarer *v.t.* Mettre hors du droit
chemin.

élaborer *v.t.* Préparer par un
long travail.

émail *n.m.* Vernis vitreux,
opaque ou transparent, de
composition analogue à celle
du verre.

embauche *n.f. Can.* Ouvrage, travail.

embaumer *v.i.* Exhaler une odeur suave.

embêter *v.t. Fam.* Ennuyer, importuner vivement.

emblée (d') *loc. adv.* Du premier coup.

embonpoint *n.m.* Etat d'une personne un peu grasse.

embouchure *n.f.* Entrée d'un fleuve dans la mer.

embraser *v.t.* Illuminer vivement. *Fig.* Exalter, enflammer.

embroussaillé e *adj. Fig.* En désordre. Se dit d'habitude des cheveux.

embruns *n.m.pl. Emploi marin.* Poussière d'eau de mer soulevée par le vent au moment où la lame se brise.

embûche *n.f.* Ruse, machination, piège.

éméché e *adj.* Légèrement énivré, ivre.

emerveiller *v.t.* Inspirer une grande admiration.

émettre *v.t.* Produire en envoyant au dehors.

émission *n.f.* Diffusion par radio ou télévision. *En anglais:* broadcast.

emmitouflé e *adj.* Bien enveloppé.

émoi *n.m.* Emotion, trouble.

empanaché e *adj.* Dont les plumes ressemblent à un panache.

emparer (s') *v. pr.* Se saisir d'une chose par force, s'en rendre maître. Exercer une domination sur une personne, l'accaparer.

empâté e *adj.* Qui présente de l'empâtement. Epais, gonflé.

empêcher (s') *v. pr.* S'abstenir.

empesé e *adj.* Raide.

empiler (s') *v. pr.* S'entasser.

emplâtre *n.m.* Onguent se ramollissant à la chaleur et que l'on utilise dans le traitement de certaines maladies de la peau. Au Canada employé pour sinapisme: médicament à base de farine de moutarde, ou cataplasme.

emplette *n.f.* Achat de marchandises. Marchandise achetée.

empocher *v.t. Fam.* Mettre en poche, recevoir.

emporter (s') *v. pr.* Se laisser aller à la colère.

empressement *n.m.* Action de s'empresser, hâte.

énamouré e *adj.* Amoureux.

encadrer *v.t.* Mettre dans un cadre. Entourer et faire ressortir.

encaisser *v.t.* Mettre en caisse. Recevoir de l'argent, des valeurs.

enchaîner *v.t.* Reprendre rapidement la suite d'un dialogue.

enchantement *n.m.* Action de charmer, d'ensorceler par des opérations prétendues magiques. *Fig.* Joie très vive.

enclos e *part. passé du verbe* **enclore** *v.t.* Entourer de murs, de haies, etc.

encontre (à l') *loc. prep.* Etre contraire à.

encorner *v.t.* Percer, blesser d'un coup de corne.

endimancher *v.t.* Revêtir les vêtements du dimanche. Etre endimanché, avoir l'air emprunté dans une toilette plus soignée que d'habitude.

endroit *n.m.* Lieu, place déterminée.

énergumène *n.m.* Homme exalté, qui parle, qui gesticule avec véhémence.

enfoncer *v.t.* Pousser vers le fond, faire pénétrer bien avant.

enfourner *v.t.* Mettre dans le four. *Can.* Faire pénétrer par grandes quantités dans une ouverture ou embouchure quelconque.

enfrimassé e *adj. Can.* Couvert de frimas.

enfuir (s') *v. pr.* Fuir de quelque lieu. S'en aller rapidement.

engager *v.t. Fig.* Commencer, entamer.

engager (s') *v. pr.* Pénétrer, s'enfoncer dans. Contracter un engagement.

engivré e *adj. Can.* Met du givre sur, couvert de givre.

englober *v.t.* Réunir, comprendre en un tout.

engouffrer *v.t.* Avaler rapidement. *Fig.* Absorber rapidement.

engueuler *v.t.* Accabler de reproches, d'injures.

enivrant e *adj.* Qui enivre. Qui produit une certaine exaltation.

enivrement *n.m. Fig.* Transport, exaltation.

enjambée *n.f.* Action d'enjamber, espace qu'on enjambe. Un grand pas.

enjamber *v.t.* Faire un grand pas pour franchir.

enligner *v.t.* Placer bout à bout sur une même ligne.

enluminé e *adj.* Orné d'enluminures, peint de couleurs vives.

enraciné e *adj. Fig.* Fixé profondément.

enrager *v.i. Fig.* Etre vexé, furieux.

enquérir (s') *v. pr.* S'informer, faire des recherches.

enseigne *n.f.* Marque distinctive placée sur la façade d'une maison de commerce.

ensevelir *v.t.* Enterrer.

ensoleillé e *adj.* Exposé au soleil.

ensorcelant e *adj.* Qui séduit, captive.

entailler *v.t.* Faire une entaille, une coupure dans l'arbre.

entamer *v.t.* Couper le premier morceau. Diminuer en enlevant une partie de.

entendre (s') *v. pr.* Se comprendre, se mettre d'accord. Etre habile en.

entrailles *n.f. pl. Fig.* Partie inférieure et profonde.

entrebailler *v.t.* Entr' ouvrir légèrement.

entrechoquer (s') *v. pr.* Se heurter l'un contre l'autre.

entretemps *adv.* Dans cet intervalle de temps.

entretien *n.m.* Action ou dépense pour tenir une chose en bon état. Conversation suivie.

envie *n.f.* Désir qu'on a besoin de satisfaire.

envol *n.m.* Action de s'envoler.

envoûtant e *adj.* Qui subjugue, domine.

envoûté e *adj.* Séduit, enchanté.

épanouir *v.t.* Faire ouvrir, en parlant des fleurs. *Fig.* Rendre joyeux.

épargner *v.t.* Amasser par économie. Eviter, dispenser de.

éparpiller *v.t.* Disperser, disposer ça et là. Eparpillé, répandu.

épaule *n.f.* Partie supérieure du corps. *En anglais:* shoulder.

épave *n.f.* Objet abandonné en mer ou rejeté sur le rivage.

épi *n.m.* Partie terminale de la tige de blé.

épier *v.t.* Observer secrètement, attentivement.

épinette *n.f.* Sapin (au Canada).

épousailles *n.f. pl.* Célébration du mariage (vieilli).

éprendre (s') *v. pr.* S'attacher passionnément à quelqu'un.

épreuve *n.f.* Expérience, essai qu'on fait d'une chose. Mettre à l'épreuve, éprouver.

éprouver *v.t.* Ressentir.

épuisé e *adj.* A bout de forces.

équipage *n.m.* Ensemble des hommes assurant le service d'un navire, d'un avion, d'un char, etc.

équipe *n.f.* Groupe d'hommes travaillant à une même tâche, ou unissant leurs efforts dans le même dessein.

ergot *n.m.* Pointe de corne derrière le pied du coq.

érotisme *n.m. Médecine.* Amour maladif.

ès *prep. contraction de* **en les.** En matière de.

escalader *v.t.* Franchir en passant par-dessus.

escalier *n.m.* Suite de marches échelonnées pour monter ou descendre.

espace *n.m.* Etendu indéfinie qui contient et entoure tous les objets.

espiègle *adj. et n.* Vif et malicieux.

esprit *n.m.* Faculté de comprendre, de connaître. *Fam. pl.* Raison. Principe immatériel, l'âme.

esquisser *v.t.* Décrire à grands traits. *Fig.* Commencer un geste.

étain *n.m.* Un des métaux usuels, blanc, relativement léger et très malléable. *En anglais:* pewter.

étaler *v.t.* Montrer, exposer pour la vente. Faire parade.

étang *n.m.* etendue d'eau peu profonde.

étape *n.f.* Lieu d'arrêt de quelqu'un en voyage.

éteindre (s') *v. pr.* Cesser de brûler, de briller. *Fig.* Mourir doucement.

éteint e *adj.* Qui a perdu son éclat, sa vivacité.

étirer *v.t.* Etendre, allonger.

étirer (s') *v. pr. Fam.* S'allonger.

étouffant e *adj.* Qui fait qu'on étouffe. *Fig.* Qui amortit.

étourdi e *adj. et n.* Qui agit sans réflexion, sans attention.

etourdir (s') *v. pr.* Se distraire pour ne penser à rien.

étourdissant e *adj. Fam.* Qui fait perdre l'usage des sens, extraordinaire.

étourdissement *n.m.* Vertige, perte de conscience passagère.

étranger ère *adj. et n.* Qui est d'une autre nation. A l'étranger, en pays étranger.

étreinte *n.f.* Action de serrer dans les bras.

étroit e *adj.* Qui a peu de largeur, mince.

étroitesse *n.f.* Caractère de ce qui est étroit. *Fig.* Défaut de largeur surtout dans l'esprit.

euphorie *n.f.* Sensation de bien-être, de satisfaction.

évanouir (s') *v. pr.* Perdre connaissance.

éveil *n.m.* Action de sortir du repos.

évocation *n.f.* Action de rappeler une chose oubliée.

évoquer *v.t.* Faire apparaître à l'esprit par l'imagination.

exercer *v.t. par ext.* Mettre en jeu, donner cours à.

exulter *v.i.* Eprouver une grande joie.

F

facette *n.f. Can.* Divers aspects d'une chose.

facteur *n.m.* Employé des postes qui distribue le courrier.

faillir *v.i.* Céder, manquer.

faire (se) (à) *v. pr.* S'habituer.

fait *n.m.* Action; chose faite.

fait-divers *n.m.* Evénement de peu d'importance.

faîte *n.m.* Sommet. Partie la plus élevée d'un édifice.

falaise *n.f.* Sur les côtes, talus raide aménagé par l'érosion marine. *En anglais:* cliff.

fantasmagorique *adj.* Qui appartient au domaine du surnaturel, de l'extraordinaire.

farceur euse *n.* Personne qui fait rire par ses propos, ses bouffonneries. Personne qui n'agit pas sérieusement.

farine *n.f.* Matière blanche extraite du blé ou d'autres espèces de grain.

farouche *adj.* Sauvage.

farouchement *adv.* Violemment.

fasciner *v.t.* Charmer, captiver.

faufiler (se) *v. pr.* Se glisser adroitement.

fauve *n.m.* Animal sauvage de grande taille comme le lion, le tigre, etc.

fauve *adj.* D'une couleur qui tire sur le roux. Odeur forte et animale.

fauvette *n.f.* Petit oiseau passereau de plumage fauve, au chant agréable, commun dans les buissons.

fébrile *adj.* Qui tient de la fièvre. *Fig.* Nerveux, excité.

fébrilement *adv.* De façon nerveuse.

fée *n.f.* Etre imaginaire que l'on représente comme une femme douée d'un pouvoir surnaturel.

féerique *adj.* Qui tient de la féerie, merveilleux.

feindre *v.t.* Faire semblant.

feinte *n.f.* Déguisement, simulation. *Fam.* Piège.

femme *n.f.* Etre humain femelle. Epouse. *En anglais:* wife.

ferroviaire *adj.* Qui concerne les voies ferrées.

feu *n.m.* Signal lumineux destiné à indiquer la modification d'allure ou de direction d'un véhicule.

feu d'artifice *n.m.* Préparation chimique détonnante et éclairante employée dans les réjouissances. *En anglais:* fireworks.

feuillu e *adj.* Qui a beaucoup de feuilles.

feutre *n.m.* Etoffe de laine ou de poils.

feutré e *adj.* Silencieux en parlant des pas.

fi! *interj.* Qui marque le dégoût, le dédain, le mépris.

fiable *adj. Can.* Digne de confiance, à qui on peut se fier.

ficelé e *adj. Fig. et fam.* Arrangé.

fichu *n.m.* Pointe d'étoffe, de dentelle, ou de laine tricotée dont les femmes s'entourent les épaules et le cou, ou la tête.

fieffé e *adj.* Qui a atteint le dernier degré d'un défaut.

fier (se) *v. pr.* Mettre sa confiance en quelqu'un.

fier ère *adj.* En mauvaise part, qui affecte un air hautain et arrogant. En bonne part, qui a des sentiments nobles et élevés.

figé e *adj.* Fixé, stéréotypé.

figure *n.f.* Visage humain.

filer *v.t.* Mettre en fil.

filet *n.m.* Tissu à larges mailles, destiné à prendre les poissons, les oiseaux, ou à contenir les provisions.

filtre *n.m.* Appareil à travers lequel on passe un liquide pour le purifier.

flagrant e *adj.* Evident, incontestable. Flagrant délit; délit commis sous les yeux de ceux qui le constatent.

flairer *v.t.* Appliquer son odorat à. *Fig.* Pressentir, prévoir.

flèche *n.f. Fig.* Monter en flèche, monter très vite. Accélérer.

fleurir *v.i.* Produire des fleurs.

florissant e *adj.* Qui est en plein épanouissement. Qui annonce la santé.

flot *n.m. Fig.* Une grande quantité.

flou e *adj.* Indistinct, flou *n.m.* Diminution de la netteté des images par changement dans la mise au point.

flux *n.m.* Grande quantité.

foi *n.f.* Confiance en quelqu'un ou en quelque chose.

foin *n.m.* Herbe fauchée et séchée pour la nourriture des animaux domestiques.

foin *interj.* Qui exprime le dédain, le dégoût, le mépris.

folâtrer *v.i.* S'amuser avec une gaieté enfantine, badiner.

foncer *v.t. Fam.* Aller trop vite.

fondé e *adj.* Justifié, établi solidement.

fondre *v.t.* Amener un solide à l'état liquide.

fondu e *adj.* Disparu.

forcément *adv.* D'une manière nécessaire, par une conséquence obligatoire.

forcené e *adj et n*. Furieux, passionné.

forme (en) *Fam*. Etre en bonne condition physique.

foudroyer *v.t. Fam*. Abattre, comme si la foudre tombe dessus.

fouet *n.m*. Instrument formé d'une corde ou d'une lanière de cuir attachée à un manche.

fouetter *v.t*. Donner des coups de fouet.

fouiller *v.t*. Creuser pour chercher. *v.i*. Chercher quelque chose en remuant les objets.

foulée *n.f*. Sports. Distance couverte par un coureur entre deux appuis des pieds au sol.

foyer *n.m*. Lieu où l'on fait le feu.

fracas *n.m*. Bruit violent.

fractionner *v.t*. Couper en morceaux.

frais *n.m*. Dépenses. *Fam. et fig*. Peine, efforts.

franchir *v.t*. Traverser, passer, parcourir. *Fig*. Surmonter.

frayer *v.t*. Rendre praticable. *v.i*. Fréquenter quelqu'un amicalement.

freiner *v.t*. ou *v.i*. Ralentir.

frémir *v.i*. Trembler.

frémissant e *adj*. Qui est agité par un tremblement.

frétiller *v.i*. S'agiter par des mouvements vifs et courts.

friandise *n.f*. Sucrerie.

frimas *n.m*. Brouillard froid et épais qui se glace en tombant.

frisé e *adj*. Dont la feuille est toute crêpée en parlant de la laitue ou du chou.

frisson *n.m*. Série de secousses musculaires rapides et involontaires, contribuant à la lutte de l'organisme contre le refroidissement. *Fig*. Saisissement qui vient de la peur, d'une émotion vive.

frite *n.f*. Pomme de terre frite.

frisquet ette *adj. Fam*. D'un froid piquant.

frôler *v.t*. Toucher légèrement en passant.

froncer *v.t*. Rider en contractant, en resserrant.

front *n.m*. Région antérieure du crâne allant chez l'homme, de la naissance des cheveux jusqu'aux sourcils.

frotter *v.t*. Passer à plusieurs reprises, et en appuyant, un corps sur un autre.

fructueux euse *adj*. Utile, profitable.

fuir *v.i*. S'éloigner rapidement pour échapper. S'écouler avec rapidité. *v.i*. Chercher à éviter en s'éloignant.

funérailles *n.f. pl*. Cérémonies qui s'accomplissent pour l'enterrement d'une personne.

fusée *n.f*. En *anglais*: rocket.

futile *adj*. Qui est dépourvu d'intérêt, de valeur, d'importance.

fuyard e *adj et n*. Qui s'enfuit, qui prend la fuite au combat.

G

gâcher *v.t. Fig*. Gaspiller.

gaillard *n.m*. Dans l'ancienne marine à voile chacune des superstructures placées à l'avant et à l'arrière sur le pont supérieur, et servant de logement.

galet *n.m.* Caillou poli et arrondi par l'action de la mer, des torrents ou des glaciers.

galette *n.f.* Petit gâteau plat.

garçonnet *n.m.* Jeune garçon.

garde *n.f.* Monter la garde: être de faction. Surveiller.

gaspillage *n.m.* Action de dépenser follement, inutilement.

gazon *n.m.* Herbe tondue ras. La terre qui en est couverte.

gémir *v.i.* Exprimer sa peine, sa douleur par des sons plaintifs.

gêne *n.f.* Malaise qu'on éprouve quand on est serré, oppressé. *Fig.* Contrainte, embarras.

gêné e *adj.* Qui éprouve de l'embarras, mal à l'aise.

général e aux *adj.* Relatif à un ensemble de personnes, de choses. **Magasin général**: Au Québec: grand magasin, bazar.

génie *n.m.* Divinité qui dans l'opinion des anciens présidait à la vie de chacun.

gerbe *n.f.* Botte de fleurs coupées à longues tiges. *Fig.* Assemblage de gens qui ressemble à une gerbe.

gestation *n.f. Fig.* Temps d'élaboration d'un ouvrage de l'esprit.

giguer *v.i. Can.* Danser vivement et gaiment sur un air à deux temps.

gisant e *adj.* Couché, étendu sans mouvement.

glace *n.f.* Miroir. Verre poli et métallisé qui réflète la lumière et donne des images des objets. Rafraîchissement composé de crème aromatisée et congelée. *En anglais:* ice cream.

glaçon *n.m.* Morceau de glace.

glaise *n.f. et adj.* Terre grasse et compacte. *En anglais:* clay.

glaiseux euse *adj.* De la nature de la glaise.

globe *n.m.* Enveloppe sphéroïdale de verre.

gnome *n.m.* Petit génie censé habiter le sein de la terre et garder ses richesses.

goélette *n.m. Emploi Marin.* Petit bâtiment, généralement à deux mâts, aux formes élancées.

gorgée *n.f.* Ce qu'on peut avaler de liquide en une seule fois.

gouailleur se *adj.* Railleur, moqueur.

gourmander *v.t.* Réprimander sévèrement.

gourmé e *adj.* Qui affecte un maintien composé et trop grave.

goutte *n.f.* Petite partie sphérique qui se dégage d'un liquide.

grand-père *n.m.* Père du père ou de la mère.

grandiloquent e *adj.* Emphatique, pompeux.

grange *n.f.* Bâtiment où l'on serre les céréales en gerbe, la paille, et le foin.

gras grasse *adj.* Qui est formé de graisse. *Fig.* Abondant, riche.

gratin *n.m.* Mets recouvert de chapelure et cuit au four.

gratiner *v.t.* Accommoder au gratin.

gratte-ciel *n.m.* Bâtiment à grand nombre d'étages.

gré *n.m.* Volonté.

grelot *n.m.* Boule métallique creuse, contenant un morceau de métal qui la fait résonner.

griffonner *v.t.* Ecrire mal.

griller *v.t. Fig. pop.* Fumer.

grimace *n.f.* Contorsion de visage. *Fig.* Apparence trompeuse, dissimulation.

grimpé e *adj. Fam.* Perché; assis sur quelque chose de haut.

grimper *v.i.* Gravir en s'aidant des pieds et des mains.

grincer *v.i.* Produire un son strident.

griser *v.t.* Faire boire quelqu'un jusqu'à le rendre à moitié ivre. Mettre dans un état d'excitation physique. Etourdir.

grisonnant e *adj.* Qui devient gris.

grogner *v.i.* Manifester son mécontentement en murmurant.

guéridon *n.m.* Table ronde, à pied central unique.

guerre *n.f.* Epreuve de force entre peuples, entre partis.

guet *n.m.* Action d'épier.

guetter *v.t.* Epier pour surprendre. *Fam.* Attendre quelqu'un au passage.

gueule *n.f. Pop.* Bouche.

gueuler *v.i. Pop.* Parler beaucoup, haut, et fort.

gueuse *n.f.* Lingot de fonte.

guichet *n.m.* Petite porte qui se trouve dans une grande. Petite ouverture dans un mur.

guide *n.m.* Personne qui conduit, qui accompagne quelqu'un pour lui montrer le chemin, pour visiter.

guide *n.f.* Longue lanière attachée au mors pour conduire un cheval attelé.

guimauve *n.f. En anglais:* marshmallow.

guindé e *adj.* Qui manque de naturel.

guise *n.f.* Manière d'être, d'agir. En guise de, *loc. prép.* A la place de, en manière.

H

hâblerie *n.f.* Discours plein de vanterie, d'exagération.

hâbleur euse *adj. et n.* Qui aime se vanter.

haine *n.f.* Aversion pour quelqu'un ou quelque chose.

haie *n.f.* Clôture de branchages entrelacés, ou d'arbustes.

haleine *n.f.* Air qui sert des poumons pendant l'expiration.

haleter *v.i.* Respirer précipitamment et avec force.

haltère *n.m.* Instrument de gymnastique, formé de deux masses métalliques, sphériques, réunies par une tige. *En anglais:* bar-bell.

hameau *n.m.* Groupement de quelques maisons.

hanche *n.f.* Région du corps humain. *En anglais:* hip.

hantise *n.f.* Obsession, idée fixe.

hareng *n.m.* Poisson abondant dans la Manche et la mer du Nord. *En anglais:* herring.

happer *v.t.* Saisir brusquement avec la gueule, le bec. Attraper brusquement avec violence.

hargne *n.f.* Mauvaise humeur, irritation.

hargneux euse *adj.* Qui est d'humeur querelleuse et insociable. Qui dénote la hargne.

hasard *n.m.* Evénement imprévu, chance bonne ou mauvaise.

hâter (se) *v. pr.* Se dépêcher.

hausser *v.t.* Elever, rendre plus haut.

hauteur *n.f. Fig.* Qualité de ce qui est éminent, excellent.

havresac *n.m.* Sac suspendu par des courroies derrière le dos.

hérisser *v.t.* Dresser.

hérisser (s') *v. pr.* Se dresser avec des saillies ou des pointes.

heurter (se) *v. pr.* Rencontrer un obstacle.

hideux euse *adj.* Horrible à voir, très laid.

hilarant e *adj.* Qui provoque le rire.

hirondelle *n.f.* Oiseau passereau. *En anglais:* swallow.

homard *n.m.* Crustacé décapode marin. *En anglais:* lobster.

honteux euse *adj.* Qui éprouve de la honte, de la confusion.

hoquet *n.m.* Contraction brusque du diaphragme, accompagnée d'un bruit particulier dû au passage de l'air dans la glotte. *En anglais:* hiccup.

horaire *n.m.* Tableau indiquant les heures d'arrivée ou de départ dans une gare.

hors de (soi) *loc. prép.* Etre dans un état de violente agitation.

hospice *n.m.* Maison d'assistance, asile où l'on reçoit les orphelins, les infirmes, les vieillards, etc.

houle *n.f.* Mouvement ondulatoire de la mer, sans que les vagues déferlent.

hublot *n.m.* Ouverture dans la coque d'un navire, d'un avion, pouvant se fermer hermétiquement, et servant à donner de l'air et de la lumière.

huître *n.f.* Mollusque lamellibranche comestible. *En anglais.* oyster.

hurler *v.i.* Pousser des cris très forts, crier.

I

immuable *adj.* Qui n'est point sujet à changer.

impassible *adj.* Insensible à la douleur ou aux émotions.

imperméable *n.m.* Vêtement qui ne se laisse pas traverser par l'eau.

implorer *v.t.* Demander humblement.

imprécation *n.f.* Malédiction. Figure de rhétorique qui consiste à souhaiter des malheurs à ceux qui ou de qui on parle.

impression *n.f.* Avoir l'impression. Avoir la

sensation de ou que. Croire, s'imaginer.

imprévu e *adj. et n.* Qui arrive sans avoir été prévu.

impuissance *n.f.* Manque de force, de moyen pour faire une chose.

inavoué e *adj.* Qui n'est pas avoué, reconnu.

incandescent e *adj.* Qui est en incandescence. Se dit d'un corps devenu lumineux sous l'effet d'une température élevée.

incartade *n.f.* Ecart de conduite, folie, extravagance.

inciter *v.t.* Pousser à, engager vivement à.

incorporer *v.t.* Faire entrer dans un tout: mêler intimement.

incubation *n.f. Médecine.* Temps qui s'écoule entre l'introduction d'un agent infectieux dans un organisme et l'apparition des premiers symptômes de la maladie qu'il détermine.

incursion *n.f.* Se dit d'habitude des invasions de gens de guerre en pays ennemis.

indécis e *adj.* Qui ne sait pas se décider, irrésolu.

indemne *adj.* Qui n'a pas éprouvé de dommages.

individu *n.m.* Chaque être par rapport à son espèce. Personne considérée isolément par rapport à une collectivité.

index *n.m.* Table alphabétique d'un livre.

inégalité *n.f.* Caractère de ce qui n'est pas égal.

infiltrer (s') *v. pr.* Passer comme

par un filtre à travers les pores d'un corps solide. S'insinuer, pénétrer.

ingrat e *adj. et n.* En parlant d'une chose, qui ne répond pas aux efforts; infructueux.

injure *n.f.* Parole offensante.

injurier *v.t.* Offenser par des paroles blessantes.

inlassable *adj.* Qu'on ne peut lasser, infatigable.

inlassablement *adv.* De façon inlassable. Sans se fatiguer.

innombrable *adj.* Qui ne peut se compter. Nombreux.

inopinément *adv.* D'une manière imprévue.

inquiet ète *adj.* Qui ne trouve pas le repos. *Fig.* Troublé par l'incertitude.

inquisiteur *adj. et n.* Qui se livre à des investigations, scruteur.

insensé e *adj. et n.* Qui a perdu la raison. *Adj.* Contraire au bon sens; extravagant.

insidieux euse *adj.* Qui constitue un piège, une embûche.

insolite *adj.* Contraire à l'usage, à l'habitude, étrange, inaccoutumé.

insouciance *n.f.* Indifférence, manque de souci.

installer *v.t.* Mettre en place.

installer (s') *v. pr.* S'établir à un endroit.

instances *n.f. pl.* sollicitations pressantes.

instituteur trice *n.* Personne chargée d'instruire les enfants dans l'enseignement. du premier degré.

insuffler *v.t. Fig.* Donner, inspirer.

intense *adj.* D'une grande force.

interlocuteur trice *n.* Personne qui converse avec une autre.

interloqué e *adj.* Mis dans l'embarras par un effort de surprise.

interpeller *v.t.* Adresser la parole à quelqu'un pour lui demander quelque chose.

inverse *adj.* Opposé à la direction habituelle.

ionosphère *n.f.* Ensemble des régions de la haute atmosphère.

irrévocablement *adv.* De façon définitive. Définitivement.

J

jacassement *n.m. Fam.* Bavardage. Cri de la pie.

jadis *adv.* Autrefois, dans le passé.

jaillir *v.i.* Sortir, s'élancer. *Fig.* Se dégager vivement.

jambe *n.f.* Partie des membres inférieurs comprise entre le genou et le pied.

japper *v.i.* Aboyer, principalement en parlant des petits chiens.

jauger *v.t. Fig.* Apprécier.

jauni e *adj.* Devenu jaune.

jeter *v.t.* Jeter un sort. Pratiques consistant en paroles, gestes, etc. en vue de faire des maléfices.

jocrisse *n.m.* Benêt, une personne facile à duper.

jonglard e *adj. Can.* Songeur.

jouet *n.m.* Objet destiné à amuser un enfant.

jovial e als ou aux *adj.* Gai, joyeux, qui exprime la gaîté.

jubiler *v.i. Fam.* Eprouver une joie très vive.

jucher *v.t.* Placer très haut.

judicieux euse *adj.* Qui a le jugement bon.

jupon *n.m.* Jupe de dessous.

K

klaxonner *v.i.* Faire résonner le klaxon (l'avertisseur) d'une automobile.

L

labouré e *part. passé de labourer.* Creusé de sillons. *Fig.* Ecorché profondément en maints endroits.

labourer *v.t.* Creuser des sillons dans la terre.

lacet *n.m.* Série de zigzags dans une route.

lâche *adj. et n.* Qui manque de courage.

laize *n.f.* Largeur d'une étoffe entre ses deux lisières.

lampée *n.f.* Grande gorgée de liquide qu'on avale d'un coup.

languir *v.i.* Etre dans un état d'affaiblissement physique ou d'abattement moral. *Par. ext.* Dépérir, s'étioler.

large *n.m. Emploi marin.* Pleine mer. Au large de. *loc. prép.* En pleine mer, près de.

large *adj.* Qui a une certaine étendue dans le sens perpendiculaire à la longueur.

latéral e *adj.* De côté, sur le côté.

lécher *v.t.* Passer la langue sur quelque chose. *Par. ext.* Effleurer légèrement.

lentille *n.f.* Plante à graines alimentaires. *En anglais:* lentil.

lester *v.t.* Garnir de lest, ou d'une matière pesante.

lèvre *n.f.* Partie extérieure de la bouche qui couvre les dents.

levure *n.f.* Champignon unicellulaire qui produit la fermentation alcoolique des solutions sucrées et qui fait lever la pâte du pain. *En anglais:* yeast.

liard *n.m.* Peuplier du Canada.

liasse *n.f.* Paquet de papiers, de billets liés ensemble.

libraire *n.m.* Personne qui vend des livres.

lier *v.t.* Attacher avec un lien.

liesse *n.f.* Joie, réjouissance collective.

lieu *n.m.* Localité, endroit, pays.

liguer *v.t.* Unir dans une même ligue, coaliser.

linceul *n.m.* Toile dans laquelle on enveloppe les morts. *Fig.* Ce qui enveloppe.

linge *n.m.* Etoffe de coton, de lin, de nylon, etc. servant aux divers usages de toilette, de ménage.

lippe *n.f.* Lèvre inférieure.

lisière *n.f.* Limite, bord.

lisse *adj.* Qui n'offre pas d'aspérités.

livrée *n.f.* Costume que portent les domestiques d'une grande maison de commerce.

logement *n.m.* Lieu où l'on demeure habituellement.

longer *v.t.* Marcher le long de.

loquace *adj.* Qui parle beaucoup.

lorgner *v.t.* Regarder du coin de l'œil. *Fig. et fam.* Convoiter.

lors de *loc. prép.* A l'époque, au moment de.

louche *adj.* Qui n'a pas un ton franc. *Fig.* Equivoque, suspect.

loucher *v.i. Fig. et fam.* Regarder avec envie.

louer *v.t.* Donner, prendre à loyer.

lucarne *n.f.* Ouverture pratiquée dans le toit d'une maison.

lucide *adj.* Qui voit, comprend, ou exprime clairement les choses.

luisant e *adj.* Qui luit, brillant.

M

machinalement *adv.* De façon machinale, comme une machine.

mâchoire *n.f.* Os de la face portant les dents.

mâchonner *v.t. Fig.* Articuler d'une manière indistincte.

maigre *adj.* Qui a très peu de graisse. *Fig.* Qui manque d'ampleur.

maint e *adj.* Indique un grand nombre indéterminé.

maisonnée *n.f. Fam.* Ensemble des personnes d'une famille vivant dans la même maison.

mal *n.m.* De mal en pis, *loc. adv.* De plus en plus mal.

malade *n. et adj.* Personne qui souffre de quelque altération dans la santé.

malencontreux euse *adj.* Qui

cause de l'ennui; qui vient mal à propos.

malice *n.f.* Penchant à dire ou à faire de petites méchancetés piquantes, des taquineries.

malin igne *adj.* Enclin à dire ou à faire des choses malicieuses, rusé.

manie *n.f.* Habitude bizarre, ridicule.

manier *v.t.* Prendre, toucher avec la main; se servir de.

manigance *n.f.* *Fam.* Petite manœuvre secrète.

manouste Mot inventé.

mansardé e *adj.* Se dit d'un logement pratiqué sous un comble et dont les murs sont coupés par l'obliquité du toit.

maquereau *n.m.* Poisson de mer à chair estimée. *En anglais:* mackerel.

maquiller *v.t.* Farder afin de dissimuler les imperfections d'un visage.

marauder *v.i.* Commettre un petit larcin. *Can.* Rôder.

marche *n.f.* Pièce de bois sur laquelle on pose les pieds. Action de celui qui marche; promenade.

mare *n.f.* Petite étendue d'eau dormante.

marée *n.f.* Oscillation périodique du niveau de la mer.

marmonner *v.t.* Murmurer entre ses dents.

marteau-pilon *n.m.* Gros marteau de forge fonctionnant à la vapeur, ou à l'air comprimé.

marteler *v.t.* Frapper à coups de marteau. *Fig.* Faire résonner

les sons, les mots; faire avec effort un travail d'esprit.

matinal e aux *adj.* Qui a l'habitude de se lever de bonne heure.

maussade *adj.* D'humeur chagrine, hargneux.

mèche *n.f.* Bouquet de cheveux.

méfiance *n.f.* Disposition à soupçonner le mal dans les autres.

méfier (se) *v. pr.* Manquer de confiance.

mêler (se) *v. pr.* Se confondre.

menace *n.f.* Parole, geste, acte par lequel on exprime la volonté qu'on a de faire du mal à quelqu'un.

ménagement *n.m.* Egards, circonspection dont on use envers quelqu'un.

ménager *v.t.* Employer avec économie. *Fig.* Ne pas fatiguer.

mensonge *n.m.* Propos contraire à la vérité.

mensuel elle *adj.* Qui se fait tous les mois.

mentir *v.i.* Ne pas dire la vérité.

menu e *adj.* Mince, de petite taille.

mépris *n.m.* Sentiment par lequel on juge une chose ou une personne indigne d'égards ou d'admiration.

mépriser *v.t.* Avoir, témoigner du mépris pour quelqu'un.

merisier *n.m.* Cerisier sauvage.

métamorphoser *v.t.* Changer la nature ou l'individualité de. *Fig.* Changer l'extérieur ou le caractère.

mets *n.m.* Tout aliment apprêté qu'on sert pour les repas.

meuble *n.m.* Tout objet qui sert à l'usage ou à la décoration d'un appartement.

meute *n.f.* Troupe de chiens courants dressés pour la chasse. *Fig.* Réunion d'individus acharnés contre quelqu'un ou quelque chose.

miauleur euse *adj.* Qui miaule, qui crie comme le chat ou le tigre.

miche *n.f.* Gros pain rond.

midi *n.m.* Milieu du jour. Chercher midi à quatorze heures: chercher des difficultés où il n'y en a pas.

mielleux euse *adj.* Qui vient du miel. *Fig.* Doucereux, hypocrite.

miette *n.f.* Petite parcelle qui tombe du pain quand on le coupe.

mijoter *v.t.* Faire cuire lentement.

mince *adj.* Qui a peu d'épaisseur.

mine *n.f.* Air du visage. Faire mine de, faire semblant. Faire grise mine: faire mauvais accueil.

mioche *n.m. Fam.* Jeune enfant.

mirifique *adj. Fam.* Etonnant, merveilleux.

miser *v.t.* Escompter sa réussite.

mite *n.f.* Nom vulgaire de divers anthropodes vivant des denrées ou des tissus.

mnémik Mot inventé.

moduler *v.t.* Exécuter avec des inflexions variées.

moisissure *n.f.* Mousse blanche ou verdâtre qui marque un commencement de corruption.

moisson *n.f.* Récolte des céréales. Temps où elle se fait.

moite *adj.* Légèrement humide.

momie *n.f.* Cadavre qui se dessèche sans se putrifier. *Fig.* Personne sèche et maigre.

monnaie *n.f. en anglais:* change (money).

moquer (se) (de) *v. pr.* Faire de quelqu'un ou de quelque chose un objet de plaisanterie.

mordre *v.t.* Blesser, entamer avec les dents.

morgue *n.f.* Lieu où l'on dépose les cadavres.

moribond e *adj.* Qui est près de mourir.

mort-né e *adj. et n. Fig.* Qui échoue dès le commencement.

morue *n.f.* Gros poisson du genre gade. *En anglais:* cod.

motte *n.f.* Petite masse de terre détachée.

mou molle *adj. Fig.* Qui manque de vivacité.

moue *n.f.* Grimace faite par mécontentement.

mouette *n.f.* Oiseau palmipède. *En anglais:* seagull.

moule *n.f.* Mollusque à coquille bivalve. *En anglais:* mussel.

mouiller *v.t.* Tremper. Rendre humide, humecter.

moussaillon *n.m.* Jeune marin.

mouton *n.m.* Mammifère ruminant à cornes spiralées.

mugissement *n.m.* Cri sourd et prolongé du bœuf, de la vache. *Fig.* Bruit qui ressemble à ce cri.

N

nain e *adj. et n.* Dont la taille est de beaucoup inférieure à la taille moyenne.

nappe *n.f.* Linge dont on couvre la table pour prendre les repas.

narguer *v.t.* Braver avec insolence.

narquois e *adj.* A la fois rusé et moqueur.

natte *n.f.* Tissu de paille ou de joncs entrelacés. Objet quelconque fait de brins (cheveux, fils, soie, or, etc.) tressés. Cheveux tressés en forme de natte.

naufrage *n.m.* Perte d'un bâtiment, d'un bateau en mer.

né e *part. passé de naître.* De naissance, venu au monde.

neuf neuve *adj.* Fait depuis peu. Tout nouveau qui n'a jamais servi.

niais e *adj.* Simple, un peu sot.

niaiser *v.i.* S'amuser à des riens.

nichée *n.f.* Ensemble des oiseaux d'une même couvée encore au nid. Groupe de jeunes enfants d'une même famille. *Par ext.* Place.

nier *v.t.* Dire qu'une chose n'existe pas, n'est pas vraie.

nomade *adj. et n.* Qui erre, qui n'a pas de domicile fixe.

nœud *n.m.* Enlacement serré, fait avec un ruban, un fil, une corde.

nord *n.m.* Perdre le nord. *Fam.* Ne plus savoir où l'on est.

notarié e *adj.* Passé devant le notaire.

nouer *v.t.* Lier avec un nœud. *Fig.* Former, organiser.

nouvelle *n.f.* Composition littéraire appartenant au roman, mais dont elle se distingue par la moindre longueur du texte et la simplicité du sujet. Annonce d'une chose ou d'un événement récemment arrivés.

noyé e *adj.* Baigné, immergé.

nu (à) *loc. adv.* A découvert.

nuire *v.t.* Faire du tort, causer un dommage.

nullement *adv.* Aucunement.

O

octogénaire *n.m.* Qui a quatre-vingts ans, ou plus.

œil *n.m.* Organe de la vue.

œillade *n.f.* Coup d'œil furtif lancé à dessein.

œuvre *n.f.* Travail. Production littéraire.

omnipotent e *adj.* Tout-puissant, dont l'autorité est absolue.

omniprésent e *adj.* Présent en tous lieux.

ondulant e *adj.* Qui a un mouvement sinueux.

ongle *n.m.* Partie cornée qui couvre le dessus du bout des doigts.

opiner *v.i.* Dire son avis sur un sujet en délibération.

opérer *v.t.* Faire accomplir.

opiniâtre *adj.* Qui est tenace dans ses opinions. Persévérant.

opiniâtreté *n.f.* Entêtement.

or *conj.* Marque une transition

d'une idée à une autre, introduit une circonstance particulière dans un récit discursif.

ordinaire *n.m.* Ce qu'on a la coutume de servir pour un repas.

orée *n.f.* Bord, lisière d'un bois.

oreille *n.f.* Organe de l'ouïe.

oreiller *n.m.* Coussin qui soutient la tête quand on est couché.

orgueil *n.m.* Estime excessive de soi-même.

orgueilleux euse *adj. et n.* Qui a de l'orgueil, de la prétention.

orme *n.m.* Arbre de la famille des ulmacées dont le bois solide et souple est utilisé en charpenterie.

os *n.m.* Partie dure et solide qui forme la charpente du corps de l'homme et des animaux vertébrés.

osseux euse *adj.* Dont les os sont gros et saillants.

ouaille *n.m.* Les paroissiens.

ouvrage *n.m.* Production d'un artiste, d'un auteur.

ouvrier ière *adj et n.* Personne qui, pour un salaire fait un travail manuel.

P

païen enne *adj. et n.* Se dit de tous les peuples non chrétiens, ainsi que de tout ce qui se rapporte à ces peuples.

paille *n.f.* Tige des graminacées dépouillée de son grain.

pailleté e *adj.* Couvert de paillettes.

paillette *n.f.* Petite lame très mince de métal ou de verre qu'on applique sur une étoffe pour la faire scintiller.

palet *n.m. Can.* Morceau de pierre, de fer ou de cuivre.

paletot *n.m.* Vêtement droit à poches extérieures que l'on porte sur un autre vêtement.

palourde *n.f. En anglais:* clam.

palpable *adj.* Qui se fait sentir au toucher.

pâmer (se) *v. pr.* S'évanouir. Se laisser aller à une admiration excessive.

panier *n.m.* Ustensile d'osier, de jonc, etc. qui sert à transporter les marchandises.

parader *v.i. Fig.* Défiler avec une attitude pleine de vanité.

paradisiaque *adj.* Qui appartient au paradis.

paraître *v.i.* Sembler, avoir l'apparence de.

paraliers Mot inventé.

parbleu *interj.* Juron exprimant l'approbation, l'assentiment.

parcours *n.m.* Trajet, petit voyage.

pare-choc *n.m.* Garniture destinée à amortir les chocs, placée à l'avant et à l'arrière d'un véhicule.

parme *adj.* Violet mélange de bleu et de rouge.

paroissien enne *n.* Qui appartient à la paroisse.

parterre *n.m.* Partie d'un jardin spécialement consacrée à la culture des fleurs.

participer *v.t.* Avoir part. Coopérer.

partie *n.f.* Abandonner, ou

quitter la partie: se désister d'une chose, y renoncer.

partout *adv.* En tout lieu.

pas *n.m.* Mouvement que fait l'homme, l'animal, en portant un pied devant l'autre.

passer (se) *v. pr.* S'abstenir, se priver.

patauger *v.i.* Marcher dans une eau pleine de boue, de bourbe.

patère *n.f.* Support fixé à un mur pour soutenir des rideaux, une draperie, pour y accrocher des vêtements.

pâtir *v.i.* Eprouver une souffrance.

patron onne *n.* Chef.

pavé *n.m.* Petit bloc de pierre dure dont on revêt le sol des rues.

pavillon *n.m.* Baisser pavillon *Fam.* Céder; reconnaître son infériorité.

payant e *adj. et n.* Qui rapporte.

pédaler *v.i.* Faire mouvoir les pédales d'une bicyclette.

pêle-mêle *loc. adv.* Confusément, en désordre.

pédéraste *n.m.* Homosexuel.

pelage *n.m.* Ensemble des poils de la robe d'un animal.

pelouse *n.f.* Terrain couvert d'une herbe courte épaisse.

penaud e *adj.* Embarrassé, honteux, interdit.

pencher *v.t.* Incliner. *Fig.* Etre porté à choisir, préférer.

pénible *adj.* Qui donne de la peine.

pension *n.f.* Somme d'argent qu'on donne pour être logé, nourri. Pension de retraite,

pension qui a pour objet d'assurer un minimum de revenus au vieillard qui ne peut plus subvenir à ses besoins par son travail.

pensionnat *n.m.* Maison d'éducation qui reçoit des internes.

perçant e Pénétrant profondément, aigu.

péremptoire *adj.* Contre qui on ne peut rien répliquer.

perron *n.m.* Ensemble de marches dont la dernière forme palier, établies devant une maison.

pers e *adj.* Qui a une couleur intermédiaire entre le vert et le bleu.

personnage *n.m.* Personne mise en action dans une œuvre littéraire. *En anglais:* character.

perspicace *adj.* Qui aperçoit ce qui est difficile à voir.

pesant *n.m.* Poids.

pétarade *n.f.* Suite de détonations.

pétarder *v.t.* Produire une suite de détonations, pétarades.

peureux euse *adj. et n.* Qui manque de résolution, d'énergie, craintif.

phare *n.m.* Tour élevée, portant un puissant foyer de lumière pour guider les navires et les avions pendant la nuit.

phoque *n.m.* Mammifère à cou court et aux oreilles sans pavillon, vivant près des côtes arctiques. *En anglais:* seal.

physionomiste *adj. et n.* Habile à juger du caractère d'après la physionomie.

piaffer *v.i.* Frapper la terre des pieds comme le cheval. *Fig.* S'agiter.

pie *n.f.* Genre d'oiseaux passereaux, à plumage noir et à longue queue.

pièce *n.f.* Chacun des espaces clos d'une certaine superficie, possédant une ou plusieurs ouvertures sur l'extérieur et dont la juxtaposition constitue un appartement.

pied. *n.m.* Partie de l'extrémité de la jambe qui sert à l'homme à le soutenir et à marcher.

piège *n.m.* Engin pour attirer et prendre certains animaux. *Fig.* Artifice dont on se sert pour tromper quelqu'un.

piéton *n.m.* Personne qui va à pied.

pieux euse *adj.* Qui éprouve de la pitié.

pile *n.f.* Appareil transformant en courant électrique l'énergie développé dans une réaction chimique. *En anglais:* battery.

pincer *v.t.* Presser, serrer entre les doigts.

piquant e *adj.* Qui pique. *Fig.* Mordant, satirique, vif, excitant.

pire *adj.* Plus mauvais, plus nuisible.

pis *adv.* Plus mal.

piste *n.f.* Chemin rudimentaire. Terrain aménagé pour des courses de sports.

piteux euse *adj.* Propre à exciter la pitié.

placide *adj.* Calme, paisible.

placidité *n.f.* Caractère calme, tranquillité.

plaindre (se) (de) *v. pr.* Se lamenter, témoigner du mécontentement.

plain-pied (de) *loc. adv.* Au même niveau.

planche *n.f.* Morceau de bois nettement plus large qu'épais, et relativement long.

plante *n.f.* Nom général sous lequel on comprend tout ce qui vit en état fixé au sol par des racines. Face intérieure du pied de l'homme et des animaux, qui pose à terre.

planté e *adj. Fam.* Mieux planté en meilleure condition physique.

plausible *adj.* Admissible, qui peut passer pour vrai.

plomb *n.m.* Métal très dense, d'un gris bleuâtre; *par ext.,* lourd.

ployer *v.t.* Donner une courbure à.

plurimètre Mot inventé.

plusistor Mot inventé.

poêle *n.m.* Grand appareil de chauffage à bois ou au charbon. *En anglais:* stove.

poêlon *n.m.* Petit poéle de métal ou de terre, qui a la forme d'une casserole.

poing *n.m.* Main fermée.

point de repère *n.m.* Marque, indice qui sert à se retrouver.

poitrail *n.m.* Devant du corps du cheval, entre l'encolure et les épaules.

polyglotte *adj. et n.* Se dit de personnes qui savent plusieurs langues.

pommette *n.f.* Partie saillante de la joue.

pompier *n.m.* Homme

appartenant à un corps organisé pour combattre les incendies.

pompiste *n.m.* Préposé à la distribution du carburant dans les stations-essence.

poreux euse *adj.* Qui a des pores, de petits trous.

portage *n.m.* Partie d'un cours d'eau où la navigation n'est pas possible et on doit porter son embarcation.

portée *n.f.* Totalité des petits que les femelles des mammifères mettent bas en une fois.

poste *n.m.* Lieu où quelqu'un est placé pour remplir une fonction, emploi. Station d'émission.

poudroyer *v.i. Can.* Tomber en poudre.

poumon *n.m.* Principal organe de l'appareil respiratoire.

pourrir *v.i.* Entrer en putréfaction.

pou *n.m.* Insecte sans ailes, parasite externe des mammifères dont il suce le sang.

pourri e *adj.* Gâté, corrompu.

poursuivre *v.t. Fig.* Chercher à atteindre ce que l'on a commencé.

poussière *n.f.* Terre ou toute autre matière réduite en poudre très fine.

poussiéreux euse *adj.* Couvert de poussière.

praline *n.f.* Sorte de confiserie faite d'une amande rissolée dans du sucre.

pratiquer *v.t.* Mettre en pratique, en usage. Appliquer les règles d'un art ou d'une science.

pré *n.m.* Petite prairie.

préavis *n.m.* Avis préalable, qui a été examiné d'abord.

précautionneusement *adv.* Avec précaution, prudence.

précipice *n.m.* Endroit très profond et escarpé. *Fig.* Ruine, catastrophe.

précipiter (se) *v. pr.* Se jeter, s'élancer.

précoce *adj.* Formé avant l'âge au physique ou moral.

prémonitoirement *adv.* Avec prémonition, prophétiquement.

presbytère *n.m.* Logement du curé.

pressentiment *n.m.* Sentiment vague, instinctif, qui fait prévoir ce qui doit arriver.

pressuriser *v.t.* Maintenir une pression normale à l'intérieur d'un appareil, ou d'un vêtement dans l'atmosphère raréfiée des grandes altitudes.

prêter (se) (à) *v. pr.* Consentir, se plier.

prévenir *v.t.* Aller au-devant de quelque chose pour le détourner. *Fig.* Informer, avertir.

prévoir *v.t.* Juger par avance qu'une chose doit arriver.

privauté *n.f.* Trop grande familiarité.

privé e *adj.* Refusé, ôté.

prochain e *adj.* Proche dans l'espace ou le temps. Qui suit immédiatement.

proche *adj.* Qui est près en parlant de l'espace.

produire (se) *v. pr.* Se faire connaître. *Fam.* Arriver.

proférer *v.t.* Prononcer, articuler.

promouvoir *v.i.* Elever à quelque dignité.

promu e *adj.* Voir promouvoir.

prône *n.m. Relig.* Lecture des annonces faite chaque dimanche à la messe paroissiale. *Can.* Prédiction, sermon.

propice *adj.* Favorable.

propos (à) *loc. adv.* D'une manière qui convient au lieu, au temps, aux circonstances.

prudence *n.f.* Vertu qui fait prévoir et éviter les fautes et les dangers.

puiser *v.t.* Prendre un liquide avec un récipient. *Fig.* Emprunter.

puits *n.m.* Trou profond creusé dans le sol.

purée *n.f.* Bouillie faite avec des légumes écrasés et passés au tamis.

Q

quant à *loc. prép.* A l'égard.

quartier *n.m.* Division administrative d'une ville.

quasi *adv.* Presque, à peu près.

quelconque *adj. ind.* N'importe quel. *Fam.* Sans valeur, médiocre.

quille *n.f. Emploi marin.* Partie inférieure axiale de la coque d'un navire et sur laquelle s'appuie toute la charpente.

quintal *n.m.* Unité métrique de masse, correspondant à 100 kilogrammes.

quotidien enne *adj.* De chaque jour.

R

rabattre *v.t.* Rabaisser.

raccrocher *v.t.* Accrocher de nouveau.

racine *n.f.* gram. Elément irréductible servant à former des mots l'addition de préfixes ou de suffixes.

raclé e *part. passé du verbe racler:* enlever les aspérités d'une surface en grattant.

raclée *n.f. Pop.* Volée de coups.

raffermir *v.t.* Rendre plus ferme.

raffinement *n.m.* Extrême subtilité.

ragaillardi e *adj. Fam.* Redevenu gai.

ragaillardir *v.t. Fam.* Redonner de la gaieté, de la force; ranimer.

ragoût *n.m.* Plat de viande, de légumes ou de poisson coupés en morceaux et cuits dans une sauce épicée.

raide *adj.* Fort tendu, droit.

raie *n.f.* Ligne.

railler *v.i.* Badiner, ne pas parler sérieusement.

railler *v.t.* Se moquer.

râle *n.m.* Bruit normal provenant d'une difficulté de la respiration.

ramener *v.t.* Faire revenir une personne dans le lieu d'où elle était partie.

rameux euse *adj.* Qui a beaucoup de branches. Qui a des ramifications.

rampe *n.f.* Balustrade. Partie

d'un escalier par laquelle on monte d'un étage à un autre.

rancart *n.m.* Mettre au rancart. *Fam.* Mettre de côté, au rebut.

rancœur *n.f.* Rancune. Ressentiment tenace que l'on garde à la suite d'une déception, d'une injustice.

rançon *n.f. Fig.* Prix, inconvénient.

rancune *n.f.* Ressentiment qu'on garde d'une offense.

randonnée *n.f.* Course longue et généralement ininterrompue.

rang *n.m.* Au Canada, terroir allongé d'une exploitation agricole perpendiculaire à une rivière ou à une route.

rangé e *adj.* Qui a de l'ordre.

râpé e *adj.* Usé à la corde.

raquettes *n.f. pl.* Larges semelles pour marcher sur la terre molle ou sur la neige.

rasséréné e *adj.* Rendu calme.

rasséréner *v.t.* Rendre le calme à.

raté e *n. et adj. Fam.* Pas réussi.

ravage *n.m. Can.* Chemin battu dans le bois par les mammifères ruminants, cerfs, chevreuils, etc. Trace de leur séjour dans la neige.

ravauder *v.t.* Raccommoder à l'aiguille. Repriser.

ravir *v.t.* Enlever de force. *Fig.* Faire perdre.

rebrousser *v.t.* Relever en sens contraire du sens naturel les cheveux, le poil. Rebrousser chemin: retourner en arrière.

réchaud *n.m.* Petit fourneau portatif.

rechiner *v.i.* Témoigner de la mauvaise humeur de la répugnance.

récif *n.m.* Chaîne de rochers à fleur d'eau au voisinage des côtes.

réclamer *v.t.* Exiger, en parlant d'une chose.

récolte *n.f.* Action de recueillir les produits de la terre, les produits eux-mêmes. *Fig.* Ce qu'on recueille en général.

réconforter *v.t.* Redonner de la force, consoler.

reconnaissance *n.f.* Gratitude d'un bienfait reçu.

reconquérir *v.t. Fig.* Regagner.

recueil *n.m.* Réunion de divers écrits.

recueillement *n.m.* Action. Etat d'une personne qui se livre à de pieuses méditations.

recueillir *v.t.* Retirer, recevoir, rassembler.

reculer *v.t.* Tirer, pousser en arrière. *Fig.* Retarder.

reculé e *adj.* Isolé, lointain.

rédiger *v.t.* Exprimer par écrit.

réduit *n.m. Can.* Sève d'érable épaissie par l'évaporation.

reflet *n.m.* Réflexion de la lumière, de la couleur d'un corps sur un autre.

réfractaire *adj.* Qui résiste à certaines influences physiques ou chimiques.

refroidissement *n.m.* Indisposition causée par un froid subit.

régler *v.t.* Mettre au point le fonctionnement d'une machine. *Fig.* Mettre en ordre. *Pop.* Payer.

réintégrer *v.t.* Rentrer dans.

relâche *n.f.* Interruption.

relégué e *adj.* Exilé dans un endroit déterminé.

reluire *v.i.* Briller, luire en réfléchissant la lumière.

rembourser *v.t.* Rendre l'argent déboursé.

remiser *v.t.* Action de mettre dans un lieu.

remontrance *n.f.* Avertissement, réprimande. Observation ayant un caractère de reproche, de critique.

remontrer *v.t.* Montrer de nouveau. En remontrer à quelqu'un, lui faire la leçon, lui être supérieur.

remporter *v.t.* Reprendre, emporter ce qu'on avait emporté. *Fig.* Gagner, obtenir.

renarde *n.f.* Femelle du renard.

renchérir *v.t.* Rendre plus cher. *Fig.* Dire ou faire plus qu'un autre, ajouter.

rengaine *n.f. Fam.* Chanson répétée à satiété.

renier *v.i.* Renoncer à, abjurer. Refuser de reconnaître comme tel.

renifler *v.i.* Aspirer fortement par le nez en faisant du bruit.

renverse *n.f. Emploi marin.* Vent ou courant venant d'une direction opposée à celle qu'il avait auparavant. A la renverse, *loc. adv.* Sur le dos.

renverser *v.t. Fam.* Surprendre au plus haut degré, faire tomber par terre, bouleverser.

répartie *n.f.* Prompte réplique.

répercuter *v.t.* Réfléchir, renvoyer. Retourner un son, un bruit.

repérer *v.t.* Découvrir. Localiser la position exacte de quelqu'un ou de quelque chose.

repli *n.m. pl.* Sinuosités, ondulations d'un terrain.

reporter (se) *v. pr. Fig.* Se transporter en pensée, en esprit.

reposoir *n.m. Relig. Cath.* Autel préparé lors d'une procession, pour y faire reposer le saint sacrement.

reprise *n.f.* A plusieurs reprises: plusieurs fois.

repriser *v.t.* Faire des reprises dans une étoffe. *En anglais:* to mend.

répugner *v.t.* Avoir une aversion pour quelqu'un ou quelque chose.

résine *n.f.* Substance visqueuse produite par certains végétaux.

ressusciter *v.t.* Renouveler, faire revivre.

retard *n.m.* Action d'arriver, d'agir trop tard.

retenue *n.f.* Action de garder. Qualité d'une personne qui contient ses sentiments, garde une réserve discrète.

retentir *v.i.* Rendre, renvoyer un son éclatant.

retordre *v.t.* Tordre de nouveau. Donner du fil à retordre à quelqu'un, lui susciter des embarras, des soucis.

retrousser *v.t.* Relever.

réveillon *n.m.* Repas fait au milieu de la nuit la veille de Noël ou du jour de l'an.

revers *n.m.* Côté d'une chose

opposé au côté principal, ou à celui qui se présente d'abord.

revivifier *v.t.* Vivifier de nouveau. *Fig.* Réveiller, ranimer.

rictus *n.m.* Contraction de la bouche qui découvre les dents en donnant au visage l'expression ou l'apparence du rire.

ricaner *v.i.* Rire à demi, ou avec une intention moqueuse.

ride *n.f.* Pli du front du visage ou des mains ordinairement sous l'effet de l'âge.

rien *n.m.* Peu de chose. Chose sans importance.

rillette *n.f.* Viande de porc hachée menue et cuite dans la graisse.

rite *n.m.* Ensemble des règles et des cérémonies qui se pratiquent dans une religion.

rivage *n.m.* Bande de terre qui borde une étendue d'eau plus ou moins considérable.

riverain e *adj.* Qui habite le long d'une rivière. Qui a une propriété le long d'une forêt, d'une route.

rondement *adv.* Promptement, avec décision.

roman *n.m.* Œuvre d'imagination constituée par un récit en prose d'une certaine longueur, dont l'intérêt est dans la narration d'aventures, l'étude de mœurs ou de caractères, l'analyse de sentiments ou de passions. *Fig.* Aventure dénuée de vraisemblance. *En anglais:* novel.

romancier ère *n.* Auteur de romans.

ronflant e *adj.* Sonore, bruyant.

rongé e *adj. Fig.* Consumé.

ronronner *v.i.* Faire le bruit que le chat tire de sa gorge pour marquer son contentement.

rotatif ive *adj.* Qui agit en tournant.

rôti *n.m.* Viande rôtie; cuite à la broche ou au four.

rôti e *adj. Fig.* (dans le bec); prêt, préparé.

rouage *n.m.* Ensemble où chacune des roues qui font partie d'un mécanisme. *Fig.* Personne, service participant au fonctionnement d'une administration, d'une entreprise.

roucouler *v.i.* Crier, en parlant du pigeon et de la tourterelle. *Fig. et fam.* Tenir de propos tendres, langoureux.

rouille *n.f.* Oxide ferrique hydraté, sorte de crasse rouge qui couvre les objets de fer exposés à l'air humide. *En anglais:* rust.

roulant *part. passé du verbe rouler.* Faire mouvoir des roues.

roussi e *adj.* Rendu roux, brûlé légèrement.

roussir *v.t.* Rendre roux. *v.i.* Devenir roux.

rugissement *n.m.* Cri violent, semblable à celui du lion.

ruisseau *n.m.* Cours d'eau peu considérable.

ruisselant e *adj.* Qui coule comme un ruisseau.

ruminer *v.t.* Mâcher sans arrêt.

rural e *adj.* Qui appartient aux champs, à la campagne.

S

sablier *n.m.* Appareil dans lequel une certaine quantité de sable fin, en s'écoulant d'un compartiment dans un autre placé au-dessous, mesure une durée déterminée.

saccadé e *adj.* Brusque, irrégulier.

sacristain *n.m.* Homme qui prend soin de la sacristie. Bedeau.

saillant e *adj.* Qui avance, qui sort en dehors.

sainte-enfance *En anglais:* Children's Foreign Missions.

saluer *v.t.* Donner à quelqu'un une marque extérieure d'attention, de civilité, de respect.

salve *n.f.* Décharge simultanée d'armes à feu au combat ou en l'honneur de quelqu'un, ou en signe de réjouissance.

saoûler, soûler (se) *v. pr. Pop.* S'enivrer. *Fig.* Se rassasier, s'étourdir.

sarabande *n.f.* Ancienne danse française. *Fam.* Jeux bruyants, vacarme.

satelliser *v.t.* Etablir un mobile sur une orbite fermée autour de la terre.

saugrenu e *adj.* Absurde, d'une bizarrerie ridicule.

sauter *v.i.* S'élancer d'un lieu dans un autre.

sautiller *v.i.* Avancer par petits sauts comme les oiseaux.

savourer *v.t. Fig.* Jouir avec délices de quelque chose.

sceller *v.t. Fig.* Fermer.

scintiller *v.i.* Briller.

séant *n.m.* Derrière de l'homme.

secouer *v.t.* Agiter pour faire tomber.

secousse *n.f.* Ebranlement.

sentier *n.m.* Petit chemin.

séquestré e *adj.* Personne maintenue enfermée arbitrairement.

serein e *adj.* Clair, pur et calme.

serrer *v.t.* Etreindre, presser.

serviette *n.f.* Sorte de grand portefeuille, porte-documents.

servilité *n.f.* Bassesse d'âme.

seuil *n.m.* Grande pierre ou pièce de bois recouvrant la partie inférieure de l'ouverture d'une porte. *En anglais:* threshold.

sigle *n.m.* Lettre initiale dont on se sert pour exprimer un mot ou un groupe de mots.

sillage *n.m. Emploi marin.* Trace passagère qu'un navire laisse derrière lui à la surface de l'eau. Suivre les traces ou l'exemple de quelqu'un.

sillonner *v.t.* Tracer des sillons, des lignes parallèles.

sitôt *adv.* Aussitôt.

sitôt que *loc. conj.* Dès que.

soi *pr. pers.* Aller de soi. N'offrir aucune difficulté.

sombrer *v.i.* Couler. *Fig.* Etre anéanti.

sommaire *adj.* Rapide, bref, simple.

somme *toute loc. adv.* Enfin, en résumé.

sommité *n.f. Fig.* Personne distinguée par ses talents, sa situation.

somnambule *adj. et n.* Qui

marche, agit, parle tout en dormant.

sommer *v.t.* Avertir avec menaces.

sondage *n.m.* Procédé d'étude d'une opinion publique. *En anglais:* poll taking.

sonar *n.m.* Appareil de détection par le son.

songer *v.t. ind.* Avoir l'intention de; penser à. *v.i.* S'abandonner à des rêveries, penser.

songeur euse *adj.* Préoccupé, pensif.

sonnerie *n.f.* Son de plusieurs cloches sonnant ensemble; appel au téléphone, sonnerie d'alarme.

soporifique *adj.* Qui endort.

soucier (se) (de) *v. pr.* S'inquiéter, se mettre en peine.

souche *n.f.* Partie du tronc de l'arbre qui reste dans la terre après que l'arbre a été coupé.

soucieux euse *adj.* Inquiet, pensif.

souffle *n.m.* Haleine, respiration, exhalaison. Expiration de l'air inspiré, vent produit en soufflant de l'air par la bouche.

souffler *v.i.* Mettre l'air en mouvement. Faire du vent en poussant l'air avec la bouche. *v.t.* Eteindre. Ne pas souffler mot: ne rien dire.

soulager (se) *v. pr.* Se procurer du soulagement.

soulagement *n.m.* Allégement d'une anxiété, d'une douleur physique ou morale.

soulever *v.t.* Elever à une petite hauteur.

soupçon *n.m.* Opinion désavantageuse portée sur quelqu'un dont on a des raisons de se méfier.

souper *v.i.* Avoir soupé d'une chose. *Pop.* En avoir assez.

soupir *n.m.* Respiration forte et prolongée occasionnée par une émotion. soupirer *v.i.* Pousser des soupirs.

souplesse *n.f.* Qualité de ce qui est souple, flexible.

sourcil *n.m.* Saillie arquée, revêtue de poils qui s'étend au-dessus de l'orbite de l'œil.

sourciller *v.i.* Remuer les sourcils en signe de mécontentement.

sourcilier ère *adj.* Qui concerne les sourcils.

sourd e *adj.* Dont le son est étouffé (à coups sourds).

sourdre *v.i.* Sortir de la terre en parlant de l'eau ou d'un liquide quelconque. *Par ext.* Arriver.

sournoisement *adv.* De façon sournoise, dissimulée.

sous-sol *n.m.* Lieu de la maison au-dessous du rez de chaussée. En Amérique, au-dessous du premier étage.

soutane *n.f.* Sorte de robe, boutonnée par-devant, que portent les écclesiastiques.

souvenar Mot inventé.

soyeux euse *adj.* Qui ressemble à la soie. Doux.

stratagème *n.m.* Finesse, subtilité, tour d'adresse.

strié e *adj.* Rayé.

subir *v.t.* Supporter, se soumettre de gré ou de force à ce qui est prescrit.

subitement *adv.* D'une manière rapide. Soudainement.

succomber *v.i.* Céder, mourir.

sucreries *n.f. pl.* Friandises préparées avec du sucre.

succursale *n.f.* Etablissement commercial ou financier dépendant d'un autre. *En anglais:* branch office.

sucrier *n.m.* Pièce de vaisselle ou d'orfèvrerie où l'on met du sucre.

sueur *n.f.* Sécrétion aqueuse émise par les pores de la peau.

suggérer *v.t.* Faire venir dans la pensée, inspirer à quelqu'un une opinion, un dessein.

supercherie *n.f.* Tromperie calculée, fraude.

suppléer *v.t.* Ajouter ce qui manque, compléter.

supplier *v.t.* Demander d'une manière pressante.

surcroît (de) *loc. adv.* En plus.

surgir *v.i.* Se montrer en s'élevant. *Fig.* Apparaître, se manifester.

sursaut *n.m.* Mouvement brusque.

sursauter *v.i.* Faire un mouvement brusque.

survenant e *n. Can.* Celui ou celle qui survient. Etranger.

survenir *v.i.* Arriver inopinément ou accidentellement.

T

tablette *n.f.* Planche disposée pour recevoir des papiers, des denrées (dans un réfrigérateur).

tabouret *n.m.* Petit siège à quatre pieds, sans dossier et sans bras.

tache *n.f.* Marque salissante.

tâche *n.f.* Ouvrage à exécuter dans un temps fixé.

taciturne *adj.* Qui parle peu, silencieux.

taille *n.f.* Partie du corps comprise entre les épaules et les hanches.

tailler *v.t.* Couper, retrancher d'une chose, d'un objet pour lui donner une certaine forme.

taire (se) *v. pr.* Garder le silence.

tamponner *v.t.* coucher avec un tampon. Essuyer.

tapinois (en) *loc. adv.* En cachette, à la dérobée.

tapis *n.m.* Pièce d'étoffe dont on couvre une table ou un parquet.

tarir *v.t.* Mettre à sec. *Fig.* Faire cesser.

tasser *v.t.* Resserrer dans un petit espace. Mettre en tas.

tapoter *v.t. Fam.* Donner avec la main ou le pied de petits coups à plusieurs reprises.

taquin e *adj. et n.* Qui aime à taquiner, à contrarier.

taré e *adj.* Vicié, corrompu.

tâter *v.t.* Manier doucement, explorer à l'aide du toucher.

taudis *n.m.* Logement misérable, malpropre.

taureau *n.m.* Genre de mammifère ruminant de la famille des bovidés. La femelle est la vache.

teck *n.m.* Bois très dur provenant

de l'arbre du même nom.

teinte *n.f.* Nuance obtenue par des applications de couleurs simples ou composées.

témoin *n.m.* Personne qui a vu ou entendu quelque chose.

tenace *adj. Fig.* Difficile à détruire.

tendre *v.t.* **(la main)** Avancer, porter en avant.

tenir (à) *v.t. ind.* Désirer fortement.

terme *n.m.* Fin. Au terme, à la fin.

terne *adj.* Qui manque de brillant, d'éclat.

ternir *v.t.* Oter le lustre, l'éclat, la couleur.

terrain *n.m.* Espace de terre. Tâter le terrain. *Fam.* S'assurer par avance de la situation, de l'état des choses, des esprits.

terrasser *v.t.* Jeter à terre. *Fig.* Oter complètement les forces.

terrer (se) *v. pr.* Se cacher sous terre. *Fig.* Eviter de se montrer.

terrifiant e *adj.* Qui provoque la terreur, effrayant.

théière *n.f.* Récipient pour faire infuser du thé.

tintamarre *n.m. Fam.* Grand bruit accompagné de désordre.

tinter *v.t.* Faire sonner.

tirade *n.f.* Déclamation.

tirailler *v.t. Fig.* Solliciter de divers côtés d'une manière importune.

tisonner *v.t. et i.* Attiser le feu.

tisser *v.t.* Entrelacer, suivant une armure donnée des fils en longueur et en largeur pour faire un tissu.

tissu *n.m.* Tout ouvrage de fils entrelacés.

tituber *v.i.* Chanceler. Vaciller sur ses jambes. Se dit d'habitude des ivrognes.

toile *n.f.* Tissu de lin, coton, etc. Toile d'araignée, ensemble de fils constitués par la soie que sécrètent les araignées.

toilette *n.f.* Ensemble des vêtements et des accessoires qui servent à une femme à s'habiller.

toiser *v.t.* Mesure avec la toise. *Fam.* Regarder avec dédain.

tome *n.m.* Division d'un ouvrage, qui correspond le plus souvent à un volume complet.

tondeuse *n.f.* Instrument qu'on emploie pour faucher le gazon.

tordre (se) *v. pr.* Contourner son corps avec effort.

torsion *n.f.* Action de tordre. Résultat de cette action.

tortue *n.f.* Terme général qui désigne tous les reptiles chéloniens à un corps court, renfermé dans une carapace osseuse.

tortueux euse *adj.* Qui fait plusieurs tours et retours.

touffu e *adj.* Epais, bien garni.

toupet *n.m.* Petite touffe de poils et surtout de cheveux.

tourbilloner *v.i.* Tourner en faisant plusieurs tours, s'agiter.

tournure *n.f.* Manière dont les mots sont agencés.

tourtière *n.f.* Au Canada. Tarte à la viande ou gros pâté.

tousser *v.i.* Faire l'effort et le bruit que cause la toux. *En anglais:* to cough.

toussoter *v.i.* Tousser souvent et faiblement.

tracas *n.m. Fam.* Souci, peine.

traînard e *adj. Fam.* Lent. Personne qui reste en arrière dans une marche.

traîneau *n.m.* Véhicule muni de patins que l'on fait glisser sur la glace et la neige.

traité *n.m.* Ouvrage où l'on traite d'un art, d'une science.

trajet *n.m.* Espace à parcourir pour aller d'un lieu à un autre.

transi e *adj.* Saisi, engourdi par le froid.

transiger *v.t.* Conclure un arrangement par des concessions réciproques.

transvider *v.t.* Verser le contenu d'un vase incomplètement plein dans un autre.

traverse *n.f.* Pièce de bois entre les rails du chemin de fer.

trébucher *v.i.* Perdre l'équilibre en marchant.

trépidant e *adj.* Agité de secousses brusques.

tressaillement *n.m.* Brusque secousse de tout le corps.

tricot *n.m.* Tissu à mailles tricotées.

tricoter *v.t.* Faire un tissu en mailles entrelacés avec des aiguilles spéciales. *En anglais:* to knit.

trier *v.t.* Choisir parmi plusieurs, séparer du reste.

trinquer *v.i.* Choquer son verre contre celui d'un autre avant de boire.

trombe (en) D'une manière rapide et imprévue.

trottoir *n.m.* Espace plus élevé que la chaussée, généralement bitumé ou dallé, et ménagé sur les côtés d'une rue pour la circulation des piétons.

trouvaille *n.f.* Découverte heureuse.

truc *n.m. Fam.* Savoir-faire, adresse, tour de main.

tudieu! *interj.* Ancien juron.

tuque *n.f. Can.* Bonnet de laine tricotée.

tutelle *n.f.* Protection.

U

uniformément *adv.* D'une manière uniforme, sans variété.

urbain e *adj. et n.* De ville, de la ville.

usage *n.m.* Emploi d'une chose. Coutume, pratique consacrée.

user (s') *v. pr.* Se détériorer par l'usage, par le temps.

V

vaillance *n.f.* Qualité de celui qui est brave.

vainement *adv.* Inutilement.

valoir *v.i.* Etre d'un certain prix.

vaincre *v.t.* L'emporter sur. Venir à bout de.

vaquer *v.t. ind.* S'appliquer à.

varech *n.m.* Nom donné aux algues brunes que l'on recueille pour engraisser les terres sablonneuses.

vareuse *n.f.* Veste très ample.

vaisselle *n.f.* Tout ce qui sert à l'usage de la table, comme assiettes, coupes, etc.

vaudou *n.m.* Culte des Noirs antillais.

veille *n.f.* Jour qui précède celui dont on parle.

veillée *n.f.* Temps qui s'écoule depuis le repas du soir jusqu'au coucher.

veilleuse *n.f.* (en) Dont l'activité diminue beaucoup. Atténué.

veineux euse *adj.* Rempli de veines.

vélo *n.m.* *Fam.* Bicyclette.

velouté e *adj.* Qui a l'aspect du velours.

velu e *adj.* Couvert de poils.

venin *n.m.* Liquide toxique, un poison.

ventre *n.m.* Partie inférieure et antérieure du corps humain où se trouve les intestins.

verger *n.m.* Lieu planté d'arbres fruitiers.

vernis *n.m.* Enduit vitreux dont on couvre certains objets.

verrouiller *v.t.* Fermer au verrou, c'est-à-dire, en faisant glisser un pène (un barreau) pour tenir la porte ou fenêtre fermée.

versement *n.m.* Action de verser de l'argent, des valeurs à une caisse.

verser *v.t.* Répandre un liquide, faire couler.

vertigineux euse *adj.* D'une façon à donner le vertige.

vestige *n.m.* Reste du passé, ruine.

veston *n.m.* Veste croisée ou droite faisant partie du complet ou du costume masculin.

veuf veuve *adj et n.* Qui a perdu sa femme ou son mari, et n'a pas contracté un nouveau mariage.

vibrer *v.i.* Effectuer de vibrations. *Fig.* Etre touché, être ému.

vide *adj. et n.* Qui ne contient rien. Qui n'est rempli que d'air.

vieillard *n.m.* Homme d'un âge avancé.

vieillesse *n.f.* Le dernier âge de la vie. *Fig.* Etat de ce qui existe depuis longtemps.

vieillessement *n.m.* Etat de ce qui vieillit ou de ce qui devient suranné.

vigne *n.f.* Genre d'abrisseaux cultivés pour leurs baies sucrées.

vigueur *n.f.* La force.

vilebrequin *n.m.* Outil pour faire des trous.

virer *v.t.* Changer de direction en parlant du vent.

visage *n.m.* Face de l'homme. Partie antérieure de la tête.

visuel elle *adj.* Qui appartient à la vue.

vison *n.m.* Mammifère carnassier de la taille d'un putois très recherché pour sa fourrure.

vitre *n.f.* Panneau de verre qui garnit les châssis d'une fenêtre.

vitrine *n.f.* Devanture vitrée de boutique.

vociférer *v.i.* Parler en criant et avec colère.

voguer *v.i.* Etre poussé sur l'eau

à force de rames ou de voiles.
Flotter.

voie *n.f.* Route.

voie ferrée *n.f.* Double ligne de rails. Voies de chemins de fer.

voire *adv.* Vraiment, oui.

volatiser (se) *v. pr. Fig. et fam.* Disparaître.

volet *n.m.* Panneau de bois ou de toile pour clore une baie de fenêtre ou de porte.

vouloir (en) *v.i.* Avoir un sentiment de malveillance, de rancune contre quelqu'un.

vrombissement *n.m.* Ronflement vibrant produit par certains objets en rotation rapide.

Y

yeux *n.m.* Pluriel de œil, organe de la vue.

Z

zut! *interj. Fam.* Exclamation qui exprime le dépit, le mépris, l'indifférence.